a sábia ingenuidade do

DR. JOÃO PINTO GRANDE

a sábia ingenuidade do

DR. JOÃO PINTO GRANDE

YURI VIEIRA

1ª edição

EDITORA RECORD
RIO DE JANEIRO • SÃO PAULO
2017

CIP-BRASIL. CATALOGAÇÃO NA PUBLICAÇÃO
SINDICATO NACIONAL DOS EDITORES DE LIVROS, RJ

Vieira, Yuri
V716s A sábia ingenuidade do Dr. João Pinto Grande / Yuri Vieira. – 1ª ed. – Rio de Janeiro: Record, 2017.

ISBN: 978-85-01-10908-8

1. Conto brasileiro. I. Título.

17-41247 CDD: 869.93
CDU: 821.134.3(81)-3

Texto revisado segundo o novo Acordo Ortográfico da Língua Portuguesa.

Direitos exclusivos desta edição reservados pela
EDITORA RECORD LTDA.
Rua Argentina, 171 – Rio de Janeiro, RJ – 20921-380 – Tel.: (21) 2585-2000.

Impresso no Brasil

ISBN 978-85-01-10908-8

Seja um leitor preferencial Record.
Cadastre-se em www.record.com.br e receba
informações sobre nossos lançamentos e nossas promoções.

Atendimento e venda direta ao leitor:
mdireto@record.com.br ou (21) 2585-2002.

“Não apenas estamos todos no mesmo barco
como também estamos todos mareados.”

G. K. Chesterton,
O que há de errado com o mundo

À memória dos meus amigos e mestres,
Hilda Hilst e Bruno Tolentino.

Sumário

O machista feminista

Tempos atrás, participei de um encontro literário na Casa Mário de Andrade, em São Paulo, onde, ao longo de uma semana, debati com outros autores as perspectivas da literatura brasileira neste novo milênio. Foi lá que, entre outros, conheci pessoalmente Elisa Andrade Buzzo, Luis Eduardo Matta, Miguel Sanches Neto, André de Leones, Fabrício Carpinejar e Antonio Prata, com quem, na última noite, dividi uma carona oferecida pela esposa de Julio Daio Borges, organizador do evento. Embora o encontro tenha sido muito interessante — principalmente porque pela primeira vez eu participava de algo do gênero enquanto escritor convidado, e não como leitor —, este relato nada tem a ver com o evento em si, com os demais colegas ali presentes ou sequer com literatura — ao menos não diretamente. O fato é que, justamente no dia em que Daniela Rede, minha bela e autoproclamada assessora de imprensa, não pôde comparecer, fui abordado ao final do debate daquela noite por um sujeito de ar simultaneamente astuto e simpático.

— Li seu livro, Yuri — revelou ele, após apertar-me a mão e me cumprimentar pelas intervenções daquela noite.

— Foste tu? — repliquei, sorrindo.

Ele riu:

— Escritores brasileiros estão sempre achando que não são lidos.

— Deve ser por causa do xerox das faculdades e dos e-books piratas — retruquei. — O que o bolso não vê, o coração não sente.

Alto, metido num elegante paletó escuro feito sob medida, em lustrosos sapatos Oxford, exibindo um reluzente Cartier dourado no pulso, óculos de Clark Kent, o cachecol posto à la "forca", tal como agora se usa — em vez de à la "estrangulamento", se é que me entendem —, esse cara bem vestido parecia um desses frequentadores de vernissages que vemos em filmes alemães ou franceses. Com isso, quero dizer que se tratava de alguém que, a despeito de sua aparência de intelectual, também tinha um quê de empresário de sucesso, e nitidamente atraía a atenção feminina circundante. No fundo, ele parecia alguém montado para a ocasião — ou seja, se aquela fosse uma reunião de navegadores, ele teria aparecido em trajes de marinheiro de revista de moda.

— Também acompanho seu blog — tornou ele.

— Você? Pensei que apenas um punhado de universitários lia meu blog.

— Bom, fiquei sabendo desses debates por causa dele.

O sujeito, que se apresentou como Nathan, após tratar por alto de alguns temas sobre os quais eu havia escrito naquela semana, talvez para me provar que realmente era meu leitor, ofereceu-me uma carona até a Vila Madalena, onde residia o amigo com quem eu estava hospedado, e também me perguntou se eu não queria aproveitar os bares da região para beber alguma coisa. Carona e drinques ofertados por alguém que comprou meu livro? Claro que aceitei.

— Sua mulher não veio com você hoje? — perguntou quando nos dirigimos à porta da frente.

— Não, não veio. E ela, infelizmente, não é minha mulher.

— Uma linda garota. Eu a vi aqui ontem à noite.

Saímos da Casa. Ele tinha um desses Jeeps Cherokee blindados, então uma mania entre os endinheirados paranoicos de São Paulo, pois, apesar de pesados e de beberem feito loucos, em nosso restrito mercado eram os mais indicados para sobreviver à guerrilha urbana de todos os dias. Lá dentro, no banco de trás, muitos livros empilhados.

— Você por acaso não é um editor... ou é?

— Não, não. — E vendo meu desapontamento involuntário: — Não precisa fazer essa cara. Você logo, logo terá um bom editor. Basta esquecer um pouco os contos e escrever um romance.

— Ou arranjar um agente literário — acrescentei.

— Um agente, não! Uma agente — e Nathan sorriu.

Quando ainda percorríamos a avenida Pacaembu, ele começou a entrar no assunto que realmente lhe interessava:

— Yuri, você já trabalhou como ghost-writer?

— Não e, sinceramente, nunca tive interesse. Gosto de assumir o que escrevo. Prefiro publicar algo ruim com meu nome a publicar uma obra-prima anonimamente. Coisas do ego.

— Entendo. Mas você não se importaria de aconselhar quem nunca escreveu um livro, não é?

— Claro que não. Mas já o aviso que não tenho essa experiência toda. No primeiro dia do Encontro, eu até me senti bastante inseguro a certa altura da minha palestra: quando me perguntaram qual era o meu "método" de trabalho, percebi que nunca havia pensado nisso. Fiquei um tempo mudo, gaguejei e então respondi que fazia tudo de forma completamente espontânea. Só no dia seguinte, ao relembrar o processo de escrita do meu primeiro livro, de como planejara e executara cada conto, é que percebi que tenho, sim, um método.

Ele estava pensativo, concentrado na direção. Havia um forte nevoeiro sobre a cidade. Momentos depois, tornou a falar, e o assunto voltou-se para o trânsito, que não estava causando problemas àquela hora da noite, mas que infernizava o dia a dia paulistano. "A coisa mais inteligente a se fazer é morar perto do trabalho", repetia ele. E assim, quinze ou vinte minutos depois de sair da Casa Mário de Andrade, chegamos à Vila Madalena. Pensei que iríamos a um pub — Nathan tinha cara de frequentador de pubs —, mas ele escolheu um boteco bastante comum da rua Aspicuelta cujo nome não estava visível em parte alguma. Escolhemos uma mesa à calçada e nos sentamos. Além de nós, havia apenas uma mesa próxima com outros três sujeitos engravatados e, numa outra mais ao fundo, dentro do bar, umas três jovens acompanhando um casal. Ele sugeriu que, de início, pedíssemos cachaça — enquanto eu ainda supunha o pub, imaginara-nos a bebericar uísques —, e eu aceitei.

— Pois é... — começou ele, após virar o primeiro copinho. — Na verdade, não estou planejando uma ficção. Eu quero é escrever um ensaio.

— Então é ainda mais fácil — respondi. — Escolha um assunto do qual não consiga se livrar, estude-o bem e fale sinceramente sobre ele.

— Sim, eu já imaginei que seria assim. E por isso trouxe comigo todos aqueles livros que estavam no meu escritório. Vou viajar amanhã e quero continuar estudando.

— E o que quer saber de mim?

Ele sorriu, um tanto embaraçado:

— Para ser bem sincero com você, meu caro, apesar de gostar da maneira como escreve, do seu humor, do seu estilo, eu dificilmente concordo com pontos importantes do seu pensamento. Eu queria justamente conhecê-lo para expor minhas ideias e descobrir qual seria a melhor forma de abordá-las. Você sabe: pretendo ser convincente! Quero saber se há ou não algum furo nos meus argumentos. Para tanto, nada melhor do que uma pessoa que, além de inteligente, tenha também uma visão de mundo completamente oposta à minha. Ninguém tem olhos na nuca, não é verdade?

Em vez de fazer uma piada com semelhante observação — pensei em lhe perguntar que tipo de furo os olhos da nuca poderiam ver, mas não o fiz —, segui adiante:

— E em quais pontos pensamos diferentemente?

— Em vários, mas esses pontos podem ser resumidos num só: enquanto você possui uma âncora moral, eu não tenho nenhuma. Na verdade, eu já fui um amoral, mas, hoje, não tenho dúvidas de que sou um imoral.

— Entendo. Para ser honesto, também já fui um amoral. Mas um imoral... bem, talvez o tenha sido num momento ou noutro... Mas não mais. Odeio aquelas dores de consciência.

— Sim, sim. Li várias coisas em que você deixa isso bastante claro. Por isso sei que poderá me entender sem preconceitos.

— Certo. Mas seu livro vai tratar de quê? De ética?

— Não exatamente. É o seguinte: quero provar quão vantajoso o feminismo é para machistas como eu.

Eu, que acabara de virar minha primeira cachaça, comecei a sorrir largamente:

— Isso parece divertido. Mas é sério?

Ele assumiu uma expressão grave:

— É. É muito sério.

— Desculpe por minha reação. É que a ideia me pareceu interessante.

— E é.

— Mas — tornei, franzindo o cenho — o que você quis dizer com "machistas como eu"? No seu modo de ver, o feminismo só é bom para alguns tipos de machistas?

— Precisamente. O feminismo só é bom para machistas da elite econômica que...

— Machistas ricos.

— Isso. Mas que também sejam amorais, ou imorais, e niilistas. E pouco importa se esses ricos são capitalistas ou dirigentes socialistas. A princípio, o feminismo é benéfico para "machos alfa" em geral. Entende? Para homens que sabem se impor e vencer. Contudo, no longo prazo, o "macho alfa" sem dinheiro, sem poder, e principalmente se for moralista, vai se ferrar tanto quanto os demais pobres.

— Então já me ferrei também.

Ele sorriu e me encarou significativamente:

— Esqueça a moral e escreva seu romance, meu caro!

— De imediato — retruquei, ignorando seu comentário —, não vejo em que sentido o feminismo poderia ser positivo para um machista.

— Para um machista como eu. Machistas tacanhos e pobres se dão muito mal com o feminismo.

— Sim, eu entendi. Só não entendi por que o feminismo seria bom para esse primeiro tipo de machista.

— Você deve usar o verbo no presente e não no futuro do pretérito. O feminismo *já é* bom para homens como eu. Aliás, é útil há mais de um século.

— Posso saber, apenas para ter uma ideia do seu status, o que você faz para viver?

— Sou empreiteiro. Construo edifícios de apartamentos, hotéis, shopping centers, estradas, hidrelétricas e aeroportos em toda a América do Sul e em alguns países da África. Também faço alguns servicinhos para o governo, claro. E sou consultor para algumas fundações humanitárias e ambientalistas importantes.

— Entendi. Mas, por favor, prossiga.

Nathan se aprumou na cadeira, desfez o nó do cachecol, fez sinal para o garçom trazer a garrafa de cachaça e, tornando a me encarar, respirou fundo:

— Em primeiro lugar, preciso esclarecer que o feminismo é completamente antinatural. E, entenda, não quero dizer com isso que ele seja meramente artificial. O feminismo não é apenas uma invenção humana: é uma invenção que atenta contra a natureza humana. Não é um produto cultural: é um produto anticultural. Ele age sobre a civilização como um ácido corruptor.

— E vocês, machistas das altas esferas, não são humanos? Não são prejudicados?

Ele riu:

— Calma, você irá me entender. Sou um niilista, lembra?

— Ah, é verdade.

— Deixe-me explicar melhor... — e, pensativo, parecia consultar notas guardadas na memória. — Por exemplo: você é um defensor do armamento civil, não é?

— Sim, para autodefesa. Apenas os cidadãos armados são realmente livres, pois, em último caso, podem defender-se até mesmo de seus governos. É por isso que nunca veremos uma ditadura na Suíça e é por isso que Hitler desarmou os judeus antes de mandá-los para os campos de extermínio.

— Ou seja, as armas não são boas ou más em si mesmas.

— Não, depende de quem as tem em mãos.

— Para homens como eu, o feminismo é uma arma desse tipo. Para os demais homens, é uma arma perversa em si mesma.

Sorri:

— Por favor, desenvolva o raciocínio.

Ele sorriu de volta:

— Vou desenvolver. Peço apenas que tenha paciência. Não sou tão bom com as palavras quanto você, sem falar que ainda estou tentando articular alguns pontos específicos.

— Isto aqui é um *brainstorm* para seu livro, então.

— *Brainstorm*? Ah, sim — e acendeu um cigarro, dourando o rosto com a chama do isqueiro. — Mais ou menos isso. Mas eu não preciso de novas ideias ou de me convencer de nada. Já fui convencido pelos fatos. Preciso apenas descobrir como expressar essas ideias e em que ordem colocá-las no papel... Enfim, preciso estabelecer uma hierarquia entre elas. Creio que atingirei meu objetivo com o mero ato de expô-las a alguém que saiba ouvir.

— Certo, Nathan. Prossiga, então.

Em silêncio, pensativo, meu interlocutor deu uma profunda tragada no cigarro e ficou a observar as volutas da fumaça expelida. Virou outro copinho de cachaça e, ao fim de quase um minuto, retomou o fio da meada:

— Por si só, o feminismo jamais alcançaria todo o planeta porque sua vitória significaria a derrocada da humanidade.

— E exatamente por essa razão, você, um crente do nada, quer promovê-lo.

— Quero lhe dar um empurrãozinho! Porque, na verdade, o feminismo que me interessa é aquele feminismo diluído, aquela ideologia aguada propagada pelas revistas femininas, pelos blogs de garotas modernetes, pelos programas de TV, pelas novelas da Globo, pelos filmes, pela literatura vulgar e assim por diante. O feminismo radical, tal como o machismo folclórico, tacanho, é ridículo, caricato e destrói a si mesmo. Sozinho, jamais destruiria a civilização. É apenas uma ponta de lança que, por contraste, torna o feminismo açucarado mais palatável. Qualquer mulher que sinta alguma atração natural por um homem é incapaz de levar uma feminista radical cem por cento a sério.

— E qual é a diferença entre esses feminismos? — perguntei, virando em seguida mais uma cachaça.

— É apenas uma diferença de intensidade, claro. Mas a questão é que o "feminismo fraco" — vou chamá-lo assim — é mais efetivo que o "feminismo forte". Água mole em pedra dura... — e sorriu. — E é difícil distingui-lo da mera manifestação da justiça.

— Da justiça?

— Sim, da justiça. Não me refiro aos tribunais, às leis, mas ao conceito de justiça. Porque é verdade que, num mundo normal, a mulher merece, sim, possuir direitos, ter a liberdade de escolher com quem viver, a liberdade de ir e vir, a liberdade de reunião e de decidir o que fazer da própria vida. Isso é apenas uma constatação justa. Para entender o valor disso, basta olhar como algumas sociedades islâmicas são capazes de exagerar para o lado oposto: nelas, as mulheres são praticamente propriedades dos homens, o que, para um ocidental, é deprimente de se ver.

— E como distinguir o "feminismo fraco" dessa justiça?

— Numa sociedade justa, as mulheres continuariam sendo femininas. E, quando digo femininas, não me refiro apenas à aparência, ou seja, ao vestuário, à maquiagem, aos trejeitos etc. Nada disso. Todas essas coisas são apenas a ponta do iceberg da verdadeira feminilidade.

— Que é...?

— A verdadeira feminilidade?

— Sim.

— Bem... É uma maneira espontânea e natural de pensar, de agir, de ver o mundo, enfim, uma maneira de ser e de compreender sua posição em relação à vida e a seu oposto, o modo masculino de viver. Uma mulher verdadeiramente feminina não compete com os homens.

— Espere, Nathan, deixe-me entender uma coisa: por acaso você está tentando me dizer que as mulheres realmente femininas devem ser submissas ao homem?

— Sim e não.

Fiz um sinal para o garçom: apesar do frio, não queria mais cachaça, que ele me trouxesse uma cerveja.

— Se eu continuar bebendo isso aí — disse ao empreiteiro ensaísta —, não vou entender absolutamente nada dessas suas sutilezas.

— Vou explicar esse "sim e não".

— Ótimo.

Ele deu outra profunda tragada no cigarro:

— Num mundo sadio, a mulher não deve ser submissa no sentido de ser menos valiosa ou menos importante do que o homem. E também não quero dizer que ela tenha de ser obediente, subalterna. Nada disso. Aliás, vou voltar a esse ponto — e pigarreou. — Ela deve, sim, ser submissa no sentido em que (permita-me usar metáforas extraídas da minha profissão) um pilar é submisso a uma viga. Compreende?

— Não sou muito bom de engenharia. Abandonei o curso no segundo ano.

Ele riu:

— Uma viga é um elemento da estrutura de uma construção, disposto na horizontal, que transfere o peso que recebe da edificação para o pilar, o qual se posiciona, na vertical, logo abaixo: o pilar é portanto *sub-misso* à viga.

— Então o homem deve fingir que sustenta as coisas, mas acaba é transferindo a carga pra mulher.

— Não, Yuri, ele não finge: ele sustenta as coisas e as eleva com a ajuda da mulher, que faz a conexão com o chão.

— E, segundo sua analogia, o que seria esse chão?

— O chão é a realidade. A mulher é mais realista do que o homem. Ela tem de ser. É ela quem engravida, quem realmente garante a manutenção da espécie. Ela tem a pulsão instintiva de proteger a prole.

O garçom trouxe a cerveja e mais dois copos, mas Nathan quis continuar bebericando sua cachaça.

— Não sei se consigo visualizar como essa relação entre viga e pilar se dá na prática — observei.

— Minha atual secretária, uma bela garota que irei demitir em breve, pois sei que parou de tomar anticoncepcional... — e ele, com ar cafajeste, me piscou um olho — enfim, minha secretária me disse algo que expressa bem a ideia: segundo ela, "na relação entre os sexos, o homem é a cabeça, mas a mulher é o pescoço: é ela quem decide para onde apontar a cabeça".

— Hum.

— E isso quer dizer que o homem é dominado basicamente pelo entendimento e a mulher, pela vontade. O entendimento dirige, a vontade impulsiona. Basta você imaginar um veleiro: as velas são a mulher; o leme é o homem.

— Estou vendo que esse seu livro terá mais de quinhentas páginas...

Ele riu:

— Acho que não.

— Você quer dizer com isso que o homem é mais inteligente do que a mulher e ela, simplesmente mais voluntariosa?

— Não, não é tão simples e esquemático assim. A realidade não é uma máquina. Uma mulher pode ser muito mais inteligente do que o marido, do que os irmãos e assim por diante. Mas o centro da alma feminina sempre será a vontade, pois é sua vontade quem cria. O homem só consegue criar mediante o entendimento, que é o centro da sua alma. Basta você visualizar aquele símbolo do taoísmo: digamos que o Yin represente a vontade, com a presença secundária do Yang, e o Yang represente o entendimento, com a presença secundária do Yin. E ambos os aspectos só funcionam realmente em conjunto, com o casal formado.

— Polêmico isso aí.

— Eu sei. Muita gente sabe dessas coisas instintivamente, mas, como vivemos numa época politicamente correta, quase ninguém tem coragem de tocar no assunto. Eu tenho.

— Polêmico e improvável. Como comprovar algo tão subjetivo?

— Se você disser que isso é improvável, poderá dizer que todas as teorias da psicologia também o são.

— É verdade. E talvez o sejam — repliquei, completando meu copo de cerveja.

— Mas boa parte delas realmente explica, ou melhor, realmente descreve inúmeros comportamentos humanos.

— Não negarei isso.

— Apenas para você visualizar melhor o conceito: quem você acha que teve a ideia, durante o Pleistoceno, de esfregar duas pedras para conseguir faíscas e acender o fogo?

Eu ri:

— Como posso saber de uma coisa dessas?! Ninguém pode.

— Bom, eu sei: foi o homem. E você sabe o quanto ele insistiu para finalmente tornar a ideia um sucesso?

— Não — respondi, achando aquele papo hipotético uma perda de tempo.

— Nem duas semanas. Simplesmente porque ele desistiu! Depois de tentar em vão colocar fogo em alguns tipos de materiais (capim seco, gravetos, folhas etc.), ele concluiu que a ideia era inviável. Então, a mulher dele, que havia entendido o princípio, continuou insistindo, até perceber que os ninhos de passarinho eram o combustível ideal! A primeira fogueira deste mundo foi acesa por uma mulher! Foi assim que o ser humano aprendeu a dominar o fogo: graças à ideia do homem e à força de vontade da mulher.

Nathan apagou a bituca do cigarro e me encarou:

— Há um vídeo interessante no YouTube. Lembra do Borat?

— Claro. Aliás, Sacha Baron Cohen nasceu onze dias antes de mim.

— Boa safra a daquele ano, não?

Eu ri:

— Meio maluca, talvez.

— Então... — tornou ele. — Antes daquele longa-metragem do Borat, Cohen tinha um programa de TV na Inglaterra. Há um vídeo em que ele entrevista estudantes e professores da Universidade de Cambridge. Todos realmente acreditam que ele é um repórter do Cazaquistão e, por isso, não têm vergonha de falar o que realmente pensam, afinal tudo aquilo será supostamente veiculado num país distante. Então Borat diz a um venerável e simpático professor, já idoso, o seguinte: "Estive andando por aí e vi muitas mulheres. Por que elas estão na universidade?" E o professor: "Ora, porque elas também são inteligentes." Borat devolve: "No Cazaquistão, quando vemos uma mulher com um livro na mão, dizemos: 'Olha um cavalo com uma sela!'" Ambos caem na gargalhada, mas o professor observa com toda sinceridade: "Bem, a questão é que a metade do mundo é constituída por mulheres. Elas têm tanta habilidade e tanta inteligência quanto o homem. A diferença é que elas não têm a mente criativa." E Borat, colocando lenha na fogueira, diz: "No Cazaquistão, dizemos que encontrar uma mulher com cérebro é como encontrar um cavalo com asas."

— Puts — exclamei, olhando em torno. — Se a gente estivesse num bar mais movimentado, já estaria apanhando.

— É possível.

— E, sinceramente, você está generalizando tanto quanto o Borat. Mas com uma grande diferença: você não está fazendo piada!

— Não é piada, e, sim, é claro que estou generalizando. Não sou ingênuo, sempre haverá exceções. Mas sugerir, como as feministas fazem, que há mais homens entre os gênios da música, da literatura, do cinema, das artes e das ciências apenas por causa da "opressão do patriarcado" é de uma ingenuidade sem tamanho... — e sorriu, abrindo os braços. — Aliás, mesmo esses gênios estão deixando de existir na intensidade e na quantidade de outrora: porque as mulheres estão deixando de apoiá-los e estão tentando se tornar "exceções", que, repito, existem. Mas a exceção nunca é a regra! Isso é tão óbvio. Se até entre os homens a genialidade é rara, uma exceção, imagine então entre as mulheres! Ora, para realizar uma obra de vulto, elas precisam ir contra a própria natureza! Mas não, o feminismo não aceita isso, ele afirma que elas não apenas podem mas devem ser magníficas, deslumbrantes, incríveis, enfim: geniais! Sim, atualmente, elas mesmas querem ser as "gênias criadoras". E, graças a isso, levam adiante suas próprias ideias furadas com a maior força de vontade. Contudo, não há melhor definição de gênio que a dada pelo amigo Oswald Spengler: "Gênio é a força fecundante do varão que ilumina toda uma época." Percebe? Do varão, do homem. Genialidade não é o mesmo que talento ou habilidade. Talento e habilidade as mulheres podem possuir tanto quanto os homens; mas genialidade, não. Claro, certamente nenhum homem jamais entenderá e interpretará a literatura de James Joyce ou a música de Chopin tão bem quanto uma mulher. Elas são exímias na arte de ser fecundadas! São mulheres! Elas são capazes de ir tão longe quanto esses gênios! Mas precisam segui-los, não chegariam sozinhas aonde eles chegaram. A não ser, repito, que neguem sua feminilidade! Essa escritora que o mediador do seu debate disse ter morado com você, por exemplo...

— Eu é que morei com ela. Hilda Hilst. Fui secretário dela. A criatividade dela, aliás, não tinha limites.

— Ela era uma mulher feminina?

— Nossa, extremamente feminina. Aliás, ela continuava sedutora mesmo sendo idosa. Seu jeito de falar, de nos olhar, de movimentar as mãos e até mesmo de segurar o cigarro, tudo era envolvente. E espontâneo! Uma mulher saída dum filme *noir*.

Ele acendeu outro cigarro:

— Bom, você está me descrevendo apenas a ponta do iceberg da feminilidade. Em geral, uma mulher criativa precisa ter uma força masculina própria para se expressar e se impor, e, via de regra, quando consegue manifestar uma tal força, acaba perdendo boa dose de seus atrativos femininos. Ela acaba afastando os homens. A não ser que seja uma artesã, porque, ao seguir uma tradição artística qualquer, as mulheres podem ser simultaneamente bastante criativas e femininas. Contudo, nesse caso, não há inovação, há apenas a adaptação de uma tradição a uma visão ou habilidade pessoal, uma criação pela vontade. A vontade se guia pelo querer, e o querer, pelo amor: quer-se aquilo que se ama. As mulheres amam uma tradição, uma escola estética, e então a seguem. Sozinhas, elas não farão nenhuma revolução estética, porque esta depende da força criativa do intelecto. Por isso, a maioria dessas mulheres intelectualmente criativas ou não é casada, ou é casada com homens feminis (homens-pilares, digamos), ou então é lésbica.

Eu, que já ia erguendo o copo de cerveja, depositei-o novamente na mesa:

— Agora que você disse isso, me lembrei de uma coisa sobre a Hilda.

— Diga.

— Ela me contou que, após se casar e se mudar para sua fazenda, vivia brigando com Dante Casarini, marido dela à época, pois, segundo ele mesmo já me confirmou, quando ela estava escrevendo, suas feições assumiam um aspecto masculino e até sua voz soava mais grave. Isso o incomodava muito, principalmente quando ele sentia tesão no meio do dia e resolvia interromper o trabalho dela. Hilda, irritada, lhe dizia: "Dante, vá comer a empregada e não me encha o saco!" E o engraçado é que, depois de várias respostas semelhantes, ele realmente foi comer a empregada. Em pouco tempo o casamento acabou.

— Pois é, taí um fato comum. Para o homem, num caso assim, a mulher se torna basicamente um amigo ou um parceiro — como era Simone de Beauvoir para Sartre. Isso, claro, quando não se torna uma rival! Imagino que ela nem tenha tido filhos.

— Quem? A Hilda? Não, não teve.

— Pois é. No final das contas, mesmo amando uma mulher intelectualmente criativa, o sujeito, para se sentir completo, acaba é procurando mulheres mais femininas. Mesmo que ele próprio ache isso uma idiotice, mesmo que saiba racionalmente que sua companheira intelectualizada é mais, digamos, interessante do que uma meramente feminina, ele não consegue evitar! É instintivo, é da natureza do masculino buscar o feminino — e, dando uma tragada no cigarro, Nathan olhou para cima, meditando. A neblina e o frio pareciam mais intensos agora. As ruas já não estavam tão movimentadas. — Quanto à mulher — prosseguiu ele —, de fato ela até pode ter a mente criativa: contanto, repito, que sacrifique sua feminilidade natural no altar desse tipo de criatividade, tal como o fez sua amiga. Ora, a mulher nasceu para criar o que você, Yuri, certamente crê ser o bem mais precioso: outro ser humano! Para um moralista, para um conservador, o que é um livro quando comparado a um ser humano? Nada! Mas não, em vez de observar com condescendência essas criações mentais dos homens, tão inferiores se cotejadas com uma nova alma, agora as mulheres querem é criar dentro do âmbito masculino! Abandonam o ato mágico e sagrado de se tornar um portal para a vida e abraçam as invencionices dos homens. Já o coitado do homem, que é incapaz de gerar um filho, não pode nem compor uma sinfonia sossegado? Ele tem de ouvir da própria esposa algo como "meu trabalho no escritório é tão importante quanto o seu"? E ela então ainda tem o desplante de tecer elogios ao chefe, um sujeito pretensioso que não passa de um burocrata, quando, sem se dar conta, ela tem em casa um gênio da música necessitado de ajuda feminina para desabrochar... Que tremenda sacanagem!

— Você, por acaso, seria contra uma mulher tornar-se presidente de uma empresa ou mesmo presidente da República?

— Não interessa se sou contra ou a favor. O que interessa é que, se uma mulher for culta, isto é, se ela beber da fonte da Cultura, da História, da Filosofia, enfim, do pensamento humano mais elevado, previamente criado, aprofundado e expandido por homens já mortos, ela será muito melhor do que um presidente homem inculto ou meramente dotado de um ridículo diploma de universidade brasileira. Margaret Thatcher foi Margaret Thatcher porque estava sobre ombros de gigantes! Eu já disse: as mulheres são mais capazes de reconhecer um gênio do que qualquer outro homem! Porra, a primeira mulher a acender o fogo notou a genialidade da ideia quando o próprio inventor duvidara dela! Em geral, os homens é que invejam aqueles que são melhores do que ele. As mulheres não, elas os reconhecem, compreendem e os amam! O amor é a fonte da vontade. Este, aliás, foi um dos argumentos que o coitado do Nietzsche usou contra o cristianismo: que era fraco, que se tratava duma religião feminina! Tudo porque, no início, quem mais amava, compreendia e seguia Jesus eram as mulheres! Ora, elas são inteligentíssimas! Só não espere novidades intelectuais da parte delas. As novidades que lhes interessam são as notícias, os últimos acontecimentos, as fofocas, ou seja: coisas já ocorridas. Como as "boas-novas" do Evangelho, por exemplo — e Nathan sorriu cinicamente.

Comecei a tamborilar a mesa:

— Tá, tudo isso é muito interessante. Mas que ninguém nos ouça! Porque este papo, nesta nossa época politicamente correta, pode até nos levar à cadeia. E eu sou apenas seu ouvinte!

Ele riu enquanto batia a cinza do cigarro.

— Agora... — continuei — você tem de reconhecer que nada do que falou até o momento apoia sua defesa do feminismo. Muito pelo contrário: sua posição é muito próxima à de Chesterton, que era católico e já criticava o feminismo nos anos 1920!

Nathan, a cachaça em riste, alargou um sorriso e me encarou com olhos penetrantes:

— Sou niilista, imoral, mas não sou idiota! Eu estudo muito. Aliás, você já leu as Epístolas de Paulo com atenção?

— Já li, mas duvido que tenha prestado atenção às mesmas coisas que você.

— Bem, o caso é que o apóstolo Paulo descreve com perfeição o maior defeito do homem e o maior defeito da mulher.

— E quais seriam?

— O maior defeito do homem é o egoísmo; o da mulher, o orgulho. O egoísmo é o Yang do ego, e o orgulho, o Yin. Percebe? — movi a cabeça afirmativamente e ele continuou: — E qual é a profilaxia recomendada? Qual o remédio sugerido por Paulo? Que o homem seja capaz de literalmente dar sua vida para proteger a esposa e que esta seja capaz de submeter seu ego ao do marido. Em outras palavras: o entendimento, que busca a verdade, sabe que deve proteger o amor, que é a essência da vontade. Ora, o amor é mais valioso do que a verdade! Mas o amor, que é cego, deve deixar-se guiar pelo entendimento sempre que houver um impasse. Percebe?

— Mais ou menos.

— Trocando em miúdos: quando houver risco de vida, é a vida da mulher que deve ser poupada, ao passo que o homem deve se sacrificar por ela, tal como num navio que afunda, ou tal como aqueles namorados que, num tiroteio dentro duma sala de cinema nos EUA, pereceram ao proteger suas namoradas com seus próprios corpos.

— Não discordo.

— Já a mulher, sempre que o casal estiver em desacordo com alguma questão importante, quando todos os argumentos estiverem na mesa e mesmo assim ainda houver um impasse, deve confiar na decisão do marido, pois é dele o voto de Minerva. Muitas vezes, a decisão dele não será outra senão seguir o conselho dela. Pois realmente há uma intuição feminina. Todos os antigos generais consultavam oráculos. A mulher, por ser mais intuitiva, mais sensitiva, é o oráculo do homem. Mas é ele quem tem de bater o martelo. Ora, para ela isso deveria ser um alívio, não uma humilhação! Ele está pegando para si a responsabilidade de um possível fracasso. Mas, ao longo das últimas décadas, as feministas estão conseguindo destruir até mesmo a intuição feminina. Elas a estão substituindo por raciocínios rasos e conselhos toscos, desses que encontramos nas revistas e blogs femininos: "a fila anda", "cavalheirismo é machismo disfarçado", "não olhe para trás, esqueça seu ex-namorado machista", "a diferença de gênero é uma imposição social", "primeiro a carreira, depois seu homem", "nem toda mulher se realiza com a maternidade", "meu corpo, minhas regras", "mantenha o queixo erguido, jamais se submeta", "a vida de toda dona de casa é deprimente" e assim por diante. Um monte de bobagens pseudointeligentes emitidas por universitárias que não entendem absolutamente nada das almas masculina e feminina. Por que a mulher não poderia aceitar a sanção masculina? Se o homem seria capaz de entregar a própria vida por ela, por que ela não poderia vez ou outra deixar o orgulho de lado e sacrificar a vaidade do seu próprio intelecto? É assim que um casal sadio funciona, e foi este o erro de Eva: tomar decisões importantes sem consultar Adão! E o feminismo pretende justamente destruir essa dinâmica, ele quer não apenas exaltar o orgulho da mulher, mas também torná-la egoísta como um homem imaturo, o que, para a mulher, significa: torná-la infértil. Elas até já saem por aí tendo sexo casual, como se não fossem as mais prejudicadas no caso de uma gravidez indesejada ou de alguma doença estranha. Elas querem fazer sexo como se fossem animais machos. E como os homens respondem a tudo isso? Sendo ainda mais egoístas! E o pior: muitas vezes eles se tornam tão orgulhosos quanto meninas adolescentes, tornam-se femininos!... — e sorriu. — Você me olha com essa cara de espanto, Yuri, mas o caso é que eu sei com o que uma sociedade sã se parece. A metafísica está por trás de tudo, até da ciência. E contra uma premissa metafísica verdadeira não há física que dê jeito. Mesmo que eu não concorde com as justificativas dadas, principalmente pelos devotos do Pai Celestial, o importante é que reconheço a existência de uma natureza humana e sei que ela se vinga daqueles que se voltam contra ela.

— Que é justamente o que você pretende fazer: voltar-se contra a natureza humana...

Ele riu, moveu as sobrancelhas expressivamente — como quem diz "pois é" — e então, inclinando a cabeça para trás, jogou a cachaça inteira na garganta.

— Claro que você irá me explicar o porquê disso...

— Sim — disse ele, fazendo uma careta de satisfação e estalando a língua. — Eu costumo vir aqui por causa da cachaça. O pai do Ronaldo, o dono do bar, tem uma destilaria lá perto de Santa Bárbara d'Oeste.

Eu sorri, fazendo cara de "hum, que interessante", mas estava mesmo era esperando o desdobrar do assunto principal. Enquanto Nathan, em silêncio, ainda apreciava o sabor da cachaça, um dos homens da mesa ao lado levantou-se e veio até nós:

— Com licença, meu caro — disse, dirigindo-se a Nathan. — Será que você poderia me arranjar um cigarro? Acabou a bateria do meu cigarro eletrônico e o bar já não tem cigarros para vender.

— Claro — respondeu o empreiteiro, estendendo a carteira com um cigarro já à mostra. O homem o pegou, acendeu-o, agradeceu e voltou à sua mesa. O estranho é que, enquanto acendia o cigarro com o isqueiro que Nathan lhe oferecera, o sujeito me deu uma estranha piscadela. Observando-o de volta à sua mesa, pensei: será que sou o único sujeito deste boteco — boteco! — que não está vestindo terno e gravata?

— Olha — recomeçou Nathan, interrompendo-me o pensamento —, você citou Chesterton. Li quatro livros dele.

— O que é impressionante, já que ele era católico, e você, niilista.

— Fato. Mas é que a gente aprende muito ao estudar alguém com pensamento diametralmente oposto ao nosso.

— Você acaba de resumir minha vida acadêmica...

Ele sorriu e fez sinal para o garçom trazer uma garrafa de cachaça de outra qualidade:

— Enfim, sei algumas coisas sobre as sufragistas que Chesterton não sabia. Lembra, né? As sufragistas, ao exigirem o direito de voto para as mulheres, tornaram-se o primeiro movimento feminista.

— Sim, eu me lembro. E, segundo Chesterton — continuei —, uma mulher que exija o direito de voto tem de estar mesmo com a cabeça fora do lugar: para que exigir o direito de participar de coisas tão nojentas quanto as ações do Estado? Votar num primeiro-ministro que pode ajudar a aprovar a pena de morte, ou uma declaração de guerra, apenas sujaria de sangue as mãos das mulheres, que deveriam permanecer imaculadas.

— Bem machista, não? — observou Nathan.

Rimos.

— Mas ele tinha ótimos argumentos — eu disse. — Para ele, as mulheres deveriam ter mais privilégios, e não mais direitos.

— Exato. Assim seria, se seguíssemos a natureza humana. Mas...

— Mas, ainda segundo Chesterton, quando os homens voltavam bêbados da "casa pública", isto é, dos pubs, para suas "casas privadas", desculpavam-se com as mulheres pelo atraso afirmando que haviam estado a tratar de coisas muito importantes lá dentro, muito mais importantes do que os assuntos do lar. Conversa fiada, claro, pois estavam apenas tagarelando com outros homens. Mas elas acreditaram neles!! E então quiseram sair de casa e participar da vida pública — principalmente a do pub!

Nathan riu:

— Devo concordar, Chesterton é sempre muito engraçado.

— Muitíssimo engraçado. Pena que você, apesar de concordar com as observações dele, não concorde com seus princípios e com a manutenção desses princípios. Ele vivia combatendo o niilismo.

— E eu vivo defendendo o niilismo.

— Pois é, já notei, embora você ainda não o tenha feito. E você tampouco me disse por que apoia algo que vai contra a natureza humana.

— Sim, mas preciso dizer primeiro o que sei sobre as sufragistas que Chesterton não sabia.

— Ah, é! E o que seria?

— Os primeiros movimentos sufragistas, e mais tarde os movimentos feministas em geral, foram financiados por grandes corporações e por dinastias bilionárias, como a dos Rockefeller, por exemplo. Tudo não passou de engenharia social.

— Como assim? Com qual intenção?

— Ora, a todo direito corresponde naturalmente um dever, uma obrigação. Se as mulheres ganharam o direito de votar (e é engraçado chamar essa obrigação de direito), obviamente ganharam também a obrigação, ou o direito, de participar mais ativamente da vida pública.

— E o que há de errado nisso?

— O pré-requisito básico para participar da vida pública na sociedade é conseguir um emprego, é trabalhar fora de casa. E aí está a genialidade desses engenheiros sociais: com a entrada maciça das mulheres no mercado de trabalho, a oferta de mão de obra simplesmente dobrou! Se antes dez famílias forneciam dez cabeças para o trabalho, agora fornecem vinte. E você deve conhecer as leis do mercado, que são espontâneas e naturais: quando há um aumento da oferta de um produto ou serviço, cai o valor do mesmo. Ora, a competição torna-se mais acirrada: se alguém não quiser fazer um serviço por um valor X, algum outro o fará, porque agora há gente de sobra. Se antes eu não conseguia contratar um operário por 100 reais (porque ele tinha a escassez de mão de obra a seu favor, como um trunfo, como um meio de chantagem: "faço eu ou ninguém mais o fará!"), agora posso simplesmente contratar duas pessoas: um homem por sessenta e uma mulher por quarenta reais. Percebe? O dobro da mão de obra pelo mesmo valor! Essa briga das mulheres contra a desigualdade dos salários é recente: no início, elas não se importavam de receber menos; afinal de contas, antes não recebiam salário algum! Alguma coisa é melhor do que nada, não é? E qualquer valor amealhado iria supostamente contribuir com as finanças do lar.

— Supostamente?

— Sim, claro! Vou repetir: se antes o marido recebia cem reais, agora ambos recebem partes complementares desse mesmo valor! Ou seja, continuam tendo em conjunto o mesmo rendimento, mas fornecendo ao mercado uma cabeça a mais! Sem falar que, agora, o governo cobra impostos de ambos! Quem ganhou com isso? Os homens? As mulheres? As crianças? As famílias? Claro que não: apenas o Estado e os metacapitalistas!

— Eita... Metacapitalistas?

— Sim, gente que já deixou de ser meramente capitalista. Gente que se tornou tão rica que agora, enquanto patrocina o socialismo estatista para os demais, outorga a si mesma a prerrogativa de manter a riqueza somente para si. Todo socialismo sempre teve um financiador. E, para esses metacapitalistas, que são contra o livre mercado, que odeiam competidores e inovadores que os ameacem, nada melhor do que impor a competição apenas para quem está abaixo deles: o velho e bom "dividir para reinar". E é por isso que os metacapitalistas vivem se metendo em política, vivem patrocinando governantes que adoram controlar a economia. Eu mesmo sou um metacapitalista.

— Então você não está apenas especulando? Como na história do fogo?

— Não. Nem na história do fogo nem agora. Há, por exemplo, testemunhas que ouviram Rockefeller Jr. e Nelson Rockefeller vangloriarem-se de suas estratégias. Eles patrocinavam até mesmo revistas feministas! Hoje patrocinam ONGs, fundações e institutos. O objetivo sempre foi o de tornar terrível, aos olhos de todas as mulheres, a opção legítima de ser uma mãe e uma dona de casa. E eles conseguiram convencer todo mundo! Os homens nem notaram que seus salários caíram por conta disso. Mas entenda. Não foi algo que ocorreu da noite para o dia: o equilíbrio salarial se deu aos poucos, ao longo de décadas. Sem ter a menor noção disso, gerações inteiras passaram a receber, em valores atualizados, a metade do salário que seus avôs recebiam décadas atrás. Hoje em dia, quer queira, quer não, toda mulher tem de trabalhar fora! Ou a família terá de viver com o salário defasado do marido... Maquiavélico, não?

Reabasteci meu copo. Tomei mais um gole de cerveja. Nathan me observava, um ar irônico estampado no rosto.

— É por isso — perguntei — que você apoia o "feminismo fraco"? Apenas para pagar menores salários aos seus funcionários?

— Não, nem penso mais nisso. Essa ideia de a mulher trabalhar fora de casa (porque a mulher sempre trabalhou, não é?) já faz parte do senso comum há décadas. Os politicamente corretos vivem dizendo que o patriarcalismo é uma maldade, uma forma de opressão. Dizem até mesmo que não existe mais! Bom, é quase verdade: os únicos patriarcas existentes são os metacapitalistas! Famílias enormes! Dinastias poderosas, todas superpatriarcais. E também matriarcais, porque o patriarcalismo projetado no mundo só funciona quando associado a um matriarcalismo em ação dentro de casa. Porra, quase toda dona de casa sempre foi uma empreendedora! Você acha que as mulheres dos Rockefeller, dos Rothschild, dessas famílias nobres europeias, acham chato não ter um emprego? Você acha que elas são dondoquinhas passivas? Tadinhas, tanto dinheiro, tantos palácios para cuidar...

Eu sorri.

— Lembra o que diz o caipira daquele filme, *A marvada carne*? — indagou Nathan.

— Não, não me lembro das falas.

— Ele diz que teve "uma filha mulher para mandar na casa, e um filho homem para mandar no mundo". Isto já foi senso comum! Quando o homem não tem uma mulher para manter a casa ativa, não consegue ser ativo no mundo. Se o homem não tem uma mulher para materializar sua ideia de acender uma fogueira, ele morre de frio. As coisas são assim mesmo quando a mulher não participa ativamente do trabalho dele. Sem a presença da grande força de vontade da mulher, o homem mal consegue sentir sua pequena vontade. É a mulher quem inspira o homem. Você já viu uma foto da mulher do Chesterton? É óbvio que aquela mulher enérgica devia virar-se para ele e dizer: "Vai e escreve, my dear! Está na hora! Tenho tanto orgulho de você." E é por isso que Chesterton ainda está ativo na mente de tanta gente...

— Ok. Mas lembro que há uma Rockefeller super-reconhecida, uma profissional proeminente... Li num jornal. Infelizmente não lembro o nome dela.

Ele fez um muxoxo:

— Exceções sempre existirão! É da natureza. Se você ler a *História da Província de Santa Cruz*, de Pero de Magalhães Gândavo, primeiro livro de história sobre o Brasil, verá que as tribos indígenas da época do Descobrimento já tinham mulheres que preferiam ser caçadoras e guerreiras. Ou seja: mulheres que se comportavam de forma masculina. Algumas até mesmo escolhiam uma esposa...

— Eita.

— E sabe o que os índios achavam disso? Achavam graça, mas não as impediam, não as incomodavam. "Já que querem viver assim, quem sou eu para dizer não?", deviam pensar. Afinal, as demais mulheres também achavam esses casos irrelevantes e, ao contrário das masculinizadas, preferiam manter seu status feminino tradicional. Ora, uma tribo é como um exemplar das antigas famílias: estas não se constituíam meramente de pai, mãe e dois filhos. A verdadeira família tradicional é formada por dezenas e dezenas de pessoas em constante contato diário: avós, tios-avós, tios, primos, pais, irmãos, agregados e assim por diante. Uma dona de casa, antigamente, jamais se sentia só! A tal família nuclear, raquítica, pequenina, também é uma invenção de engenheiros sociais. Com a solidão da mulher dentro de casa, um fenômeno puramente moderno, as bravatas feministas ganharam ressonância. A família nuclear de pai, mãe, dois filhos e cachorro foi inventada por publicitários.

Ele continuava acendendo um cigarro no outro. E virando cachaça sobre cachaça. Quanto a mim, eu estava me sentindo incomodado por ouvir tantas confirmações da visão tradicional da família sendo explicitadas por alguém que se dizia um niilista, por alguém que era contra essa visão. Resolvi provocá-lo:

— Estou começando a achar que, em vez de niilista, você é islâmico.

Nathan coçou o queixo, sorridente e pensativo.

— Você é bastante sagaz, Yuri — disse ele. — Para ser sincero, eu não me incomodarei nada quando o mundo inteiro se tornar um califado. Porque esse é o futuro do mundo. Será um grande passo para o caos geral. Ora, o próprio Lúcifer, quando se rebelou, era um muçulmano *avant la lettre*.

Eu, que estava no meio de um gole de cerveja, engasguei ruidosamente. Coloquei a mão sobre a boca e tossi durante alguns segundos, enquanto solicitava com a outra mão que ele falasse mais baixo. O sacana do empreiteiro ficou ali, rindo da minha cara.

— Fala baixo — eu disse finalmente. — Os islâmicos podem ser mais perigosos do que as feministas.

— O feminismo ocidental é uma excelente arma para o Islã — replicou com cinismo satisfeito.

— Que seja! Isso eu posso até entender. Pimenta nos olhos do outro e tal... Mas esse papo de Lúcifer ser islâmico... Pelo amor de Deus! De onde saiu isso?

Ele se aprumou na cadeira, cruzou as pernas e fez sinal para o garçom me trazer outra cerveja. Então olhou dentro dos meus olhos:

— Yuri, meu caro... Uma vez consegui ser convidado para assistir a uma aula de Religião Comparada na universidade inglesa de Essex. Eu pretendia me inteirar sobre o nível do conhecimento que atualmente vendem por aí. A certa altura, o professor, um *scholar* super-respeitado, disse que a principal diferença entre o islamismo e o cristianismo é que, enquanto o primeiro assevera que Deus é uma só pessoa, isto é, Alá, o cristianismo afirma que Deus são três pessoas, a saber, o Pai, o Filho e o Espírito Santo.

— Ué. E não está correto?

— Absolutamente! O verdadeiro muçulmano não crê que Alá seja de forma alguma uma personalidade! Alá significa "A Divindade". Para o cristianismo, há um único Deus, isto é, uma única deidade que atua na Criação como três distintas personalidades. Ora, que tipo de relacionamento você tem com uma outra pessoa? Um relacionamento pessoal! Simples, não? Isto significa que, no cristianismo, você pode se sentar ali no meio-fio a qualquer momento e falar com Deus, orar. Ao menos foi o que Jesus nos ensinou. Mas não é assim no islamismo! Você não pode se sentar no meio-fio para falar com Alá quando bem entender! Ele não é uma pessoa disposta a aceitar sua presente situação: "Ah, o coitado está tão mal que precisa falar Comigo agora mesmo e Eu, Alá, não Me incomodo se ele está sentado na rua feito um cão." Não! Alá não vai se alegrar com sua conversa mental fora de hora, fora de lugar, fora da adoração coletiva, enfim, fora do rito! Ele não vai sequer lhe dar atenção! O islamismo é uma religião social, você precisa entrar não apenas em sintonia, mas também em sincronia com os demais fiéis. Quando A Divindade é invocada, todos devem cair de joelhos naquele exato momento, a cabeça voltada para Meca, e rezar o que têm de rezar! É A Divindade! Quem é você para ousar falar com Alá com tanta familiaridade, com tanta informalidade, como se Ele fosse... seu Pai?! Percebe?

— Sim, mas... e Lúcifer? Onde entra nessa história?

— Calma, já vou lhe dizer... A questão é que, para um ateu, essa diferença entre islamismo e cristianismo é um nada! Mas, para um espírito religioso, é uma diferença gigantesca! Isto muda tudo: se Deus é Pai, somos todos irmãos, mesmo os que O negam, e por isso ama-se até mesmo os inimigos; por outro lado, se Ele não é Pai, então apenas os fiéis merecem ser amados e preservados a

todo custo. Já os infiéis... — e fez um gesto indicando uma degola.
— Compreende?

— E Lúcifer...? — insisti, esvaziando a primeira garrafa de cerveja em meu copo e completando o restante com a nova garrafa.

— Lúcifer abjurou a Trindade. Deixou de acreditar nas personalidades divinas. Ainda antes da Encarnação do Cristo, ele deixou de acreditar que Jesus fosse Filho de Deus. Ele já não cria no Pai! Ora, raciocinou o então governante do Sistema de Mundos, quem não é uma pessoa não pode ter filhos! É por essa mesmíssima razão que os muçulmanos ficam horrorizados quando alguém diz que o "profeta" Jesus é Filho de Deus. Lúcifer chegou à mesma ideia milhares de anos antes. E veja só: ele era um anjo, um espírito! E depois de ver seus planos serem subestimados ou vetados tantas vezes, depois de tantas negativas ao seu pedido de encontrar-se pessoalmente com o Pai, ele passou a acreditar que, na verdade, ninguém poderia se encontrar ou se comunicar diretamente com Deus, que tudo aquilo só podia mesmo ser uma farsa, porque, veio a concluir, Deus há de ser absolutamente transcendente à Criação, ao Cosmos. Para Lúcifer, Deus seria intocável! Deus jamais poderia se sentar para dividir o pão e o vinho com você... E, não podendo fazê-lo, quem seria Ele então? Simples: A Divindade!

— E você, claro, não crê no mesmo que ele, já que se diz niilista.

— Eu já acreditei na personalidade do Pai, depois passei a crer apenas n'A Divindade e hoje não creio mais nessas besteiras.

— Mas você fala como se Lúcifer existisse.

Ele bateu o copinho vazio na mesa:

— Mas ele existe! E está preso! Jesus também existe: e está no comando!

Pasmado, fiz uma tremenda careta. Aquela conversa estava me incomodando.

— Mas isso é... Você está se contradizendo!

— Ué, por quê? No fundo, meu caro Yuri, tudo não passa de *Guerra nas estrelas*! Juro! George Lucas, em certo sentido, está mais certo do que todos os teólogos que já pisaram na Terra. Houve uma guerra no Céu, meu chapa. Lúcifer, Gabriel, Jesus... não passam de espíritos de outras esferas... Se vierem até aqui agora, em visita, discretamente, apenas médiuns poderão vê-los...

Eu me endireitei na cadeira, virei o copo de cerveja e, em seguida, apesar da garrafa ainda cheia, cobri meu copo vazio com o descanso de copo. Para mim, já havia bebido mais que o suficiente.

— Ok, Nathan. Vamos deixar essa conversa doida de lado e falar mais do seu livro. Já sabe quais ideias são mais importantes?

Ele sorriu:

— Creio que sim. Pode não parecer, mas só por lhe falar dessas coisas já enxergo meu ensaio com maior clareza.

— E imagino que a ideia central a ser exposta será a destruição do Ocidente.

— Não, não, não, não... — censurou-me, movendo negativamente a cabeça. — Se eu disser isso, ninguém irá aceitar meus argumentos.

— Uê, mas então...?

— Eu quero fomentar o "feminismo fraco", não quero combatê-lo. Quero apresentá-lo como um progresso para a humanidade. Quero escrever uma apologia, não uma crítica.

— E isso ajudará a destruir o Ocidente.

— Sim, é o principal objetivo.

— Então o livro será mentiroso do começo ao fim. Dará os meios mas não revelará os verdadeiros fins.

— Exato! Um cavalo de Troia.

— Nathan, me desculpe, mas você é completamente louco.

Ele deu uma gargalhada:

— Já me disseram isso várias vezes. Você nem imagina...

— E obviamente você sabe que não quero ajudá-lo em nada, não é? E, por favor, não me cite de maneira alguma! Acho melhor, inclusive, você esquecer que me conheceu.

— Ah, nem precisa me dizer isso. Já conheci tanta, tanta, tanta gente ao longo da vida que, em menos de um mês, já terei me esquecido de você. Mas não estou certo do contrário... — e sorriu com impudência. Creio que já estava pra lá de bêbado.

— Ok. Então você é um cara inesquecível.

— Sim, eles não param de falar a meu respeito! É um saco.

Ele estava deixando a conversa cada vez mais bizarra. Não era uma simples conversa de cachaceiro. Talvez ele fosse um esquizofrênico, o que, claro, trazia à baila muitos riscos. Decidi, pois, que seria uma boa ideia concluir aquela palestra o mais pronto. Ele, porém, provavelmente intuindo minha intenção, fez um simpático sinal com a mão, como que pedindo desculpas.

— Yuri, eu sei que você é uma pessoa ocupada. Na verdade, ninguém é mais ocupado do que um escritor! Escritores ficam maquinando o tempo inteiro, o pensamento correndo a mil. A imaginação de vocês é uma onça! Não lhes dá trégua. Enfim, você não precisa se preocupar. Eu já vou deixá-lo em paz. Gostaria apenas de tratar de mais alguns pontos, e, então, estaremos terminados.

Emiti um suspiro involuntário, o que, devo dizer, nunca foi do meu feitio. Não me sinto nada à vontade no papel de antipático, mesmo diante de um maluco.

— Beleza, Nathan. Mas, se for discorrer sobre o niilismo, seja breve; é um tema que já me acompanhou tempo demais.

— Fique tranquilo. Já estou concluindo.

— Ok. Prossiga então — concordei, resignado.

Ele meteu os dedos na carteira de cigarro e notou que estava vazia. Assoviou para o garçom e a agitou no ar, solicitando mais uma. Pelo jeito, havia se esquecido do que nos dissera o homem da mesa ao lado minutos atrás: o bar já não tinha cigarros para vender.

Contudo, para minha surpresa, Ronaldo, o proprietário, veio pessoalmente trazer outra carteira de Marlboro. Esse fato me causou tanta estranheza que procurei o filador de cigarros da mesa ao lado. Quando encontrou meu olhar, nosso vizinho sorriu e levantou o copo, me saudando. Seus dois companheiros pareciam tão confusos e curiosos quanto eu.

— Estão bem servidos? — perguntou Ronaldo, o dono do bar.

— Sim, es...

— Sim, sim, Ronaldo, muito obrigado — cortou-o Nathan, dispensando-o com um gesto indelicado. E virando-se rapidamente para mim: — O que há para se fazer nesta vida quando não acreditamos em mais nada, Yuri?

— Viver como um simples animal, imagino.

— Exato. E a parte mais interessante da vida animal, ao menos segundo meu gosto, é o sexo. Há quem prefira comida, bebida, sombra e água fresca, ou então lutas, esportes, adrenalina... Eu prefiro sexo! E, sendo você muito jovem, não imagina quão difícil já foi variar de parceiras sexuais neste mundo. Quero dizer: quando já se está cansado do profissionalismo das prostitutas, claro — e me deu uma daquelas piscadinhas inconvenientes. — Aliás, a garota de programa dos nossos dias é a epítome do feminismo fraco! Uma mulher independente que trabalha fora e que vive de *parecer* feminina. A feminilidade dessas garotas é totalmente falsa! São fêmeas profissionais! É a mulher mais independente da alma do homem! Só lhes interessam os corpos e o dinheiro deles, claro. Parece até que estou descrevendo uma modelo, mas as modelos, quando fazem sucesso, obviamente não precisam ir tão longe nessa aventura. Já as garotas de programa, quando tomam gosto, sentem-se tão poderosas quanto uma supermodelo! Até alguns transexuais, invejando esse pseudopoder, tornam-se travestis de programa; o que é uma bobagem, pois homens homossexuais são homens, ponto! E são potencialmente tão criativos quanto qualquer outro homem. Mas tanto as garotas de programa quanto os travestis, ao permanecerem nessa vida, mal imaginam o que virá depois... Certos estilos de vida semeiam vírus mentais que se manifestam tardiamente na consciência... Às vezes apenas nos minutos que antecedem a morte... É duro, meu caro... Sem falar que, no futuro, mais da metade da humanidade será literalmente constituída de filhos da puta! — E então, inclinando-se na minha direção, sussurrou: — Meu livro seria um verdadeiro sucesso se todas as mulheres que o lerem se tornarem em seguida, em um momento ou outro de sua vida, garotas de programa! A prostituição geral e irrestrita será a morte do amor! A morte da família!

— Ai, ai... — suspirei. — Esse papo é de uma escrotidão tremenda, Nathan. Você até poderia me entreter se eu tivesse uns 14 ou 15 anos de idade e ainda fosse um virgem com a cabeça cheia de revistas *Playboy*, *Status*, *Hustler*... Mas, por favor... Parece até aquela música do Capital Inicial: "O mundo vai acabar e ela só quer dançar, dançar, dançar..." No seu caso, o mundo vai acabar e você só quer trepar.

Ele não se mostrou nem um pouco ofendido pela minha observação. Limitou-se a jogar novamente a cabeça para trás e a dar uma longa tragada no cigarro enquanto mirava o turvo céu de São Paulo. Conforme falávamos, a neblina ia e vinha.

— Yuri — disse ele, ainda olhando para cima —, você já assistiu a um documentário do Spike Lee sobre comediantes negros?

— Acho que se chama *Os reis da comédia*.

— Talvez. O título não importa. O interessante é que, nas apresentações de stand-up comedy dos sujeitos, eles criticam, satirizam e detonam os negros, arrancando gargalhadas homéricas da plateia, que, como vemos, é constituída quase que inteiramente de negros.

— E...?

— Bem, se os comediantes fossem brancos e contassem as mesmas piadas, seriam tachados de racistas e apedrejados ali mesmo no palco. Percebe?

— O quê?

— Que a época atual é tão hipócrita e tão propensa a se ofender que só aceita as críticas feitas por membros do próprio grupo criticado. Ou ainda: uma crítica, hoje em dia, só é ouvida por todo mundo quando emitida por alguém que pertença ao próprio grupo-alvo. O mais cômico é que está ficando assim com todas as ditas minorias, sejam elas minorias religiosas, sexuais, políticas, gordos, anões, pobres etc.

— Não discordo.

— Você já leu algum livro da Camille Paglia?

— Não, apenas alguns artigos. Gosto dela. Vi um livro dela no seu carro.

— Ela é mulher, lésbica, feminista e vive criticando as mulheres modernas, o movimento gay e o feminismo. Em geral, faz as mesmas acusações feitas desde sempre pelos conservadores, como quando ela diz que, no final das contas, uma mulher bem-sucedida numa profissão jamais será tão feliz e realizada quanto a mulher que simplesmente preferiu ter muitos filhos. Mas a mídia chique só passa a dar atenção a essas declarações quando feitas por alguém do tipo dela!

— Sim, entendo o que quer dizer. Aliás, ela concordaria com muito do que você falou sobre a natureza das mulheres.

— Verdade, mas ela jamais estimularia o "feminismo fraco", porque sabe que, com o fim do Ocidente, o mundo iria tornar-se islâmico, o que, para uma mulher, seria um péssimo negócio. Ela não é idiota. Mesmo sendo ateia, sabe que o Ocidente vive sobre as fundações erguidas pelo cristianismo. E, como já falei antes, o cristianismo é tão vantajoso para a mulher que elas foram as primeiras a agarrá-lo com unhas e dentes.

— A crítica do Nietzsche.

— Isso. Mas, ao contrário do que afirmou Nietzsche, elas não se agarraram a Jesus porque o cristianismo parecia tão fraco quanto elas, mas sim porque Ele, Jesus, era forte, masculino, influente, poderoso e... cheio de amor. Toda mulher, não importa quão inteligente seja, sempre se sentirá atraída por um homem que seja uma viga, por um homem sob quem ela queira se colocar... — e sorriu, malicioso. — Aliás, isso até me lembra de quando conheci a signorina Ciccone, no início dos anos 1990, e a mantive literalmente na coleira, em minha villa italiana, perto de Nápoles, por quase uma semana... "Venha vestida de Bettie Page submissa", eu lhe disse. Ah, essa Madonna: tão poderosa, mas tão necessitada de obedecer a alguém mais forte...

— Ai, ai, ai!! — soltei, arregalando os olhos. — Você tá falando da cantora? A Madonna?!

— Sim. Mas essa história não vem ao caso — e soltou uma longa baforada. — O que importa é que nenhuma civilização sobrevive sem religião — prosseguiu, concentrado. — Uma civilização, aliás, nasce da religião. A plebe só apreende os princípios morais básicos necessários para a boa convivência através de uma fé comum. E isto porque os rituais transmitem valores e significados mediante símbolos, que não são assimilados pela mente, mas vivenciados pelo coração ou, como dizem os psicólogos, pela nossa "afetividade". O coração nunca esquece nada. Qualquer idiota que esteja disposto, mesmo não sabendo explicar mais tarde o que se passou, sai moralmente enriquecido de um ritual cristão. De nada adianta dar aulas de filosofia ou de moral e cívica na escola. Não serve para nada! Essas aulas só alimentam intelectuais, que são uma parcela ínfima da população mundial. Os ateus globalistas, esses metacapitalistas metidos a sabichões, não entendem que, sem uma religião revelada, teremos apenas a barbárie, a guerra de todos contra todos. E, na minha humilde e niilista opinião, é ótimo que eles não entendam! Ademais, num estado de barbárie, a igualdade artificial da mulher, mantida com tanto custo pela civilização, cai por terra: para o bem ou para o mal, elas ficam nas mãos dos homens! Se elas estão colocando as asinhas de fora, é porque estão protegidas pela muralha cristã da Cultura Ocidental. Do lado de fora desse castelo, reina o caos, o desrespeito e a violência. Ora, as mulheres têm um buraco a mais no qual os bárbaros entrarão à força! E a civilização do Ocidente não é imortal, ela exige cuidados. Sim, meu caro, a guerra pode ser um retorno à mais selvagem natureza. E não me refiro somente à guerra entre nações, mas também a uma guerra que pode ocorrer no seio do povo, nas nossas ruas, uma guerra civil entre vizinhos, bairros, favelas e cidades.

— Já estamos quase chegando a isso...

Ele sorriu:

— Estamos. E tudo graças à desagregação das famílias tradicionais e aos preconceitos espalhados contra a religião. Não é culpa apenas dos políticos — e voltou a me piscar um olho. — Uma sociedade com famílias grandes e fortes, e com valores religiosos consistentes, necessita de pouco Estado para dar certo. Já o contrário...

Eu, cansado, quis me espreguiçar, mas reprimi o impulso. A verdade é que ainda estava curioso:

— O que eu mais gostaria de entender — comecei, medindo as palavras — é por que você, que tem uma visão tão clara dos fatos, não é capaz de seguir o exemplo da Camille Paglia e apoiar o Ocidente! E daí que você não aceita os pressupostos da nossa civilização? Destruir o Ocidente por quê? Para quê? Poxa, você tem negócios a zelar, esse apoio seria pelo menos uma atitude pragmática. Não é possível que sua única intenção seja transar casualmente com mulheres liberadinhas, ou então dominá-las...

— Vou lhe explicar a razão — retrucou, com ar extremamente grave. — E é por isso que falei dos comediantes negros e da Camille Paglia, dessa mania que as pessoas têm de só ouvir o contraditório de quem, assim creem, deveria estar apoiando "a própria turma". — E então me encarou em silêncio por alguns instantes, um ar sombrio no rosto.

— Caramba, Nathan, já está muito tarde para fazer suspense. Estou hospedado na casa de amigos, não quero chegar muito tarde. Você podia ser mais direto, né?

— Tá certo, tá certo. Bom, primeiro vou resumir o que me interessa sobre as mulheres e depois me justificarei indo direto ao ponto, ok?

— Ok.

— Digamos que a síntese do que está por trás do meu livro é a seguinte: as mulheres são essencialmente diferentes dos homens e, caso queiram vencê-los em termos criativos, terão de abrir mão por inteiro da sua feminilidade. Se quiserem simplesmente ser melhores do que a maioria medíocre dos homens, e parecerem gênios diante dessa maioria, tudo isso sem abrir mão da sua alma feminina, basta imitarem os maiores gênios do sexo masculino que as antecederam, porque, desculpem-me, podem tirar o cavalinho da chuva, inovação intelectual é coisa de homem.

— Essa é a tal verdade que você vai esconder.

— Isso. Perceba que não avisarei que, no fim, caso abram mão da feminilidade, irão sentir-se insatisfeitas, vazias, irrealizadas e cheias de impulsos suicidas, como uma Virginia Woolf.

— Há mais escritores que se suicidaram do que escritoras.

— Ué, mas isso simplesmente porque há mais escritores homens.

— Certo, certo — murmurei de má vontade. Eu já queria sair correndo dali.

— Na parte mais visível da obra, atacarei as "feministas fortes", defenderei apenas os aspectos epidérmicos da feminilidade, levando em seguida a leitora a engolir o "feminismo fraco", o qual supostamente a tornaria equivalente ao homem em todos os aspectos, incluindo o sexual. Essa última parte é muito importante, pois, quando o homem sente que a mulher vê o sexo da mesma forma que ele, perde totalmente a confiança nela, torna-se um paranoico e um egoísta. Enfim, a intenção é fazê-las realmente crer que são idênticas aos homens. Ou melhor, fazê-las crer que...

— Tudo isso já é velho, Nathan! — repliquei, impaciente. — Superbatido. Existem milhões de livros assim.

— Calma, Yuri. Há mais: elas já podem até mesmo acreditar que são melhores! Sim, pois, além do acesso ao mundo masculino, elas não apenas podem manter as armas da feminilidade (quero dizer, a sedução visual, a intuição, a capacidade de dividir a atenção entre vários atos simultâneos, o cuidado extremado de quem não pode deixar a fogueira apagar e, claro, as mil e uma chantagens emocionais inerentes ao seu sexo), mas podem usar também, adquiridas mais recentemente, as armas da lei, num claro (cá entre nós) desequilíbrio da justiça. Não há maneira melhor de oprimir um homem do que divorciando-se dele ou então acusando-o de assédio sexual ou de preconceito de gênero.

— Isso também não é novidade.

— Sim, mas é preciso convencê-las de que esses meios são legítimos e permitem que elas combatam os novos reacionários que andam arregaçando as manguinhas. Tipos como você — e ele riu com descaro. — Mas entenda que o principal chamariz da obra não será seu conteúdo, e sim o fato de ter sido escrita por um homem dominador, um empresário de sucesso e um Don Juan convicto, um típico machista. Percebe?

Aquele "percebe?" já estava me dando nos nervos.

— Percebo, Nathan, percebo. E o que têm a ver os comediantes negros e a Camille Paglia? Você por acaso vai criticar o machismo nesse livro?

— É o seguinte: não se trata simplesmente de que, sendo eu mesmo um machista, eu possa ser ouvido enquanto crítico do machismo. Isso é apenas a superfície. Porra, criticar o machismo é muito fácil. Na verdade, eu tenho legitimidade é para atacar as bases do cristianismo e, por conseguinte, as do Ocidente. E por quê? Ora, porque ajudei a fomentá-lo! Sim, estou arrependido e agora quero colocar tudo abaixo. Minha ação é de longo prazo. Como sempre tem sido, devo dizer. Já que você não entende as razões do meu niilismo, repito: já fui fiel ao fictício Deus-Pai, depois segui Lúcifer em sua rebelião, passando também a crer apenas n'A Divindade, e, mais tarde, depois que perdemos o contato, finalmente me entreguei ao niilismo.

— Depois que perdeu o contato... com quem?

— Com Lúcifer.

Pronto, e lá vamos nós, pensei comigo. A esquizofrenia já estava se manifestando mais uma vez.

— Já faz quase 200 mil anos que não nos falamos. Ou seja, desde que deixei de ser oficialmente o Príncipe deste planeta.

— Aham — e senti meu pé direito apontar involuntariamente para a rua.

— Logo — prosseguiu Nathan, entusiasmado —, se pretendo continuar com minhas ações contra a cristandade, em especial, e a humanidade planetária, em geral, é porque sinto que preciso a todo custo me vingar dos imperialistas cósmicos que nos destituíram do poder.

— Sei.

— Você diz que minha abordagem sobre o feminismo é a coisa mais batida do mundo. E eu não sei disso? Quem você acha que sugeriu a Rockefeller a ideia de promover o feminismo? Para quem trabalhavam os engenheiros sociais que tiveram essa ideia?

Pareceu-me mais seguro fingir que embarcava naquela sinistra *bad trip*:

— Trabalhavam para você?

— Exato! Quem você acha que era o bibliotecário que trazia aqueles livros cheios de dados ultrapassados para que Karl Marx, na biblioteca do Museu Britânico, chegasse às conclusões erradas?

— Você?

— Eu mesmo. Entre uma pesquisa e outra, costumávamos debater rapidamente algumas ideias. Ele fingia não me levar muito em consideração, mas vi seus olhos brilhando diversas vezes ao ouvir minhas pequenas e bem calculadas observações. Também consegui lhe empurrar algumas obras de ocultismo bem interessantes... — seus olhos brilhavam de orgulho. — A verdade é que foi muito mais fácil influenciar Marx do que atuar nos bastidores para levar Henrique VIII a conhecer Ana Bolena, o que, como se sabe, causou muitos problemas aos católicos britânicos...

— Imagino que seja por isso que você, apesar de parecer no máximo uns cinco anos mais velho do que eu, tenha me dito que sou "muito jovem"...

— Claro. Você é apenas uma criança.

— E você deve ser um imortal do filme *Highlander*, né? Espero que não corte minha cabeça. Juro que não faço parte desse time. Se "só pode haver um", você já deve ser esse "um".

Nathan sorriu:

— Estou acostumado com essas tiradas. Até Nero zoou comigo. Hitler zoou comigo. Em seguida você me perguntará se, para manter a juventude, sugo o sangue de jovens donzelas.

— Verdade. Essa seria minha próxima pergunta.

Seu sorriso se desvaneceu lentamente e ele nada disse. Limitou-se a acender outro cigarro e a me observar com ar petulante. Pela primeira vez, senti que seu olhar traía a frieza de um psicopata. Aquilo me perturbou. Se antes ele parecia apenas querer me sacanear, agora parecia realmente convicto do que falava. Um arrepio me percorreu dos pés à cabeça. Quando dei por mim, já estava meio encolhido na cadeira, o tronco arqueado, as mãos ocultas sob as coxas. Então retirei-as e cruzei os braços, fingindo que meu calafrio não era mais que frio. De fato, como boa cúmplice, a temperatura caíra ainda mais, e o cruzamento da Aspicuelta com a rua Girassol, logo adiante, havia desaparecido na neblina. Ao notar meu desconforto, Nathan voltou à carga:

— Yuri, você nem parece o sujeito que gravou aquela entrevista com a padeira que afirma ser a mestra Pórtia.

— Como você sabe disso? Eu ainda não a publiquei.

— Sou bem informado, meu caro! — e, notando meu pasmo, deu uma gostosa risada.

— Por acaso você andou conversando com alguém antes de me abordar lá na Casa Mário de Andrade?

— Não seja paranoico! — acrescentou, descruzando as pernas. — Eu simplesmente li essa informação no seu blog. Você pode não ter publicado a entrevista, mas avisou que ia até Alto Paraíso para gravá-la.

— Bom, acho que podemos pedir a conta, não é?

— Claro — e imediatamente fez um gesto para o garçom, solicitando a conta. Depois virou-se novamente para mim. — E agora vou direto ao ponto: o mundo como o conhecemos irá acabar, meu caro. Bem, ao menos se meu projeto pessoal continuar funcionando tão bem. Primeiro será o fim da Cultura Ocidental, e mesmo que os globalistas ateus a vençam, ou mesmo a Rússia e seu tosco eurasianismo, serão substituídos mais tarde pelos islâmicos. O eurasianismo não se preocupa realmente com a fé ortodoxa. Para ele, essa fé é um meio de chegar ao poder, e não um fim em si mesma. Nenhum eurasiano, nenhum ateu ou agnóstico tem a convicção, a força e a coragem de um homem de verdadeira fé. O estatismo dos globalistas e dos russos não é nada perante a ideia de um califado. E o islamismo, por incrível que pareça, será uma fé muito mais fácil de se destruir que o cristianismo, pois, quando o deus de uma religião não é pessoal, o ser humano tratará naturalmente de lhe atribuir as mais diferentes personalidades. Voltaremos ao politeísmo! É sempre assim. E por quê? Ora bolas, porque o ser humano é uma pessoa, não sabe se relacionar com seres inteligentes de outra forma, a não ser pessoalmente. A Divindade pode ser verdadeira, mas, sem uma personalidade que A expresse e represente, o homem torna-se isolado, como se estivesse preso num inferno hermeticamente fechado. Logo haverá os mais diversos grupos lutando entre si, cada um utilizando um atributo divino diferente para definir a personalidade de Alá. De certa maneira, esse conflito já ocorre, mas devido a questiúnculas relacionadas a personalidades humanas que supostamente herdaram o califado de Maomé, tal como as disputas entre xiitas e sunitas. Trata-se, enfim, da mesma dinâmica: a ausência das personalidades divinas causando conflitos pessoais. E o melhor é que nenhum dos grupos islâmicos terá o efeito benéfico da personalidade do Deus cristão, nenhuma das personalidades de Alá será o Pai. A não ser que se assuma como cristianismo! No fundo, qualquer muçulmano que fale sozinho com Alá, em pensamento, fora dos horários marcados, é um cristão sem o saber — e sorriu. — Falo dessas coisas não como o crente que fui, mas como o geômetra que, não podendo provar a veracidade dos postulados de Euclides, sabe que a geometria entraria em colapso sem eles. As pessoas não se dão conta, mas vivem uma guerra santa dentro de seus corações. E Cristo a está perdendo! Quando vier o califado, as mulheres serão nossas escravas, nossas *kajiras*, e os homens fracos e pobres, nossos escravos. Eu estou me lixando para o que Michael pensa sobre isso, estou me lixando para suas providências. Sou niilista apenas porque sei que estou condenado, sei que voltarei ao Nada. A sentença para os rebeldes é a segunda morte, isto é, a morte da alma. Não poderei abandonar este planeta com vida. Minha alma será extinta, eu sei disso. Mas, até lá, vou deitar e rolar: vou continuar colocando as mulheres contra os homens, os homens contra Deus-Pai e o Oriente contra o Ocidente. Este mundo, no futuro, será uma bagunça ainda maior. Você acha que as coisas já estão muito ruins?

— Bem... Parecem ruins, mas não sei se já foram ou não piores...

— Uma das coisas mais divertidas — continuou, ignorando-me — é observar a chegada dos islâmicos aos Mundos das Mansões, que vocês cristãos costumam dividir em Inferno e Purgatório. Enfim, ficam todos assombrados quando descobrem que Cristo é o Senhor! O sofrimento moral que atinge os jihadistas então é infinitas vezes maior do que a dor que causaram na Terra aos ditos "infiéis" — e Nathan deu uma gargalhada insana. — É uma pena que o ateísmo não possa vencê-los. Meu prêmio de consolação será então atrasar a vida espiritual do planeta levando-o a essa religião que consegue transformar um conceito muito bem acabado — A Divindade — numa situação disfuncional: a ausência da Trindade, a ausência das deidades que conectam o homem à Divindade Transcendente. Como se humanos fossem capazes de se relacionar com não pessoas... — e me piscou novamente. — Eu adoro mentiras embaladas no papel de presente da verdade. Como não terei uma vida futura fora deste planeta, para mim pouco importa o que é realmente verdade e o que é mentira. Eu me contento em atrapalhar e desvirtuar o conceito que funcionaria melhor. E o cristianismo, palavra de honra de um neoniilista, é a melhor, a mais funcional e a mais benéfica de todas as religiões que conheci. Embora já não acredite na concretude Dele, o conceito de Pai Celestial é o único capaz de apresentar um Deus de paz aos homens.

O garçom trouxe a conta e Nathan rapidamente sacou um enorme maço de notas do bolso, pagando em dinheiro vivo — um comportamento estranho para alguém que se dizia um empreiteiro rico. Ou, por outro lado, talvez não. Essa gente anda sempre de mãos dadas com governos corruptos, tais como o nosso, e por isso sempre passa adiante dinheiro não contabilizado.

— Então, amigo escritor, quer uma carona?

— Não, obrigado — respondi. — Só preciso subir dois quarteirões da rua Harmonia, aí ao lado. O amigo com quem estou hospedado mora ali.

— Tudo bem. Eu compreendo. Espero que, apesar dos pesares, não se chateie comigo. Você me ajudou muito. De fato, tenho todas as ideias bem hierarquizadas agora. Apreciei muito sua atenção e suas considerações.

Dei um sorriso amarelo:

— Eu é que lhe agradeço pela carona, pela bebida e por confiar nos meus ouvidos.

Ele, pois, que já estava de pé, apertou-me a mão com energia, voltou a enrolar o cachecol no pescoço, sorriu com inesperada simpatia e, voltando-me as costas, caminhou a passos largos até o Jeep estacionado logo na esquina. Aquele epílogo da nossa conversa me deixara tão alquebrado que eu mal conseguia pensar em me levantar. Era óbvio que se tratava ou de um louco surtado ou de um ator de pegadinha. Fiquei ali a observá-lo enquanto entrava no carro. De onde tirara aquelas informações malucas e improváveis, tais como a da invenção do fogo? Aquilo era simplesmente uma enorme — conforme costuma sentenciar minha mãe — "enfiação de peido no cordão", isto é, um esforço de imaginação inútil. Eu ia pensando nessas coisas, tentando gravar na memória alguns pontos mais singulares daquele discurso, quando aconteceu: assim que Nathan deu a partida, o carro explodiu! O clarão, o barulho e o deslocamento de ar foram tão fortes que me derrubaram ao chão. Os companheiros da mesa ao lado — apenas nossas mesas estavam na calçada — também se estatelaram no concreto, as pernas para cima, os olhos arregalados, os dentes arreganhados. Garrafas e copos se quebraram. Atordoados, levamos alguns segundos para nos sentar ao chão, verificando se nossos corpos estavam intactos, se alguém estava ou não ferido. Meu ouvido zumbia. Os fregueses da única mesa ocupada dentro do bar saíram para ver o que havia ocorrido. Ronaldo viera até a porta.

— O que foi isso?!

— O carro... o carro do Nathan... explodiu!! — e, ao terminar de balbuciar essas palavras, finalmente compreendi: os terroristas islâmicos certamente já conheciam as declarações malucas daquele machista feminista, mormente as que se referiam às alegadas crenças pessoais de Lúcifer! É claro que haviam decidido dar cabo daquele estranho sujeito. Mas... em São Paulo? Eis um acontecimento inédito! No entanto, para minha surpresa, Ronaldo apenas comentou:

— Ah, ele sempre faz isso — e, como quem havia recebido a notícia de um gol num jogo de futebol que não lhe interessava, voltou para dentro do bar.

— Mas... como assim?! — berrei, sem obter resposta. — Precisamos socorrer o homem!

O engravatado que nos havia pedido um cigarro minutos antes, após bater a poeira da roupa, aproximou-se:

— Você está bem, meu caro?

— Estou. Acho que estou.

— Não caia na pegadinha desse sujeito. É um mentiroso contumaz.

— A quem se refere? Ao dono do bar?

— Claro que não. Eu me refiro ao seu companheiro de copo.

— Você o conhece?

— Quem nunca ouviu falar dele? — e sorriu de modo enigmático. — Mas permita que eu me apresente: sou o doutor João Pinto Grande, advogado.

— Ah, tá bom! E isto aqui é o programa *Topa Tudo por Dinheiro*, do Sílvio Santos, né? Já entendi tudo, Ivo Holanda — e, colocando uma cadeira de pé, voltei a me sentar. Precisava organizar as ideias.

— Estou acostumado com essa reação — retrucou o outro, sorrindo. — Esses são meus amigos, o doutor Roberto Smera, advogado de Santos, e o senhor Alexandre Ferreira, de Petrópolis.

Os dois homens, tão espantados quanto eu, me estenderam as mãos em cumprimento, e eu as apertei mecanicamente, ainda sem saber se aquilo tudo fazia ou não parte de algum obscuro plano. Tudo indicava que alguém tentava me pregar uma peça.

— Bom, não ligo pro seu nome — eu disse. — Mas por que o dono do bar não se importou com a explosão? Nathan está morto!

O doutor Pinto Grande sorriu:

— E o senhor por acaso está vendo algum destroço? Restou alguma coisa do carro? Um pedaço de lata que seja? Onde está o fogo? Onde está a fumaça?

Aquelas indagações causaram-me tão grande sobressalto que, levantando-me de um pulo, cheguei a correr até a esquina: precisava ver melhor, aquela neblina poderia estar ocultando algum vestígio do incidente. Uma vez lá, não sabia o que fazer com meu espanto: de fato não havia absolutamente nada de anormal! Não havia um mísero caco de vidro! O que teria acontecido? Pasmo, voltei ao bar: aquele sujeito parecia ter as respostas.

— Ué! Cadê o... doutor Pinto? — indaguei.

— O Pinto Grande foi mijar — respondeu um sorridente doutor Smera, o que arrancou uma gargalhada do tal Alexandre Ferreira.

Ao menos uma tal declaração serviu para retirar das minhas costas parte do peso daquela exótica situação, pois tampouco pude evitar uma risada:

— O nome dele é esse mesmo?

— É sim — respondeu Smera. — Fomos colegas de faculdade. Ele já sofreu muito bullying por conta disso. Hoje, já não se importa nem um pouco.

Ficamos os três ali, meio constrangidos, aguardando o retorno do doutor Pinto. Nesse entretempo, Ronaldo voltou com uma vassoura e uma pazinha e começou a recolher os cacos dos copos e garrafas quebrados. Alexandre chegou apenas a me perguntar se eu prestara atenção ao carro do Nathan, se era um carro de verdade mesmo ou um desses objetos de cena de ilusionistas. Respondi que era, sim, um carro, pois viéramos da Casa Mário de Andrade nele.

— Que sinistro! — exclamou.

Assim que o advogado de nome esdrúxulo retornou do banheiro, disse:

— Desculpe a demora. Vocês talvez já o saibam: quando é grande, precisamos de intermináveis chacoalhadas, do contrário fica um restinho ali que depois molhará a cueca.

Smera e Alexandre deram uma gostosa risada, mas eu, malgrado seu explícito beneplácito, ainda não me sentia à vontade para zombar do nome daquele sujeito bem debaixo do seu nariz.

— Por favor, doutor, preciso ir embora. Poderia me dizer o que afinal você sabe sobre o Nathan? Ele me falou coisas estranhíssimas...

— Bem — começou ele, puxando uma cadeira para se sentar, ao que foi imitado pelos companheiros —, em primeiro lugar, preciso lhe pedir desculpas, senhor...?

— Yuri.

— Isso, Yuri. Preciso lhe pedir desculpas pois de fato permaneci atento à sua conversa quase todo o tempo. Não pude evitá-lo! Vocês trataram de temas que me são caros.

— Tudo bem, doutor. Isso até me poupa de explicar o porquê de a coisa toda me parecer tão assustadora.

— Bem, meu caro, a intenção dele é esta! Assustá-lo! Ora, comecemos pelo nome: Nathan! É óbvio que ele pretende que você deduza daí que se trata de um disfarce para o nome Satã. Com você chegando a essa conclusão por si só, ele estará lhe concedendo a vaidade de um achado impressionante! Mas Satã nunca foi príncipe do planeta Terra; na verdade, não passava de um ajudante de ordens de Lúcifer.

— Ah, por favor, doutor! O senhor também?

— Calma, rapaz, estou apenas especulando. Talvez ele não tenha pensado em nada disso. Talvez ele esteja utilizando esse nome por nenhuma razão significativa e seja realmente o ex-príncipe planetário.

Todos nós franzimos o cenho ao mesmo tempo, encarando o doutor Pinto Grande com grande perplexidade.

— Você tá de brincadeira, né, João? — indagou Smera, com um sorriso cheio de suspicácia.

— Ora, por que não? Embora algumas coisas sejam pouco prováveis, tudo é possível. E, aliás, sabe por que me aproximei de vocês dois e pedi um cigarro?

— Por quê?

— Porque já tinha visto aquele rosto em algum lugar antes. Levei alguns minutos para reconhecê-lo. Me diga, senhor Yuri, se bem entendi por parte da sua conversa, você é um escritor. Estou certo?

— Sim.

— Pois então. Vi uma foto desse sujeito sentado num café da Irlanda com o escritor francês Michel Houellebecq. Você o conhece? Já o leu?

— De nome, claro. Li apenas *Partículas elementares*. Ele é muito bom... Mas tem certeza de que era o Nathan nessa foto?

— Certeza absoluta, sou um bom fisionomista. Mas... enfim. A questão é que, um ano depois do artigo que trazia essa foto ser publicado, Houellebecq lançou seu livro *Submissão*, aquele que descreve a vida de um professor universitário numa França convertida ao Islã. Não acha uma coincidência curiosa?

— Mas onde o senhor viu essa foto?

— Num blog literário irlandês. Encontrei por acaso, não sei dizer o nome, pois não é um site que frequento. O curioso é que eu estava procurando por informações sobre Caligástia...

Eu já estava ficando irritado:

— E quem, em nome de Deus, é Caligástia, doutor Pinto?

— O príncipe planetário rebelde! — exclamou, como quem diz uma obviedade. — Mas o estranho é que, embora essa página tenha surgido entre os primeiros resultados da busca, não havia uma única menção sequer a esse nome ao longo do texto.

Eu me levantei:

— Os senhores me desculpem, mas já estou cansado dessa brincadeira, preciso ir agora.

— Tenha calma, seu Yuri. Sente-se, por favor... Vamos, por favor... Isso. Deixe-me explicar como vejo o fato. Minha Navalha de Occam não sai por aí afirmando que a explicação mais biruta é que é a correta. Só estou tentando lhe dizer o seguinte: esse sujeito certamente é rico, certamente está tentando manipular as pessoas, e — atenção — pessoas influentes! O senhor não há de ser nenhum Houellebecq, do contrário já teríamos ouvido falar de você... Não quero ofendê-lo com isso.

— Não me ofendeu.

— Mas, enfim, ele deve ter percebido algum potencial no seu trabalho e agora está tentando enfiar minhocas na sua cabeça. Estará ele preparando o terreno para o islamismo? O senhor há de convir que o romance do senhor Houellebecq não faz críticas aos muçulmanos.

— Não sei dizer. Ainda não o li.

— Bom, eu estou lhe dizendo: *Submissão* não ataca o Islã. Do contrário, Houellebecq já estaria vivendo numa caverna.

Todos sorriram, mas aquela asserção era tão verdadeira que nenhum sorriso se converteu em risada.

— Tampouco estou dizendo que esse Nathan seja o diabo. Mas atenção: nada é mais útil ao diabo do que a crença de que ele não existe!

— Quem é ele então, doutor? — perguntou Alexandre.

Doutor Pinto Grande retirou o cigarro eletrônico do bolso do paletó, arrancou uma espessa nuvem de vapor dele e, após pensar por alguns segundos, disse:

— Vocês já ouviram falar de Li Hongzhi?

— Não — responderam em uníssono os dois amigos do doutor. Quanto a mim, já ouvira falar do sujeito, um suposto restaurador do budismo original, líder da seita Falun Gong, perseguida pelo governo comunista chinês. Mas preferi não dizer nada.

— Acontece que, em um de seus livros, o senhor Hongzhi afirma que o famoso ilusionista David Copperfield não usa nenhum truque para realizar seus shows de mágica. Segundo o mestre budista, Copperfield é um verdadeiro alquimista, capaz de manipular a matéria como bem entender.

Agora não consegui ficar calado:

— E o senhor está tentando nos dizer que Nathan é um verdadeiro alquimista?

— Não. Estou apenas dizendo que ninguém precisa ser Jesus para nos dar a impressão de que realiza milagres. O próprio Filho Criador nos deu tal aviso, e, por isso, não se sentia muito à vontade atraindo as pessoas com aquilo que poderia ser visto como mera prestidigitação. Qualquer Simão Mago pode nos enganar neste ponto. David Copperfield é apenas um ilusionista que faz uso de maquinismos e de geringonças eletrônicas? Ou é realmente um alquimista? Não sei, mas, se ele não entender bulhufas de alquimia, ainda assim enganou até mesmo um respeitado líder budista.

— O senhor fala, fala, fala e não chega a lugar algum, doutor — retruquei. — Tudo indica que está mais perdido do que eu.

— Meu caro Yuri, meu único intuito é repetir o que já lhe disse: cuidado com as mentiras desse homem! Não as espalhe por aí. Não se deixe impressionar apenas porque ele fez o próprio carro desaparecer num passe de mágica. David Copperfield já fez desaparecer até um avião! Já atravessou a Muralha da China! Já se teletransportou do continente até o Havaí! Nada disso significa que devemos dar atenção às suas concepções religiosas ou políticas. A cristandade não está perdida.

— E como vou saber quais daquelas informações são mentiras e quais não? Tudo bem, aquele papo sobre quem produziu fogo pela primeira vez e, ainda mais absurda, aquela conversa fiada sobre a crença de Lúcifer ser semelhante à dos muçulmanos, claro, são bobagens, mas e...

— Não, não, Yuri — atalhou-me o doutor Pinto Grande. — Essas informações são verídicas.

Nós três voltamos a olhá-lo com pasmo, mudos.

— Eu me refiro — prosseguiu o doutor, impassível — a essas insinuações sobre a identidade dele. É um empreiteiro? Duvido muito. O diabo? Bom, ele deve ter enrolado a Madonna e o Houellebecq com as mesmas pistas falsas. Se bem que Houellebecq, se lhe deu ouvidos, assim o fez porque gostou das histórias que ouviu. Esse autor francês não é um homem fácil de ser enganado. Aliás, outra grande mentira, claro, é esse papo de que Nathan esteja escrevendo um livro.

— Então são essas as únicas mentiras? Que Nathan esteja escrevendo um ensaio e que ele seja um empreiteiro e o diabo?

— O diabo não é alguém, meu caro. O diabo é um papel que todos nós corremos o risco de interpretar, daí a necessidade de orar e de vigiar. Lúcifer, Satã, Caligástia e todos os demais demônios não eram senão anjos ou seres semelhantes a anjos. Quando se rebelaram contra Cristo, assumiram o papel do diabo, o papel do inimigo. No final das contas, tornar-se um diabo é como tornar-se mentalmente doente, mas com a pior das doenças: a doença da rebelião obstinada contra Deus. É a loucura cósmica. Esse Nathan falou muitas verdades, mas as enlameou com muitas mentiras. Tenha cuidado. Siga o conselho de são Paulo: fique apenas com o que é bom.

— João, nós precisamos ir — disse o doutor Smera, olhando a hora no celular.

Doutor Pinto sorriu:

— É verdade, me desculpe, Roberto. Eu me entusiasmo mais do que devia com esses assuntos — e olhando para mim: — Meu caríssimo Yuri, preciso deixar meus amigos em seus respectivos hotéis. Viajam logo pela manhã. Não preciso dizer que foi um prazer conhecê-lo. Veja, guarde meu cartão. E, quando tiver algum tempo livre, passe lá no meu escritório. Tenho boas histórias para lhe contar.

Não sou um escritor, não ousaria sê-lo. Mas acho que você poderia fazer um bom uso delas.

Os três se levantaram, apertaram minha mão — o doutor Pinto Grande me deu mais uma daquelas piscadelas irônicas — e saíram em direção ao Cemitério São Paulo, desaparecendo no nevoeiro. Eu, meio cambaleante, a cabeça cheia de minhocas fantásticas, saí pela Aspicuelta em direção à rua Harmonia. Iria chegar ao apartamento do amigo Rodrigo Fiume e ele que me desculpasse, porque pretendia encher de água quente aquela convidativa banheira e passar toda a madrugada em banho-maria. Precisava cozinhar as estranhas impressões daquela noite.

O Prompt de Comando ou A sábia ingenuidade do Dr. João Pinto Grande

Doutor Pinto pediu licença para ligar seu cigarro eletrônico, um Drip Box Kanger, e se sentou. Indicou a cadeira com a mão, aguardou alguns longos segundos, e nada. O rapaz mantinha-se de pé, do outro lado da mesa, visivelmente desconfortável: era óbvio que jamais estivera diante de um advogado na condição de cliente.

— O senhor não vai se sentar? Por favor, fique à vontade.

Roberto, um sorriso amarelo nos lábios, finalmente se sentou. Então olhou em torno, admirado com os quadros, com os livros na estante, com o aquário de peixes do mar. Devia estar pensando em quanto iria custar aquilo.

— O senhor dizia que pretende processar seus colegas de trabalho. Não vai me dizer o porquê?

— Racismo, doutor.

— Racismo. Certo, certo. Você deve estar se sentindo prejudicado na sua posição, imagino. É preterido nas promoções?

— Preterido?

— Sim, você certamente não recebe a devida atenção e reconhecimento por seu trabalho.

O outro pigarreou:

— Não é isso, doutor. Meu chefe e o dono da empresa também são negros. O problema são meus colegas. Fazem bullying comigo o tempo todo, me perseguem, zoam comigo.

— Você já levou o problema até seu superior?

— Já. Ele disse que eu tenho de parar de sorrir quando mexem comigo, que tenho de dizer que não gosto e pronto.

— E você já fez isso?

— Não consigo. Na hora, sem querer, eu sorrio, sei que estão brincando. Mas depois, em casa, fico relembrando, remoendo. E aí percebo o quanto são racistas, intolerantes e desrespeitosos.

— Bom, você precisa saber que iniciar um processo é, por assim dizer, uma primeira instância apenas no sentido legal. Em termos de convivência social, é na verdade uma última instância, pra lá da gota d'água.

O rapaz se aprumou na cadeira e, talvez sob influxo de adrenalina, desatou a falar rápida e destemidamente:

— Eu sei o que o senhor está insinuando. Acha que devo conversar com todos eles em particular, ou talvez com todos juntos. Resolver tudo no gogó, tipo, "é conversando que a gente se entende". Acha que eu preciso ser compreensivo e tolerante como eles jamais conseguiriam ser. Mas o problema é que eu também sei que essa atitude não leva a nada, não vale nada. Meus colegas são pessoas ignorantes, toscas e, se resolverem me poupar, vão acabar indo encher o saco de outra pessoa. Eu acredito que só irão parar com essa palhaçada se algo sério acontecer com eles. Acho que merecem ser processados pelo bem de outras pessoas, de outros negros que já não aguentam mais ser motivo de chacota.

Doutor Pinto franziu o cenho, pensativo. Então, pegando o iPad, abriu um aplicativo para fazer as anotações.

— Ok, senhor Roberto. Vamos começar do começo. O que é que eles fazem para perseguir você?

— Eles me chamam o tempo todo por um nome que odeio.

— Só por um nome? Ou por vários nomes? Apelidos talvez?

— Só por um. Quer dizer, tem um outro também. E depois riem da minha cara minutos a fio. Ficam no meu pé o dia inteiro, às vezes usam esses nomes até diante dos clientes.

— Posso saber que nomes são esses?

— Pode, sim: Prompt de Comando e CMD.

— Como? Desculpe, eu...

— Prompt de Comando.

O advogado, confuso, ficou em silêncio por meio minuto. Então começou a desatarraxar a bateria do cigarro e, ainda cabisbaixo, a trocou por outra.

— O senhor não vai dizer nada, doutor?

— Desculpe, senhor Roberto. É que não faço a mais mínima ideia do que seja um... Prompt de Comando? Cê-eme-dê? É uma sigla? Tem algo a ver com as Forças Armadas?

O rapaz riu:

— Meu Deus, o senhor não sabe o que é um Prompt de Comando?

— Por quê? O senhor vai fazer bullying da minha ignorância?

O rapaz fechou a cara instantaneamente.

— Bom — começou ele, esforçando-se para não iniciar um atrito —, o doutor pode por favor abrir esse laptop aí? Vou lhe mostrar o que é um Prompt de Comando.

— Então tem a ver com computadores?

— Sim.

— Ah, compreendo. Apesar do cigarro eletrônico e deste iPad, ambos presentes da minha esposa, sou um analfabeto tecnológico. Sei apenas ligar as coisas e usar suas funções mais óbvias e banais.

— Eu sei como é, doutor. Lá na empresa, nós trabalhamos com sistemas de informação, e, por isso, sei o quanto as pessoas, apesar de as usarem, realmente desconhecem o funcionamento das máquinas. Mas, por favor, ligue o seu laptop. É mais fácil mostrar do que explicar.

Doutor Pinto abriu, pois, a tampa do computador e acionou o botão. Graças à memória SSD, da qual ele tampouco imaginaria a razão de ser, a máquina ligou em menos de quinze segundos.

— Agora, por favor, aperte essa tecla com o símbolo do Windows e, em seguida, a letra "r", de "run".

— Executar? De inglês eu entendo.

— Isso.

— Pronto. E agora?

— Digite "cmd" nesse espaço aí e aperte Enter.

— Hum. Ok.

Uma pequena janela se abriu no meio da tela. Doutor Pinto ficou aguardando novas instruções, que não vieram.

— O que faço agora?

O outro se irritou:

— O senhor não percebeu, doutor?

— Percebi o quê, seu Roberto?

— Esse é o Prompt de Comando.

— O quê? Essa janelinha?

— É!

Doutor Pinto franziu os lábios:

— Hmmm. Mas... e daí? O que tem essa janelinha?

— O senhor por acaso está zoando com a minha cara?

Doutor Pinto encarou-o cheio de espanto:

— Eu? Debochando do senhor? Por que estaria? Não o entendo!

— Doutor, essa janela é preta! Pretinha da silva!

— E...?

— Como assim "e..."? Eles estão me chamando de preto, uê!

— E o senhor por acaso é preto?

— Claro que não! Sou da raça negra!

— Então por que está tão irritado? É como se alguém me chamasse de parafuso e isso me chateasse. O que eu tenho que ver com um parafuso? Nada.

— O senhor está tirando com a minha cara! — explodiu o rapaz.

Doutor Pinto abriu os braços, as palmas das mãos voltadas para cima:

— Juro que não! — e realmente parecia surpreso. — Ora, eu sei que antigamente as pessoas da raça negra odiavam ser chamadas de "negras" e preferiam o termo "preto", e que hoje, sei lá por qual razão, ocorre justamente o contrário. Mas e daí? Por que o senhor se chateia com isso?

— Eles riem de mim!

— E o senhor sorri de volta.

— De puro nervosismo! — e deu um tapa na mesa. — Caramba... O senhor não viu como quiseram arrancar a pele do Pelé quando ele...

— A pele do Pelé... Parece nome de documentário.

— Doutor! O senhor está zoando comi...

— Não estou, seu Roberto! Não mesmo! Tenha calma. Por favor, volte a se sentar e se acalme.

O rapaz, mais abatido que irritado, refestelou-se na cadeira. E então, resfolegando, pediu um copo d'água, que a secretária, acionada pelo intercomunicador, apressou-se em fornecer.

— Doutor — voltou a falar um minuto depois, mais calmo —, como eu dizia, o senhor não viu o que fizeram com o Pelé quando ele disse que dava de ombros quando sofria racismo no futebol? Acabaram com ele! A gente não pode ser condizente com essas coisas.

— Desculpe, não passo os dias nas redes sociais ou na TV, não sei exatamente o que fizeram com o Pelé ou o que disseram dele. Sei apenas que estavam zangados com ele. Mas sei muito bem o que ele fez consigo mesmo: é o esportista mais famoso de todos os tempos e um cara rico, de sucesso.

— Isso mostra apenas o quão egoís...

— Seu Roberto — interrompeu-o doutor Pinto —, deixe-me contar-lhe duas histórias. Posso?

Roberto, apesar de visivelmente contrariado, assentiu com a cabeça.

— Seja sincero, seu Roberto. Você não acha engraçado um advogado cujo sobrenome seja "Pinto Grande"? Veja só! O senhor sorriu. Claro que acha cômico, um tal palavrão, grafado na fachada do meu escritório. Talvez tenha até tido dúvidas ao vir me procurar. Deve ter achado que não me levo a sério. Ou que sou tão bobo que nem percebo a piada embutida nisso. Ou, pelo contrário, que sou tão seguro de mim mesmo que não me incomodo... Pouco importa o que pensou. O fato é que o senhor vem me chamando de doutor, doutor, doutor, mas nem sei se, em algum momento, disse meu nome: doutor Pinto. Quanto mais meu nome completo: doutor João Pinto Grande. E Pinto Grande é realmente meu sobrenome!

Roberto, sem suportar a pressão interna, deu uma profunda risada. Doutor Pinto riu com ele.

— Percebe? Pois então. O senhor tem ideia da quantidade de assédio moral que sofri ao longo da vida? Minha infância e minha adolescência, até minha juventude, foram verdadeiros infernos. Cheguei a odiar meus pais por conta disso. Ironicamente, o Grande é do meu pai, e o Pinto é que é da minha mãe.

O rapaz caiu na gargalhada. Doutor Pinto, um ar irônico no rosto, altivo, aguardou-o paciente e compreensivamente.

— Desculpe, doutor — disse Roberto, afinal. — Não consegui me segurar.

— Não tem o menor problema. E nem é porque "estou acostumado". É porque, hoje em dia, adoro meu nome. Enquanto ainda somos imaturos, sofremos com toda sorte de acidentes, de eventualidades, de contingências, de questões secundárias. A maturidade só vem ao fim de muita reflexão, de muita meditação, de muita aceitação. Principalmente da aceitação de nós mesmos. Quando eu era um jovem imaturo, meu nome sempre dificultou, entre outras coisas, arranjar uma namorada. Quando comecei a amadurecer, ele se tornou meu maior aliado nesse quesito! O maior sucesso! Mas estou me perdendo em circunlóquios. Deixe-me contar-lhe a primeira história. Quando eu tinha 15 anos de idade, eu pensei em me matar.

Roberto arregalou os olhos e ficou ainda mais atento.

— Eu estudava num colégio católico — continuou o doutor — e tinha colegas realmente infernais. Era estranho: os padres, ao contrário do que dizem, eram demasiado tolerantes. Na minha época, é verdade, já não havia reguadas, palmatórias ou joelhos no milho. Apenas aconselhamentos dos mais educados. Eu nunca atinava com o porquê de meus perseguidores não sofrerem penas maiores. Nunca receberam sequer uma suspensão! Claro, eu não era dedo-duro, mas esperava inutilmente que as testemunhas do meu contínuo assédio moral tomassem meu partido.

— Ninguém sabe o que vai dentro da gente.

— Exato! Além de nós mesmos, nenhum outro humano está aqui dentro — e doutor Pinto apontou o próprio coração. — Mas, enfim, voltemos ao meu quase suicídio... Bom, no segundo ano colegial, veio estudar na minha sala um sujeito brutamontes dos mais expansivos, dominadores e territoriais. Era o típico macho alfa que precisava impor a qualquer custo o seu poderio, humilhar os machos mais fracos e conquistar o resto do bando. Ele não fazia isso por mal, percebi meses mais tarde, quando então nos tornamos amigos. No fundo, era praticamente uma imposição da natureza dele, à qual, com muito custo, ele finalmente aprendeu a dizer "não". Tornar-se homem, em geral, é um aprender a dizer não à nossa animalidade, à nossa natureza, e não o contrário, como os hippies pensavam. Mas compreenda: esse dizer não... não é um "negar negativo"... é, sim, um "negar positivo", um aceitar e um driblar, um ouvir e entender, mas discordar. No final das contas, você acaba percebendo que acontecem coisas assim e assado com nosso corpo, com nossa mente, que muitos impulsos se impõem, mas, conscienciosamente, tem de dar passagem apenas ao que nos leva ao bom, ao belo e ao justo. A tudo o que não presta, seu bom senso, que é o mais comum dos sensos, deve dizer "não!".

— Entendo.

— Pois bem. Um dia, eu estava na fila da cantina e esse sujeito veio por trás de mim, colocou uma mão de cada lado dos meus ombros e, como direi?... ele me "masturbou"! Mas entre aspas! Quero dizer, sem encostar em mim senão as mãos, ele ficou friccionando meus braços para cima e para baixo, como se meu tronco fosse um corpo cavernoso e minha cabeça, a glande de um pênis. Enquanto o fazia, berrava: "E aí, Pintãããão?!" Em volta, todos começaram a rir e a gritar "Pintão! Pintão!". Tudo parecia ainda mais engraçado porque eu era baixinho, muito magro e meio cabeçudo. Sabe como é, o contraste sempre causa frisson nos espectadores do que quer que seja. Naquele momento humilhante, minha única reação foi fugir da fila e correr para o banheiro. Chorei durante todo o intervalo, dentro de um dos reservados, e ninguém foi falar comigo, ninguém foi me consolar. Ninguém! Eu era um Pinto Grande solitário.

Roberto sorriu:

— Deve ter sido duro.

Doutor Pinto sorriu de volta:

— Só quando eu me excito.

Riram juntos.

— Ao longo daquela semana — prosseguiu o doutor — esse cara me...hum... me "cumprimentou" do mesmo jeito todas as vezes que me encontrou nas filas, nos corredores, dentro da sala, na escada, na calçada. Sim, para ele era um cumprimento. E dos mais divertidos! Era seu jeito de dizer "oi, magricela do nome ridículo". E quem estivesse por perto sempre ria de mim, apontando-me o dedo. É óbvio que fiquei famoso no colégio, popular da pior maneira. Naquela semana de fevereiro, eu só procurava as sombras, estava sempre me escondendo atrás das colunas, das esquinas dos prédios, das moitas, das árvores. Foi horrível. Já passara a infância toda fugindo do meu nome e agora enfrentava aquilo. Cheguei inclusive a levar um canivete para o colégio na sexta-feira e, quando ele me masturbou-entre-aspas de novo, antes da primeira aula, fiquei apertando a lâmina dentro do bolso, com medo e desejo de usá-la. Mas não a usei, o que se mostrou ainda mais humilhante para mim, pois me senti o mais vil dos covardes. No sábado, escrevi uma carta de suicídio e passei todo o dia com uma lata de veneno no quarto, um veneno que minha mãe usava para borrifar as plantas do jardim. Ficava alternando os olhos entre a lata e o copo, o copo e a lata. Cheguei a escrever que a culpa da minha morte era dos meus pais, por terem me colocado um nome tão burlesco e absurdo. E, obviamente, nada fiz. Sobrevivi ao final de semana. Na segunda-feira, voltei ao colégio como um condenado à forca, resignado. Eu já havia sofrido muito graças ao meu nome, mas aquele gesto estúpido, bruto, daquele cara enorme, era demais para mim, o fim da picada. A humilhação me consumia. Mas... — e doutor Pinto fez uma pausa.

— Mas...?

— Mas uma coisa esquisita aconteceu. Inesperada. Com minha resignação e desamparo, eu parei de prestar atenção aos meus temores e receios, parei de olhar para dentro, e fiquei mais ligado, mais atento ao mundo. Estava tão certo de que tudo se repetiria que nem sequer me importava mais. Sem saber, eu estava pronto para o que desse e viesse. Na verdade, foi minha primeira disposição desse tipo, a qual eu acabaria por perder e recuperar muitas e muitas vezes, até finalmente conquistá-la integralmente na maturidade.

— Resumindo: o senhor ligou o *foda-se*.

— Mais ou menos isso. Um "foda-se" acompanhado por uma maior atenção às coisas, uma contemplação, que me remetia à primeira infância. Sabe, né, aquela atenção cheia de pureza. Bastante semelhante à atitude de um lutador de arte marcial que, não podendo comparar o momento exato da luta ao treinamento prévio, não tendo tempo para rememorar teorias, porque isso o distrairia, tem apenas de reagir convenientemente à situação real.

— O senhor deu uma porrada no cara?

— Não, nada disso. Eu me entreguei ao momento. Eu estava no corredor que dava acesso à minha sala, e, de repente, o sujeito me segurou por trás. E, isso mesmo, me masturbou-entre-aspas pela milésima vez! Em volta, formou-se o público de sempre. Ele gritava: "E aí, Pintãããão?!" Então aconteceu.

— Aconteceu o quê?

— Sem dar por mim, limpei a garganta e dei uma grossa cusparada.

— Nele?

— Não, ele estava atrás de mim, cuspi para a frente.

Roberto franziu o cenho e meditou por alguns segundos.

— Não entendi.

— Tudo bem, eu também não entendi de primeira o tal Prompt de Comando — e o doutor sorriu. — Seu Roberto, o senhor sabe o que ocorre ao final da masturbação, não sabe?

O outro arregalou os olhos, compreendendo:

— Ah, entendi! O senhor gozou-entre-aspas?

— Exato. E todos caíram na mais épica das gargalhadas, percebendo que eu finalmente aderira à brincadeira. E o melhor: meu amigo brutamontes, apesar de também ter rido, ficou nitidamente decepcionado, visto que eu superara sua piada. Depois disso, ele repetiu a cena apenas mais uma vez — e eu voltei a cuspir. Ninguém mais se divertiu com a coisa. Era uma bobagem já batida, ultrapassada. E ele finalmente parou com aquilo.

— E todos pararam de chamá-lo de Pintão.

— Não, isso continuou até a faculdade — e o doutor sorriu, divertido. — Mas, na escola, fiquei com fama de ser alguém engraçado e inteligente, coisas que sempre atraem as mulheres. Tudo porque, em vez de me refugiar dentro de mim mesmo, eu agi naquela situação vendo a cena inteira, e não apenas sofrendo o meu próprio papel. Deixei de ser apenas um personagem e compartilhei a autoria da peça.

O rapaz coçou a cabeça, pensativo. Tamborilou os dedos na mesa. Por fim, disse:

— Bom, não sei exatamente como eu poderia aplicar isso ao meu caso...

— Seu Roberto, antes de as pessoas perderem o bom senso, elas perdem o senso de humor. É sempre assim. Nós vivemos uma época complicada, revolucionária, cheia de gente que tenta negar, não os aspectos nocivos da nossa animalidade intrínseca, mas a própria natureza humana. Um dia, nosso corpo morrerá e não sobrará senão nossa humanidade. Nossa animalidade ficará na cova.

— Hum.

— O que me leva à minha segunda história. Ainda quer ouvi-la?

— Sim, por favor.

— Seu Roberto, eu compartilho de certas crenças religiosas bastante, como dizer?... controversas? Sim, bastante controversas. Sou cristão, mas faço parte de uma linha minoritária... Bem, isso não importa. O que realmente interessa é: por que Deus, se é que o senhor crê em Deus — se não crê, pense de forma hipotética —, por que Deus criou as raças de cor na Terra? Ou melhor, por que Ele teria permitido tal coisa? Eu me refiro a todas as raças de cor: branca, amarela, vermelha, negra etc.

— Não faço a menor ideia.

— O senhor acha que o mundo seria melhor se não houvesse diferenças de raça?

— Ah, doutor, certeza que sim. Se todos se misturassem, se fôssemos todos mestiços, ninguém iria brigar por causa disso.

Doutor Pinto deu uma longa tragada no cigarro eletrônico. Logo emitiu grandes volutas de vapor de propilenoglicol e glicerina vegetal. Ambos observaram aquela pseudofumaça por alguns momentos. Vendo que o rapaz permanecia atento, doutor Pinto prosseguiu:

— Seu Roberto, o senso comum é a média da sabedoria de uma sociedade. É o mais confiável dos sentidos, dos sensos. Mas nem sempre está certo. Nem sempre se confunde com o verdadeiro bom senso, embora tenha o costume de confundir-se com ele e, no fundo, nasça dele. Como já disse, é triste que o senso comum e o bom senso estejam sendo solapados pelas ideologias e besteiras culturais da nossa época. Mas, na verdade, o *senso comum* é uma bagagem levada de geração em geração, é resultado da experiência coletiva, uma bagagem de valores e ideias que deram certo, que costumam ainda dar certo e que certamente, em sua maioria, ainda valerão no futuro. Já o *bom senso* não é uma bagagem: é o farejar do viajante atento.

— Certo.

— É praticamente senso comum o fato de que, se tivesse existido uma única raça na Terra, do início até agora, jamais teríamos as guerras e conflitos raciais que temos hoje. Mas a verdade é o exato oposto disso: se houvesse uma única raça de cor neste mundo, o ser humano teria entrado em extinção há mais de 900 mil anos.

— Não vejo o porquê.

— A espécie de hominídeos conhecida hoje como *Homo habilis* não era ainda propriamente humana. Eram conscientes tais como os animais são conscientes, e isto significa: não eram autoconscientes. Sabiam de certas coisas — o que comer, o que não comer, quando fugir, quando lutar, o que era chuva, noite ou sol e assim por diante —, mas não sabiam que sabiam. Tinham consciência de vários fenômenos do mundo, mas não tinham, enfim, consciência de si. O fenômeno "eu" lhes era desconhecido. Entende?

— Sim.

— Foi de um casal de hominídeos *Homo habilis* que nasceu o primeiro casal de gêmeos da espécie *Homo erectus*. Esse casal fugiu da convivência de seus ancestrais animais — eram muito maltratados por eles — e deram origem à primeira espécie verdadeiramente humana: eles sabiam que sabiam, desenvolveram uma linguagem verbal primitiva e, o que é o mais humano, fizeram uso de seu livre-arbítrio, pois um fragmento de Deus passou a habitar suas mentes. Eles tomaram decisões e, graças a eles, estamos aqui agora.

— Você se refere a Adão e Eva.

— Não, Adão e Eva vieram para cá milhares de anos depois.

O outro fez uma careta:

— Nossa, isso está muito confuso e não sei aonde o senhor quer chegar.

— Calma. Você não precisa acreditar em mim. Entenda tudo isso apenas como hipótese, como mais uma possibilidade. Ora, os cientistas de hoje não sabem exatamente o que se passou. O que interessa para nossa discussão é o seguinte: os descendentes desse primeiro casal, quando centenas de anos depois já chegavam aos milhares, iniciaram lutas tremendas e encarniçadas, quase levando à extinção a primeira espécie verdadeiramente autoconsciente. Foram lutas por poder, por comida, por inveja, por território, por egoísmo, por mulheres, todas essas coisas que motivam os mais baixos instintos dos homens.

— Compreensível.

— Nessa época, ninguém mais confiava em ninguém, seus ascendentes mais antigos, que os fizeram parentes no passado, já haviam morrido, sua memória estava perdida, e todos, apesar de serem semelhantes, viam-se como totalmente distintos. Por analogia: numa terra de cegos, se ninguém nela tem um olho sequer, jamais se saberá que são todos cegos! Um ser de outra terra, dotado de olhos, veria a semelhança, mas eles, os cegos, não. Logo, por não haver razões evidentes para o surgimento da confiança mútua, de um arremedo da fraternidade espiritual, as alianças tornaram-se provisórias e volúveis. E tome guerra sobre guerra! Foi então que, por mandato de Deus, surgiram os primeiros humanos das diferentes raças de cor. Por mutação aparentemente espontânea... Essa nova semelhança, pela cor, não bastaria para gente extremamente sofisticada e avançada, como acreditamos ser hoje, chegar à paz. Mas levou a paz para o interior dos grupos raciais da época. Havia uma confiança natural dentro de cada raça, e a antiga desconfiança, que antes era geral e irrestrita, passou a dirigir-se apenas a outras raças. Percebe?

— Não vou negar: o raciocínio é interessante.

— Bom, foi assim que aconteceu. A guerra geral de todos contra todos tornou-se a guerra de uma raça contra outra e, ao mesmo tempo, como corolário, veio a migração das diferentes raças pelos continentes. Cada um, digamos assim, procurando o seu quadrado. No fundo, ninguém queria briga. Era melhor fazer a trouxa e pegar a estrada. Algumas raças quase desapareceram totalmente nesse processo, restando delas apenas algumas características genéticas transmitidas devido ao contato mútuo. Na verdade, não existem mais raças puras. A maneira como chegamos a isso pode parecer uma coisa terrível hoje, mas esse arranjo foi muito melhor do que nossa extinção. Deus escreve certo por linhas tortas.

Roberto estava pensativo. Os olhos perdidos algures. Por fim, descobrindo-se novamente dentro do escritório de um advogado, endireitou-se na cadeira e soltou um...

— Ufa!... Não foi fácil chegar até aqui.

— Não foi mesmo — concordou doutor Pinto. — O senhor fala muito bem, seu Roberto, quase como um advogado de sucesso — e sorriu. — É formado em alguma coisa? Ou apenas lê a Bíblia? Pessoas que leem a Bíblia falam muito melhor do que as demais. João Ferreira de Almeida, Deus o tenha, fez um serviço que foi muito além da salvação das almas.

— Sou formado em administração de sistemas.

— Ah, é verdade. E o senhor tem economias?

— Bom, doutor Pinto, depois de tudo o que o senhor me disse hoje, eu preciso é ir pra casa pensar melhor. Sei que o senhor é ocupado e deve cobrar um valor elevado pelo seu tempo.

O doutor sorriu:

— Não, não, seu Roberto. Não estou de olho na sua carteira. O senhor é um rapaz inteligente e tenho certeza de que tem suas ambições e projetos. Se o senhor gosta tanto do que faz, e se tem algum dinheiro poupado, devia propor sociedade ao seu chefe. Como vai a saúde da empresa?

Roberto estava aturdido, um sorriso cheio de surpresa estampado no rosto:

— Como o senhor sabia que eu tinha essa ideia na cabeça? Minha namorada, que não é negra e que, por odiar o racismo, insistiu comigo para vir recorrer ao senhor, vive me dizendo para propor sociedade ao meu patrão. Ela inclusive quer que eu use, além das minhas economias, as dela. Como o senhor sabia disso?

— O senhor lê códigos binários, seu Roberto. Eu leio pessoas. Vi sua expressão quando me disse que seu chefe e o dono da empresa também eram negros... O senhor devia fazer como nossos ancestrais *Homo erectus* e, enquanto não recebe o dom da plena maturidade — me desculpe, mas o senhor é muito jovem, praticamente um menino —, devia unir-se de forma apropriada a quem julga ser da sua turma. Faça como Pelé, seja um sucesso e vire chefe dos seus antagonistas. Não os processe, não os odeie, apenas jogue a piada de volta sobre eles. Não estou lhe dizendo para ser um racista, estou apenas aconselhando-o a ter senso de humor e jogo de cintura. Mas, voltando... como vai a empresa? Está bem das pernas?

— Há muita concorrência, doutor.

— Vocês precisam é de uma eficiente estratégia de marketing. No seu lugar eu iria até seu patrão, mostraria o quanto economizou e proporia sociedade.

— E o senhor acha que isso seria jogar a piada de volta sobre meus colegas?

— Não inteiramente. Eu ainda não concluí. É o seguinte: o senhor tem de propor a sociedade e também sugerir um novo nome para a empresa: "Prompt de Comando." Prompt quer dizer imediato, rápido, diligente. Um excelente nome. E uma foto do comando da empresa, com sócios negros, seria uma excelente propaganda.

Roberto deu uma súbita e gostosa risada:

— Doutor Pinto Grande, o senhor é foda!

— Eu sei, meu caro, *nomen est omen*: nome é destino.

E foi assim que surgiu a bem-sucedida empresa de gerenciamento de sistemas Prompt de Comando, com filiais em quatro continentes.

A teologia da maconha

— Paulinho! Vem ver o que foi que eu achei!

Quando ouviu o chamado da mulher pelo vão da escada, Paulo César estava no segundo andar daquele sobrado geminado, seu novo lar no município de Diadema. Estava entretido no quarto principal, retirando sapatos, botas e tênis de uma caixa de papelão e ocupando o pouco espaço que ela lhe deixara no armário. Haviam acabado de se mudar — eram recém-casados —, mas ele já a conhecia o suficiente para saber que, sempre que o tratava pelo diminutivo, algum fruto proibido viria por aí. Ele tinha certeza de que, ao tomar o fruto da árvore que estava no meio do Jardim, Eva o teria oferecido ao Adãozinho, jamais ao Adão.

— Já vou, Anita! — respondeu altissonante, imaginando que lá embaixo iria vê-la debruçada sobre uma caixa cheia de apetrechos eróticos, provavelmente com um par de algemas nas mãos ou, quem sabe, já vestida com corpete e cinta-liga. Aquela amiga que a esposa arranjara na igreja parecia ter lido apenas o famigerado *Cinquenta tons de cinza*. Novo Testamento? Que Novo Testamento? Não que ele não gostasse das brincadeiras — gostava muito —, mas isso era dica de leitura para se ouvir após um culto?

Paulo César saiu pelo corredor, pé ante pé, desviando-se como podia das muitas caixas ainda fechadas. Mudança é um passatempo divertido nos primeiros dois dias; depois vira um martírio. Onde iriam meter tantas coisas? Anita parecia uma curadora de museu ou uma colecionadora viciada no eBay e no Mercado Livre. "Eu sou aquariana!", repetia sem parar, defendendo suas inúmeras posses. Ele, que esteve tantas vezes no quarto dela, enquanto ela ainda morava com os pais, jamais imaginou que a então namorada escondia tantas bugigangas em outros aposentos.

— O que foi, Bonita? — indagou ao descer o último degrau e vê-la ajoelhada diante de uma caixa. Não, ela não estava de corpete e muito menos com algemas.

Anita virou o rosto para ele, sorrindo:

— Eu tava revirando os bolsos dessa mochila que a gente usou na viagem pra Chapada e... olha só o que encontrei! — e, erguendo o braço, mostrou-lhe um baseado roliço, branco e teso, como se o tivesse acabado de bolar.

Ele fez uma careta cheia de desconfiança:

— Tá brincando que você achou isso...

— Sério, amor!

— Bonita, Bonita... — censurou-a.

Ela se levantou, ofendida:

— Você acha que vou mentir pra você na nossa primeira semana de casa nova, Paulo César?

Quando ela o tratava pelo nome completo, não havia por que duvidar do que dizia.

— Desculpa, Bonita. É que essa viagem pra Chapada já tem quase três anos e o beque está inteirinho. Olha aí!

— É porque ele tava dentro desse tubo que você mesmo comprou no DealExtreme, lembra? Olha — e lhe indicou um tubo metálico, rosqueado, que se abria ao meio para guardar trecos. Parecia um supositório de presidiário de dez centímetros (dez centímetros o tubo, não o presidiário), mas era apenas um chaveiro bastante útil. Paulo inclusive se lembrou de lhe ter dito à época: "Papillon, lá na Ilha do

Diabo, teria adorado guardar sua grana no fiofó com isto aqui." Mas ela não sabia quem era Henri Charrière, nem tinha lido o livro ou visto o filme. Por isso tampouco se lembrou agora dessa referência que teria devolvido ao marido, logo de cara, a culpa pelo tráfico involuntário.

— Tá certo, gata. Mea-culpa. Mas e daí?

— Uê! Vamos fumar!

Ele arregalou os olhos:

— Tá maluca?! Depois de tudo o que a gente já passou?

Era verdade. Em anos pregressos, ambos tiveram graves problemas com drogas. Paulo nunca foi um verdadeiro viciado, desses que são fiéis a uma substância específica, mas havia experimentado de quase tudo: chá de cogumelo, chá de lírio, ayahuasca, mescalina, ácido lisérgico, special K, ecstasy, skank, freebase, haxixe e, claro, a simples e ordinária maconha. Tudo envolvido numa frágil aura de misticismo e de busca interior que apenas o levou ao solipsismo e às portas do suicídio. Cada viagem era uma aventura existencial: "É como pegar uma onda", dizia aos amigos. "Você só precisa deixar o ego de lado, relaxar e dropar. É assim que os surfistas sobrevivem." E mais tarde ele descobriu que é justamente na busca de ondas cada vez maiores que os surfistas perecem... Já Anita, com a lealdade das amantes, contentou-se em cheirar cocaína anos a fio, tendo depois experimentado, graças a ele, durante as festas a que acorreram juntos, ecstasy e ácido. E, sim, também a maconha, que mais tarde ela passou a comprar e a lhe fornecer porque gostava de ouvi-lo viajar na, conforme diziam, "maionese cósmica". Ele, que tinha pais evangélicos, crescera ouvindo sobre Deus e Jesus, substituindo-Os, na adolescência, pelo cientificismo do século e, mais tarde, por um gnosticismo psicodélico-eletrônico que, durante a dança, espera ver Shiva baixar a qualquer momento — contanto, é claro, que se tome a droga certa na dose certa com o DJ certo... Faltou pouco para ele escrever sua própria versão de *Ecce Homo* e, como Nietzsche, chegar à conclusão de que não era outro senão o próprio Deus. Aliás, faltou pouco apenas para escrever o livro, porque, de fato, Paulo César chegou à conclusão de que era — assim deixou escrito em nota de despedida — o "Deus Supremo" e de que se matava para, mediante seu próprio sacrifício, trazer de volta à Terra a tal Era de Ouro. Felizmente, o tiro da Beretta .22 não lhe atingiu o coração e ele despertou, dias depois, numa cama de hospital. Nessa mesma época, ele e Anita estavam separados havia vários meses, e ela, alternando depressões com episódios de síndrome de pânico, abandonou a faculdade e já não saía de casa. Ela, que sempre vira na convivência com os amigos o sentido da vida, já não podia encontrá-los, pois todos mantinham o vício e poderiam levá-la de volta ao pó. Por fim, debilitada e vazia, a garota resignou-se e aceitou a proposta dos pais: *rehab*. Assim, ambos, pois, e sem qualquer premeditação, reencontraram-se numa clínica de reabilitação para drogadictos. Foi lá, de mãos dadas, que Paulo César e Anita, após vencerem grande resistência, finalmente entenderam o significado da Vida Eterna e o valor da lealdade ao Pai Celestial. Um ano e meio depois, estavam casados.

— Mas você mesmo disse outro dia, Paulo: Deus também fala com a gente através das coisas e das coincidências. Esse vai ser nosso beque de despedida!

— Anita, você tá cansada de saber que eu posso ficar paranoico e ter uma carrada de *flashbacks* e *bad trips*.

Ela riu:

— Deixa de ser besta! A gente tá na nossa casa. O que pode acontecer de errado?

Ele se sentou no sofá, cabisbaixo:

— Sei lá. Um ataque nuclear da Coreia do Norte? O primeiro terremoto de São Paulo em quinhentos anos? Uma invasão extraterrestre? Um apocalipse zumbi?... Sem falar que esse beque deve ter sido produzido pelas Farc e deve ter financiado o PT, o Foro de São Paulo, o PCC...

— Ai, não. Você já tá exagerando de novo. As Farc mexem com cocaína, não vendem maconha.

— Como você sabe?

— Uê. Os caras querem dinheiro, e cocaína é que dá dinheiro. Eles são comunistas. São loucos, mas não são burros.

Ele a encarou, irônico:

— Isso é um resquício daquela sua mania de achar que eu fico mais divertido doidão, né, sua sacana? Você nem percebia que me mantinha maluco só pra sugar meu humor… meu amor! — e a abraçou, puxando-a para o colo.

— Você fica maravilhoso doido! É verdade. Mas você é muito melhor agora, com Deus no coração. Você era um menino, agora é um homem — e ela o beijou na testa, carinhosamente.

— Sei…

— É sério. E se eu gostava quando você ficava doido, era porque eu sentia uma overdose da sua personalidade. Sou viciada em você. Só que você tem trabalhado tanto, anda cansado, não escreve mais letras pra sua banda, só fala de Direito e leis, conversa pouco comigo… Estou com síndrome de abstinência de você.

— É só uma fase, Bonita. O noivado acabou, agora vai ser diferente. A gente está montando nossa base.

— Eu sei.

— Pois é. Então pra que fumar hoje?

— Porque a gente precisa encerrar aquele ciclo, Paulinho! Encerrar de um jeito positivo, porque não foram experiências apenas ruins. E lembra do que você me falou quando a gente se conheceu: "Nunca tome uma decisão condicionada pelo medo." Você tá com medo de fumar agora, não tá? Depois de todas as drogas que a gente usou, acha que um beque vai nos perder? Acha que Deus vai deixar de olhar pela gente por causa de uma última viagem? Por causa de uma substância química? Você acha que tem uma Anvisa no Paraíso? Um Denarc? A gente tinha problemas e se deixava levar pelas drogas porque não conhecia Deus. Mas agora a gente O conhece! Nenhum de nós guardou este baseado de propósito, e Ele sabe disso. Talvez Ele queira ensinar alguma coisa pra gente. A gente já teve tantos insights viajando! E esta é nossa nova casa, nossa nova vida, nosso direito.

Paulo César estava quase convencido:

— Você sabe que a cada direito corresponde um dever, não é? Um direito, sem a contrapartida de um dever, é uma ilusão. Entende?

— Que seja.

— Bonita — tornou ele, com paciência —, se alguém telefonar pra gente com um pneu furado, pedindo socorro, ajuda ou qualquer coisa assim, não posso sair de casa. Você sabe que, se eu fumar, vou ficar noiado na rua, com receio de ser parado pela polícia, de assaltos, de acidentes. Não porque vou travar de pavor, mas porque vou falar as coisas erradas para as pessoas erradas. Quando fico maluco, deixo de mandar na minha imaginação e passo a ser controlado por ela. Imagino todo tipo de situação e fico achando que estou tendo premonições... Imagino um arrastão no meio do congestionamento e já acredito que está mesmo para acontecer... É assustador!... Se a gente fumasse, a gente ia ter de ficar quietinho aqui, no sofá, ouvindo música e namorando por horas e horas. Namorando sem fuc-fuc, né, porque eu fico muito mental e me esqueço de que tenho pinto quando estou doidão.

Ela riu:

— Eu sei disso! Mas sexo verbal também faz seu estilo. Você fica incrível! Adoro seu Mr. Hyde. Morro de rir.

— Eu sabia que você ia acabar vindo com essa legiãozice... — e Paulo sorriu, persuadido. — É a última vez, então.

— Eba!

— Última vez! Promete?

Ela voltou a se levantar, empolgada:

— Combinado! Prometo, de verdade. E a gente desliga celular, o fixo, desliga tudo. Ninguém vai tirar a gente daqui. Ninguém sabe nosso endereço ainda.

— Beleza.

Começaram os preparativos: juntaram as caixas de papelão a um canto da sala, desenrolaram o tapete, jogaram as almofadas no sofá, encontraram e acenderam o abajur alaranjado, um resquício do quarto dela na casa dos pais. Para não deixar o cheiro escapar, Paulo fechou janelas, vitrôs e basculantes. Anita foi à cozinha e deixou à mão um grande salame e uma garrafa de vinho — a de vinho branco, pois a de vinho tinto ela dera de presente à vizinha da casa contígua, uma mulher de meia-idade com quem simpatizara de imediato e cuja parede compartilhavam. Também deixou sobre a bancada um pote com castanhas de caju e outro de Nutella. A larica estava garantida. Voltou à sala e acendeu o incenso de patchuli.

— Não acredito que você já acendeu essa coisa. Esse cheiro atravessa até a parede, Anita. Incenso é coisa de maconheiro. Todo vizinho sabe disso.

— Para de bobagem, Paulinho — replicou ela, sorrindo. — A gente não mora na Vila Madalena ou numa rave. A gente mora num bairro familiar de Diadema. Aqui ninguém tá ligado nisso.

— Deve ter mais traficante e maconheiro aqui no "D" paulista do que no restante do "ABC".

— Ah, vai! — e riu.

Paulo César havia trocado a roupa justa por um abrigo de moletom e, com a expressão mais preguiçosa do mundo, já estava aboletado no sofá. Anita, com uma blusinha justa e shortinho jeans, se refestelou ao seu lado. Paulo gostava de ver as alças do sutiã dela disputarem com as alças da blusa aqueles frágeis ombros. Ouviam Portishead numa caixa acústica JBL Pulse que, além de sons, emitia luzes coloridas para todos os lados. Para selecionar as músicas, Paulo fez questão de utilizar o tablet chinês "xing-ling" via bluetooth, pois os celulares deviam permanecer desligados. Quando se deram por satisfeitos, ele então colocou o beque na boca e o acendeu com um isqueiro Bic. Deu uma primeira e longa tragada. Em seguida, passou-o para ela, que fez o mesmo sem deixar de tossir profusamente num primeiro momento. Nada augurava o que teriam de enfrentar naquela noite.

— Nossa, que pancada! — disse ela, em meio à tosse. — Não perdeu a potência.

— Maconha é igual vinho: quanto mais velha, melhor. Você não sabia que foi assim que o Spielberg e o George Lucas tiveram a ideia do roteiro dos *Caçadores da arca perdida*? Estavam no Egito e compraram uma maconha encontrada no túmulo de Tutancâmon.

— Sério, meu?! Que louco! Não sabia.

Ele riu:

— Sua boba, eles estavam numa praia do Havaí gastando a grana que o George Lucas tinha ganhado com *Guerra nas estrelas*. Nada de *marijuana*. Aposto que bebiam margaritas.

— Ah, seu besta! — e lhe deu um tapa na coxa.

Paulo César pegou o beque de volta e deu outra tragada. Dessa vez foi ele quem tossiu até perder o fôlego. Ela ficou observando-o, divertida.

— Castigo por você ficar mangando *di eu*.

— Por falar em mangar de você e no Darth Vader...

— Ué, quem falou em Darth Vader?

— Não falamos?

— Não. Você só falou de *Guerra nas estrelas*.

— Ah, então — disse ele, pensativo —, por falar nisso, acho que vou aceitar o convite do doutor Pinto Grande e vou trabalhar com ele.

— Ah, não acredito!

Ele ficou sério:

— Não sei qual é o seu problema com o doutor Pinto Grande. É amigo do meu pai. Além de ter me dado uma superforça quando eu estava mal, ele é um ótimo advogado e já não tem sócios.

— Eu não tenho nada contra o Pinto Grande

Ele riu:

— Ainda bem, né, senão teríamos problemas.

— O problema — prosseguiu ela, ignorando-o — não é a pessoa dele. Eu só não acho legal ter de dizer depois: meu marido trabalha com o Pinto Grande. Ou ainda: meu marido passa quase todo o dia com o Pinto Grande. Isso não pega nada bem.

— Nós vamos ser sócios, boba.

— Você não tem nem dois anos de OAB.

— Doutor Pinto confia no meu taco. Confia em mim. Diz que temos a mesma visão de mundo. Meu nome até fará parte do nome da empresa.

— Ah, que lindo: Pinto Grande & Carvalho Advogados Associados. Você já sabe como vão pronunciar isso por aí, né?

Ele deu a primeira gargalhada.

— Tô falando sério, Paulinho. Não pega bem — protestou ela, tomando-lhe em seguida o beque e voltando a fumar.

— Pinto Grande & Caralho Advogados Associados!

— Não tem a menor graça — retrucou ela. — E ainda não entendi o que o Darth Vader tem a ver com a história.

Paulo César parou de rir:

— Darth Vader? Não seria porque o chapéu dele parece uma cabeça de pinto bem grande?

Agora foi ela quem caiu na gargalhada:

— Seu besta! Aquilo não é um chapéu! É um capacete, uma máscara, um elmo — e voltou a rir.

— Em espanhol seria "sombrero" — observou Paulo, muito sério. — Um "sombrero" preto.

Ela quase engasgou com as risadas:

— Para! Para! Darth Vader não é um mariachi mexicano pra usar sombreiro. Para de falar dele!

— Uê, parar? Foi você quem falou no Darth Vader.

— Eu?! Você é que se lembrou do seu Pinto quando falou no Darth Vader.

— Do meu pinto?

— Do Sr. Pinto... do doutor Pinto Grande, droga!

— Ah, é verdade! — concordou ele, pensativo. — Por que será?

— Ai, meu Deus, para! Como é que eu vou saber? — e Anita continuava rindo, trêmula e divertida.

Ele ficou em silêncio por algum tempo, admirando a beleza da esposa: o desenho da boca carnuda e dos olhos grandes, o contraste entre as clavículas conspícuas e o seio volumoso, o jeito de segurar o cigarro com a munheca caída para trás, a maneira felina como se sentava escorada nele, as pernas encolhidas sobre o sofá, as rótulas proeminentes. Como era bela! Como era feminina! E ela não parava de rir. Quanto mais sério ele lhe parecia, mais ela ria.

— Tá satisfeita? — indagou Paulo, divertido. — Olha só como a juventude fica completamente retardada quando fuma maconha...

Ela estava aflita, perdida entre o riso e a curiosidade:

— Por favor, tente se lembrar do que você tava falando! Tá me torturando não saber o que o Darth Vader tem a ver com o Pinto Grande!

— A gente devia ir agora no Facebook e confessar pra todo mundo que somos dois coxinhas ex-malucos que voltaram a cair na tentação da maconha, que agora até corremos o risco de apanhar do Capitão Nascimento, de saco plástico na cabeça e tudo: "São vocês, da direita religiosa doidona, que financiam essa merda!"

De joelhos sobre as almofadas, derrubando cinza no sofá, ela voltou a gargalhar e, em seguida, a tossir.

— Ah, lembrei! — tornou Paulo, surpreso com a própria memória e não fazendo o menor caso da crise de tosse dela. — Eu só ia dizer que, de acordo com o doutor Pinto Grande, Lúcifer é uma espécie de Darth Vader do nosso universo. Na verdade, o doutor disse que a realidade é o inverso do filme: que Lúcifer é que acreditava estar lutando contra um suposto imperialismo universal de Cristo.

— Ai, toma aí — disse Anita, confusa, estendendo a mão com o baseado. — Já fiquei muito doida, acho que minha tolerância estava a zero. Até parece que tomei ácido... E se você voltar a misturar Pinto Grande, Lúcifer e Darth Vader na mesma frase, vou cair morta aqui, só não sei se de rir ou se de excesso de piração. Fiquei perdidinha...

— É, parece que agora o Portishead está tocando sua música: *Unable so lost/ I can't find my way...*

— Bobo, tô perdidinha é com sua conversa. Você já sabe qual é nosso *caminho* e eu também sei — e ela buscou o olhar do marido, que lhe sorriu e a beijou nos lábios.

— Claro que sei, Bonita da minha vida.

— Bom, acho que já podemos dar tchau pro nosso último beque e jogá-lo na privada, né? A partir de agora, caretas para *siempre*. E partiu larica!

Ele protegeu o baseado:

— Calma, mulher! Já tô viajando, mas quero ficar no mesmo nível que você — e, colocando o cigarro na boca, deu mais uma profunda e longa tragada. Por fim, segurou o fôlego, esperando absorver o máximo possível de THC.

— Pra quem não queria fumar... — comentou ela, a boca seca, os olhos injetados, vendo-o converter-se na sua própria versão de Mr. Hyde.

Paulo então soltou o ar de uma só vez e se sentiu trêmulo, suando frio:

— Nossa, Bonita, minha pressão baixou completamente... — e foi se esticando no sofá até deitar-se de costas, mantendo-a entre as pernas. — Puts... Agora, sim...

— Posso jogar fora? — perguntou ela, tirando-lhe o beque da mão.

— Quem? Eu? Pode me jogar fora. Tô destruído.

Assim que ela se levantou com a intenção de ir ao banheiro, soou a campainha da porta.

— Isso foi da música? — estranhou ele.

— Não, amor — respondeu ela, olhando na direção da janela da frente, que era ampla e ia quase do chão ao teto.

Ele arregalou os olhos:

— Tá brincando que tem gente na porta logo agora! Que horas são?

— Acho que umas 11. Talvez meia-noite, não sei.

Anita se aproximou da janela e abriu uma fresta da cortina para espiar a frente da casa.

— Que bizarro, Paulo...

— Quem é?

— Se não for o Darth Vader em pessoa, é um daqueles tripulantes do Globo da Morte.

Ele se sentou no sofá, a cabeça à roda, confuso:

— Não brinca, Anita! Do que é que você tá falando?

— Vem ver, Paulo. É um cara de boné e uniforme escuro.

Paulo César olhou pela fresta da cortina e, ao ver o visitante, entrou em pânico:

— Não é boné: é boina! É a Rota, Anita! — falou a meia-voz, mas com firmeza.

— A Rota?! Dando batida na nossa casa? Não é possível! Isso não é coisa da polícia civil?

— Devia ser, mas esse aí é da Rota! Certeza.

A campainha voltou a soar, desta vez com maior insistência.

— Limpa o sofá, Anita, essa cinza... Me dá isso aí! Vou jogar a ponta no vaso — e correu para o banheiro, o coração a mil. — Rondas Ostensivas Tobias de Aguiar... Rondas Ostensivas Tobias de Aguiar... Rondas Ostensivas Tobias de Aguiar... — repetia em voz alta, lembrando-se do adágio que ouvia desde criança: "A Rota atira primeiro e só depois pergunta quem você é." — Fodeu, caralho!

— E se a gente fingir que nem tá ouvindo, Paulo? A música tá alta.

— É óbvio que o cara viu a gente na janela, Anita! Enquanto essa sala não tiver uma cortina decente, vai parecer que a gente tá numa vitrine. Dá pra ver nossas sombras chinesas lá de fora.

— Sombras chinesas? Como assim?

Mas ele já não a ouvia. Havia acabado de descobrir que a descarga não estava funcionando. O beque boiava na água do vaso sanitário. O que fazer? Se demorasse a atender a porta, é óbvio que o policial forçaria a entrada e começaria a revistar toda a casa. Provavelmente todo um batalhão aguardava suas ordens para invadir a residência. E se houvesse mais algum baseado perdido no meio daquela bagunça? E se a esposa tivesse esquecido uma trouxinha de cocaína dentro duma bolsa antiga? Caramba! Paulo não podia deixar Anita passar por isso. Assumiria toda a culpa. Talvez fosse melhor ir lá fora agora mesmo, os braços levantados, e se entregar.

— É, vou me entregar... Vou me entregar... — murmurou para si mesmo.

A campainha soou pela terceira vez. O policial manteve o dedo no interruptor por três infinitos segundos. Durante esse longo espaço de tempo, numa busca espontânea por um motivo mais verossímil, Paulo visualizou toda uma complexa perseguição a um bandido qualquer, a qual certamente teria culminado em sua casa. Sim, talvez fosse isso, a Rota não fica entrando na casa das pessoas à toa. "E se o ladrão estiver escondido aqui?", pensou ele. "Talvez alguém tenha pulado o muro e esteja escondido no nosso quintal!" Correu então até a cozinha e abriu a porta dos fundos. Olhou para a pia e tomou da primeira faca que encontrou, uma faca de mesa, dessas de passar manteiga no pão. Tomado por súbita valentia, saltou para o gigantesco quintal de meros cinco metros de largura por quatro de comprimento. Deu três passos até o tanque de lavar roupa, sob a pequena laje, e espreitou dentro dele com a atitude astuta e lépida de um gato em plena caça. Estava pronto para o ataque, mas não havia ninguém ali. A máquina de lavar, logo ao lado, que ele trouxera de seu apartamento de solteiro, era pequena, mas ele abriu-lhe a tampa assim mesmo e ameaçou com a faca a escuridão das suas entranhas. O gostoso cheiro de amaciante de roupas invadiu suas narinas, e, satisfeito, ele fechou os olhos, esquecendo-se do resto do mundo por um infinito instante. Mal passou por sua cabeça que até mesmo um gato teria dificuldades de entrar naquela geringonça.

— Paulo, o que você tá fazendo?

Caiu em si:

— Hum? Nada, Bonita.

— O cara ainda tá lá fora! Acho que não vai desistir. Eu abri todas as janelas pra sair esse cheiro de maconha.

— A da frente também?!

— Não, né? Não sou tão trouxa.

Ele correu até a porta dos fundos, segurou a esposa pelos ombros e a encarou, a expressão transtornada:

— Bonita, eu tô muito doido... Acho que só agora tá batendo... Não consigo pensar direito... Acho que... — e então, alarmado, lembrou-se do beque e, sem concluir a frase, correu esbaforido, deixando a esposa plantada entre os móveis e as grandes caixas de papelão e os eletrodomésticos da cozinha. Uma vez no banheiro, sem pensar meia vez sequer, ajoelhou-se, resgatou o baseado de dentro do vaso sanitário e o meteu na boca, engolindo-o com dificuldade.

— Eca! O que você tá fazendo? — espantou-se ela, já às suas costas.

— Sumindo com as evidências — respondeu, sentindo aquele incômodo volume entalado no esôfago.

— Que nojo! Por que não deu descarga?

— Não tá funcionando — resmungou, sem se erguer.

Colocando uma das mãos sobre a cabeça do marido, Anita apiedou-se dele:

— Era só abrir o registro, meu amor! Lembra que a gente tinha fechado ele antes de trazer a mudança? A torneira da pia tava pingando.

Paulo abraçou as pernas dela:

— Ora comigo, meu amor. Ora comigo! Eu tô aflito... Meus pensamentos não me obedecem... Fico esquecendo que estou maluco... Você sabe que esse é o grande perigo... Se eu der bandeira e for preso por uso de drogas, vou perder o registro da OAB... Saca? A gente vai ficar na rua da amargura, ou pior!, a gente vai acabar numa rua da Cracolândia... — e arregalou os olhos, acreditando piamente no que dizia. — Você sabe que minha banda nunca deu dinheiro, né... E não entendo de mais nada a não ser de leis... Meu trabalho... A gente precisa começar nossa família em paz, Bonita! Ora comigo.

A campainha tocou pela quarta vez, e, logo em seguida, ouviram palmas. Palmas de mãos que pareciam bem grandes e pesadas. Como que atingida subitamente por um raio, Anita culpou-se pela situação. Acostumada a sentir-se segura ao lado daquele homem tão denodado, tão protetor, percebeu que o temor dele a afetava com pungência. Finalmente sentiu que corriam perigo e que só contavam com Deus. Anita, pois, ajoelhou-se de frente para o marido, tomou-lhe as mãos nas suas e inexplicavelmente serena, cheia de fé, fechou os olhos e pronunciou em voz alta:

— Pai nosso que estais no Céu, pessoalmente presente no Paraíso, e espiritualmente presente nos nossos corações; meu Deus, em nome de nosso Senhor Jesus Cristo, Filho Criador do Universo, eu vos peço paz de espírito, discernimento e coragem para mim e para meu amor; que o Espírito Santo, senhor de nossas mentes, possa nos orientar neste momento de dificuldade e angústia; que Vossa Centelha possa dirigir nossos pensamentos e livrar nossa imaginação da paranoia; meu Pai amado, nós violamos a lei dos homens, mas nada fizemos com má intenção diante de Vossos olhos... Por favor, dai-nos Vossa bênção e nos protegei como sempre o tendes feito... Amém.

— Amém — disse Paulo. E ficaram em silêncio alguns segundos, perdendo-se nos olhos um do outro. — Você é linda, Anita — murmurou ele, comovido.

Ela o beijou e, apoiando-se nos ombros dele, levantou-se:

— Bom... Melhor a gente ver o que esse cara da Rota tá querendo, né?

— Eu tô mais calmo, Bonita — tornou Paulo, levantando-se também. — Mas minha cabeça... minhas ideias continuam girando... a taquicardia a mil... a onda tá no auge... não sei se vou conseguir me controlar.

— Meu amor, quem é mais forte: a maconha ou o Espírito Infinito? Confia!

— Não sei como colocar isso... em prática... — disse ele, a voz embargada. — Você não tem ideia do esforço que estou fazendo... pra conseguir falar com você...

— Bom, primeiro, respire fundo e devagar. Depois, faça o que Jesus ordenou aos apóstolos: não tente nem queira dizer nada por si mesmo: que o Espírito Santo fale por seus lábios — e, sorrindo, ela acrescentou: — E coloque este colírio, meu amor!

Ele também sorriu, vencido, e tomou o tubo de Moura Brasil da mão dela:

— Você... é demais.

Voltaram, pois, para a sala, e Anita voltou a abrir a cortina, desta vez fazendo um gesto para o policial como quem diz: já vamos! A perseverança do sujeito era impressionante. Ela tinha sorte de não ter a imaginação tão excitável quanto a do marido, do contrário, em vez de ansiosa, já estaria apavorada. Paulo abriu a porta lateral que dava para o corredor contíguo à garagem e, rígido como um funâmbulo de circo, se dirigiu ao inesperado visitante noturno. Equilibrava-se num fiozinho de sanidade, tendo como rede de segurança apenas a fé em Deus, sobre um abismo de aflição e de agitação mental.

— Boa... noite — disse.

— Boa noite — respondeu o homem, seco. — O senhor é o doutor Paulo César?

— Sim, sou eu — tornou o rapaz, perplexo com o fato de o policial saber seu nome.

— Será que posso entrar por alguns minutos?

Paulo procurou no próprio pulso um relógio inexistente e, embaraçado pelo gesto inútil, falou vagarosamente:

— Posso saber do que se trata? É muito tarde pra...

— Ah, perdão. Meu nome é Jairo. Sargento Jairo de Queirós. Sou seu vizinho. Sua esposa esteve conversando com a minha hoje de manhã.

Aquela notícia poderia ter trazido algum alívio ao jovem advogado, mas tudo o que lhe veio à mente foi: "Que merda, ele sentiu o cheiro do beque."

— O senhor pode abrir o portão? Não é bom que as pessoas me vejam aqui na sua porta.

Neste momento, a despeito do influxo de adrenalina, Paulo César dropou a onda: percebendo sua completa impotência diante daquela situação anormal, decidiu seguir o fluxo dos acontecimentos sem se opor, sem se rebelar, sem se preocupar com a própria segurança. Sabia que, caso deixasse as rédeas nas mãos do seu ego, iria desequilibrar-se, tomar uma "vaca" e chocar-se contra os recifes do fundo do mar da realidade. Não podia se dar a essa luxuosa morte de surfista mental, precisava pensar em Anita. Portanto, submisso, sem discutir, levou a chave à fechadura e permitiu a entrada do sargento da Rota.

— Vamo entrar, senhor...?

— Jairo.

— Seu Jairo. Tá frio aqui fora — disse o anfitrião, lacônico, ainda sentindo o beque entalado no esôfago. O visitante o encarou, e ele, cortês, fez um gesto com a mão para que o policial seguisse à sua frente. Este, sem nada dizer, dirigiu-se lentamente até a porta da frente, adentrando a casa sem qualquer cerimônia. Ainda no corredor, Paulo tentou averiguar se aquele coldre estava ou não vazio, mas, devido à penumbra, permaneceu na dúvida. Na sala, Anita estava sentada no sofá e já bebericava duma taça de vinho. Em menos de um minuto, ela montara uma cena de casal apaixonado: as taças, a garrafa, um cobertor sobre as pernas... Ao notar a presença do visitante, levantou-se e sorriu:

— Boa noite — disse ela, com simpatia.

— Boa noite. Você deve ser a dona Anita.

Paulo interveio, vacilante:

— Amor, este é o sargento...

— Jairo — completou o outro.

— Isso. Jairo. Nosso vizinho. Você conheceu a mulher dele hoje.

Ela arregalou os olhos:

— Ah, sim! Mas ela não me disse que o senhor era da polícia.

— Hoje em dia é muito perigoso ser da polícia — replicou o homem, visivelmente vexado. — A gente raramente fala sobre meu trabalho com quem ainda não conhece. Sabe como é, o bairro anda muito perigoso. Nunca venho para casa uniformizado. Hoje é uma exceção.

— Bom... — disse Anita, voltando a tomar assento. — Desculpe a bagunça, a gente ainda não terminou de arrumar a mudança. O senhor não quer se sentar? — e lhe indicou uma poltrona, no lado oposto da sala, que ela certamente havia liberado da pilha de caixas de papelão enquanto os dois homens ainda estavam na garagem.

— Obrigado — murmurou o sargento, indo sentar-se na pontinha da poltrona, longe do espaldar, a coluna arqueada para a frente, os cotovelos apoiados nos joelhos. Paulo e Anita trocaram um olhar furtivo: o sujeito não se sentia nada confortável, parecia antes tomado de extrema pressa, talvez até mesmo de repulsa. Parecia ter nojo da poltrona. Seria aversão a maconheiros?

— O senhor quer beber alguma coisa? — perguntou Paulo, disfarçando uma intensa tremura e sentando-se no sofá junto à esposa, de quem tomou a taça: precisava empurrar aquele baseado para o estômago.

— Não, obrigado — respondeu o sargento, olhando para o chão. Estava na cara que o policial pretendia dar-lhes um sermão, talvez até mesmo acusá-los formalmente por uso de entorpecentes. Aquela indisposição era certamente fruto de alguma discussão prévia com a esposa, a qual, devido a uma provável simpatia por Anita, não queria ver o jovem casal em dificuldades.

— Olha... — começou Paulo, quase gaguejando. — O senhor nos desculpe pela demora em atender a porta. A gente estava com o som ligado, conversando e...

— Não precisa se desculpar, doutor Paulo — interrompeu-o Jairo, sem erguer o rosto. — Eu é que tenho de pedir desculpas. Sei que são recém-casados e que devo ter interrompido um momento de intimidade. Estou envergonhado com minha insistência. Mas é que preciso muito conversar com vocês...

Anita e Paulo voltaram a entreolhar-se.

— Minha esposa me disse que vocês são evangélicos, mas vejo que bebem álcool. A senhora até nos presenteou com uma garrafa de vinho.

— Eu fui criada numa família católica — corrigiu-o Anita. — Os pais do Paulo são protestantes. Se álcool fosse uma coisa assim tão ruim, o primeiro milagre de Jesus não teria sido a transformação de água em vinho. O senhor não acha?

O homem agora esfregava o rosto com ambas as mãos:

— Mas vocês são pessoas religiosas, não são? — indagou, com certa irritação na voz.

— Nós confiamos em Deus — respondeu Paulo, levantando-se, visivelmente agitado. Pressentia que uma acusação de hipocrisia se formava na mente do policial. Teria de confessar, não podia deixar o bigode daquele homem distraí-lo. O nariz do sujeito parecia um ovo pousado sobre uma enorme moita negra. Que bigodão! Coisa de mariachi, pensou. Lembrou-se então do tal "sombrero" preto do Darth Vader e, na tentativa de evitar uma gargalhada insana e iminente, tentou prender a respiração. Tremia ainda mais. Era inevitável, chegara a hora. Seu corpo não queria lhe obedecer. Ou gargalhava, ou confessava. O esforço que vinha despendendo para controlar os pensamentos não implicava um sucesso equivalente no tocante ao corpo. Suas mãos denunciavam algo como Parkinson, a voz lhe saía com dificuldade. Era como um flashback simultâneo de ecstasy, ácido e anfetamina, sob influência dos quais o corpo não sossega senão ao dançar.

— Quero perguntar uma coisa pra vocês. É *importante* — prosseguiu o vizinho, enfatizando a última palavra, o que colocou o alarmado advogado em movimento.

Ao ver o marido encaminhar-se cambaleante até o sargento, Anita, que por segundos havia se deixado distrair pela intensa larica, teve um sobressalto. Tentou segurá-lo pela mão, mas não o alcançou. Não quis levantar-se e agarrá-lo, pois pareceria, se não suspeito, no mínimo estranho. Sua cabeça pôs-se à roda. Veio-lhe então à mente, em rápida sucessão, fragmentos de diversas discussões mantidas com ele sobre o trabalho da polícia, mormente a maneira como a imagem que tinham dos policiais mudou da água para o vinho assim que deixaram a clínica de reabilitação. Lembrou-se do acidente de carro que sofreu com o pai, de como a polícia militar, solícita, os ajudou. Recordou o sequestro-relâmpago que sofrera um ano antes e como desejara e rezara por uma ação policial, a qual de fato ocorreu sem qualquer resultado negativo, com os bandidos presos. Lembrou-se também da época em que, agrilhoada pelo vício a cocaína, não via aqueles homens senão como inimigos, uma atitude bastante comum aos consumidores de todos os tipos de drogas, atitude que inevitavelmente resvala na mais ancestral das paranoias: o temor à autoridade. Para um viciado em plena viagem psíquica, nada mais assustador do que a presença súbita de um policial. Seria como agitar uma gaiola diante de um canário. E a jovem acabou por recordar outro sequestro-relâmpago, este mais infame, sofrido por um amigo, que caíra nas mãos de policiais corruptos com uma quantidade razoável de cocaína. Em vez de prendê-lo conforme a lei, os policiais o detiveram no carro enquanto sua namorada teve de ir sacar num caixa automático alguns milhares de reais para pagar o resgate... Essas lembranças contraditórias lhe invadiam a mente. Há bons homens, há homens maus, pensava. Que tipo de policial seria o sargento Jairo? Anita respirou fundo. A culpa que sentia por ter induzido o marido a fumar maconha justamente naquele dia recrudesceu. E, atordoada, finalmente notou que Paulo, em meio a seu sofrimento moral, desde o começo não pretendia senão confessar-se.

— Esta semana, eu matei uma pessoa — tornou Jairo, interrompendo os pensamentos da jovem e os passos de Paulo, que estacou a meio caminho. — Quero saber se vou pro Inferno! — concluiu o sargento e, esmagado por uma dor pungente, começou a soluçar.

Anita empalideceu. Paralisada, nem sequer piscava. Sua coragem jogou as cartas na mesa e abandonou o jogo. Não sabia o que dizer ou fazer. Penetrara num mundo novo, desconhecido, desses que só existem nos filmes e nos noticiários. Seu olhar ia do sargento ao marido e deste ao primeiro numa velocidade incrível. O que aconteceria agora? Foi Paulo quem rompeu o silêncio.

— O senhor matou um bandido?

— Não — respondeu Jairo, atormentado. — Matei uma moça. Uma mãe. Ela tinha apenas 26 anos. Faz quatro dias que não consigo dormir.

— Por que o senhor a matou? — prosseguiu Paulo, num tom de voz excepcionalmente calmo.

— A gente tava numa diligência — disse Jairo, em meio aos soluços, a cabeça ainda abaixada. — Houve um assalto a um caixa eletrônico. Com explosivos. A gente tava perto. Então fomos chamados e, depois de uma curta perseguição, conseguimos interceptar o carro dos suspeitos. Eles bateram noutro carro que estava estacionado e não conseguiram continuar. O para-choque do carro deles ficou preso no para-lamas do outro. Aí eles se esconderam atrás dos carros e ficaram disparando contra a gente. Uns cinco meliantes. Um deles tinha um fuzil utilizado apenas pelo exército. Foi no início da madrugada, mas ainda tinha gente na rua. No centro da cidade é desse jeito. O movimento não tem fim.

— E essa moça estava na rua.

— Eu sabia que um dia iria acabar matando alguém — continuou Jairo, desconsolado, ignorando a observação. — Mas eu vinha me preparando para lidar com a morte de um bandido, não com isso! Faz parte da guerra matar o inimigo, mas eu não estava preparado para matar uma pessoa inocente. É claro que não! É como uma doença horrível, a gente pensa que só acontece com os outros. Eu já tinha ferido alguns suspeitos durante diligências, perseguições, mas nunca tinha matado ninguém. A polícia não é como as pessoas imaginam, não é um bando de justiceiros com licença para matar e que mata o tempo inteiro. É claro que sempre tem um espírito de porco no meio, uma maçã podre. É claro que mesmo a gente, lá dentro, ouve falar de grupos de extermínio. Mas quem não quer se envolver nem fica sabendo se é ou não um boato! Já disse: é coisa de espírito de porco! E esse tipo de gente está em todo lugar, não é exclusividade nossa. A grande maioria dos policiais só tá fazendo seu trabalho, sustentando a própria família.

O sargento voltou a afundar o rosto nas mãos e chorou baixinho, emitindo um som sibilante de pavio aceso, como se uma bomba estivesse a ponto de explodir. Anita permanecia muda, o coração confrangido. Estava mais impressionada com a tranquilidade repentina manifestada pelo marido do que com as revelações do policial. O mais estranho é que Paulo estava agora ereto e já não tremia.

— Eu vou para o Inferno? — tornou a indagar Jairo, num sussurro plangente. E, pela primeira vez desde que se sentara ali, ergueu o rosto para encarar seu interlocutor. Tinha os olhos injetados, o rosto inchado e rubro.

Paulo se aproximou e colocou a mão direita em seu ombro:

— A realidade não é uma máquina que responde automaticamente a certas ações, sargento.

— Não matarás! — citou Jairo, angustiado. — Não é esse o primeiro mandamento?

Paulo sorriu, compassivo:

— Não. O primeiro mandamento é "Amarás a Deus sobre todas as coisas". E isso também quer dizer: amarás a Deus até mesmo mais do que amas ao teu próprio sofrimento.

— Mas eu matei, doutor Paulo! Eu matei! A moça estava lá, no carro estacionado. Ela tinha dois filhos e eu matei ela! — e voltou a ocultar o rosto nas mãos. — A coitada tinha se escondido quando ouviu os primeiros tiros... E, num momento tenso, de cessar-fogo, se levantou para espiar pela janela...

Paulo se agachou diante do policial:

— Seu Jairo, o senhor não confia em Deus?

— Como posso confiar em alguém que nem sei se realmente existe?

Paulo sorriu:

— Pela ciência e pela filosofia, qualquer um pode concluir que o universo foi causado por algo além dele mesmo. E, sendo o universo complexo e obediente a leis, essa causa só pode ser inteligente. Antes de haver coisas que sigam leis, é preciso que haja a criação dessas leis, e as leis não são materiais.

— Eu entendo o que você quer dizer, mas isso não me satisfaz.

— É por isso que Deus, por ser mais inteligente e amoroso do que suas criaturas, decidiu revelar-se na pessoa de Nosso Senhor Jesus Cristo. Um Deus entre nós! Isso satisfaz... — e Paulo buscou o olhar do policial. — Aliás, se um escritor é capaz de criar um personagem para representar a si mesmo dentro de um livro, relacionando-se assim com outros personagens, por que Deus não poderia atuar da mesma maneira diante da sua Criação? Deus é menos do que um escritor? Um efeito não pode ser maior do que sua causa! O homem não é maior e mais esperto do que Deus!

O sargento aceitou o olhar do advogado:

— Este mundo já é quase um inferno, doutor Paulo. Às vezes penso que Deus não existe porque há maldade demais no mundo. O senhor não faz ideia das coisas que vejo no dia a dia.

— Nosso mundo não é um mundo normal, seu Jairo. Vivemos isolados, em quarentena cósmica, porque houve a Rebelião de Lúcifer e a desobediência do casal adâmico. Mas, mesmo que não vejamos qualquer mudança material durante nossa vida na carne, essa situação fatalmente terá um fim. Precisamos ter esperança e confiar na bondade divina.

— Não sei... Eu... não sei...

— O mais importante é que, enquanto indivíduos, podemos nos reconectar a Deus agora mesmo. A quarentena se refere apenas à coletividade, apenas ao planeta. Você pode conversar com Deus neste instante. Ele não é um amigo imaginário. Você deve achar que a religião se baseia apenas na imaginação, né? Ora, tudo, até mesmo a ciência, se baseia na imaginação. Há montes de princípios e postulados que são dados como certos, mas que não podem ser provados. Entende? “Todos os ângulos retos são iguais”, diz um desses postulados. Ok, mas você acha que alguém saiu comparando todos os ângulos retos do universo para saber se isso é verdade? Claro que não, seria impossível. É praticamente a fé que sustenta as ciências e as matemáticas. Se um cientista não percebe isso, é porque está filosoficamente cego. E essa fé deles tem como base nossa capacidade de imaginar certos princípios como sendo reais. Se você acha que Deus é mero fruto da imaginação, tente falar com Ele. Insista até começar a falar a partir do coração. Porque o mais impressionante é que Ele, a Seu próprio modo, quando ouve nossa sinceridade, nos responde. Essa resposta pode não ser instantânea, mas ela eventualmente chega até nós.

Anita estava embasbacada com aquela cena. Não esperava presenciar tão prontamente uma tal performance. O marido mudara completamente de atitude! Talvez por ainda estar sob efeito do baseado, ela apreciava a cena completamente desligada do espírito da época. Até a luz lhe parecia diferente, como se os três estivessem sob a iluminação de tochas. Ela já não vivia o século XXI. Sentia-se como uma romana, nas catacumbas, diante do discurso de um velho e sábio apóstolo. Percebia como o policial realmente sofria uma reforma em suas feições, sentindo-se paulatinamente consolado. Era como testemunhar um milagre.

— Mas, doutor Paulo — tornou o sargento, a voz embargada —, se isso for verdade, por que o mandamento diz "não matarás"? Não cometi um pecado? Já não estou condenado? Quer dizer que só tenho de falar com Deus e pronto, estou salvo?

Paulo levantou-se e deu alguns passos pela sala. Anita teve a impressão de que mantinha os olhos fechados. Então ele se voltou novamente para o policial:

— Seu Jairo, uma tradução mais correta do mandamento seria "não assassinarás". Quer dizer: mesmo que o uso da força lhe seja necessário, não tenha a intenção de matar! Muitas vezes, a misericórdia necessita da força para auxiliar o mais fraco, já que este pode estar sofrendo sob os pés de um sujeito mais forte cujo coração não possui senão malícia. Um guerreiro, um soldado, deve agir como os samurais: cumprindo seu dever sem envolver seu ego, sem envolver sua própria vontade. É o que eles chamam de "não ação", a ação não motivada pelo ego, mas, sim, por um bem maior. Mesmo um pai de família, numa sociedade livre, aberta, uma que não seja dominada pelo Estado, tal como a nossa infelizmente é, tem o dever de manter uma arma em casa para proteger sua família. E, se necessário, ele deve entregar a própria vida para salvar as de sua esposa e de seus filhos. Um policial de verdade tem de agir da mesma forma. Não pode deixar-se envolver emocionalmente, não deve odiar os bandidos, que são seus inimigos — mas tampouco deve abster-se de combatê-los sempre que ameacem a sociedade.

— Mas eu não matei um bandido... Matei uma inocente!

— Eu sei, seu Jairo. Mas foi um acidente, não foi? Você não teve a intenção de matá-la.

O policial o encarou com desespero no olhar:

— Eu pensei que a cabeça dela fosse a cabeça de um dos assaltantes atrás do carro. E, sim, eu queria matar ele! Ele não pretendia se entregar, estava atirando pra matar a gente. Mas então isso aconteceu. E a culpa agora tá me matando... Se eu estivesse com a cabeça fria, como o senhor tá dizendo... Se eu não estivesse com tanto medo de morrer... — e o sargento voltou a chorar baixinho, encolhido, sacudindo o corpo para a frente e para trás, preso de imensa angústia.

Paulo voltou-se para a esposa:

— Anita, meu bem, ajoelhe-se aqui ao nosso lado — e tocando o ombro do policial: — Sargento Jairo, ajoelhe-se aqui à minha frente. Vou rezar um pai-nosso por você e, em seguida, pedir em oração por sua alma. O perdão é a única salvação. Deus já o perdoou, mas o senhor só sentirá a ação desse perdão quando perdoar a si mesmo. Para tanto, o único pré-requisito é o arrependimento sincero. E vejo que você está arrependido.

— Eu não rezo desde moleque — murmurou seu Jairo, ajoelhando-se. — Acho que nem me lembro mais como é.

— Não se preocupe. Apenas ouça minhas palavras. O pai-nosso traz em si todos os elementos importantes, tudo o que podemos pedir e oferecer a Deus. Funciona como um protocolo formal, uma maneira de estabelecer a conexão. Depois, com a oração, falamos diretamente a Deus, informalmente, tal como somos e sentimos, como quem se dirige a um amigo. Entende?

— Entendo.

— Agora fechem os olhos.

Anita e seu Jairo, de joelhos, fecharam os olhos. Paulo César, com autoridade, retomou a palavra:

— Pai nosso que estais no Céu, no centro mesmo de todas as coisas, pessoalmente presente na Ilha Estacionária Paradisíaca, núcleo singular do Universo Central Modelo, e espiritualmente presente no meu coração e no coração de meus irmãos, mortais ascendentes; santificado seja o Vosso nome, meu Deus!, o único que pode verdadeiramente dizer EU SOU... Venha a nós o Vosso Reino, venha a nós os laços da Vossa Família Cósmica... E seja feita, não a minha, não a nossa, mas a Vossa vontade, assim na Terra como em toda a vasta Criação... O pão nosso de cada dia dai-nos hoje: o pão para o corpo, o pão para a mente, o pão para o espírito... E perdoai as nossas ofensas e as nossas dívidas cármicas, na medida em que nós perdoamos a nossos ofensores e a nossos devedores... E não nos deixeis, Senhor, cair em tentação: na tentação da ira, do medo, do desespero... na tentação da inveja, do ciúme, do ressentimento... na tentação da preguiça, da covardia, do isolamento... Não nos deixeis, Senhor, cair em tentação! Mas, se escorregarmos, Senhor, livrai-nos de todo o mal! Porque Vosso é o Poder, o Reino e a Glória, pelos séculos dos séculos... Amém!

— Amém — repetiram em uníssono Anita e Jairo, emocionados.

Paulo prosseguiu:

— Senhor, estamos diante de nosso próximo, de nosso vizinho, o sargento Jairo de Queirós, cujo coração está despedaçado pela culpa.

Vós sabeis, Senhor, melhor do que eu, quão arrependido ele está pela morte que causou. Uma família perdeu sua mãe, e Jairo sente grande dificuldade de se perdoar. Sabemos que ele não se consolará de uma hora para outra, sabemos que ele provavelmente sentirá necessidade de pedir perdão à própria família que ele atingiu tão duramente. Mas Vós, meu Pai, sabeis que ele é um bom homem, uma pessoa reta e que, mesmo tendo se esquecido de Vós por tanto tempo, tem procurado observar a justiça no seu dia a dia. Por favor, meu Pai, em nome de nosso Senhor Jesus Cristo, pedimos por este homem, que também é um pai de família e que, agora, retorna à Vossa Família Universal. Ajudai-o, Senhor, a compreender o significado e o valor dessa triste experiência. Que ele cresça em fé, em paciência e amor, e possa dedicar-se com ainda mais afinco à difícil tarefa que lhe cabe. A vida e a segurança de muitíssimas pessoas depende do serviço dele e de seus colegas. Aqui, juntos, agradecemos por essa Graça, Pai. Que assim seja.

— Que assim seja — repetiu Anita.

Nisto, o sargento se jogou aos pés de Paulo em prantos:

— Obrigado, doutor! Obrigado!

Paulo se abaixou e o abraçou. Ficaram assim, quase dois minutos sem que ninguém dissesse uma única palavra. Anita chorava em silêncio, tocada no mais fundo de sua alma. O choro do policial era agora de alívio. Uma força sobrenatural apoderara-se dele e seu rosto finalmente trazia a marca da esperança. Paulo sabia que ainda haveria uma que outra recaída. Mas o primeiro passo fora dado.

O sargento, então, afastando-se de Paulo e enxugando os olhos com as costas da mão direita, pediu um copo d'água, que Anita apressou-se em lhe servir. O casal observava agora a fragilidade e a humanidade daquele homem que, minutos antes, tanto medo lhes impingira. A vida é muita estranha.

— Agradeço imensamente a vocês dois — disse ele, já de pé. — Preciso ir pra casa agora, minha mulher deve estar preocupada. Vim direto pra cá, ela ainda não sabe que voltei do trabalho — e estendeu uma das mãos para Anita, que a apertou timidamente.

Quando o policial já saía pela porta aberta por Paulo, Anita voltou a chamá-lo:

— Seu Jairo! O senhor está esquecendo isto aqui! — e, segurando pela pontinha do cano, lhe estendeu um revólver calibre .38 que ficara caído ao tapete.

— Obrigado, dona Anita. Me desculpe — e lhe sorriu, tomando a arma e devolvendo-a ao coldre.

Paulo o acompanhou até o portão, e, quando já ia se afastando, o sargento parou, coçou a cabeça, retornou e lhe disse:

— Doutor Paulo César, posso lhe pedir uma última coisa?

— Claro, seu Jairo.

O outro limpou a garganta, embaraçado, e disse, quase sussurrando:

— Por favor, não fume mais maconha. O senhor é bom demais pra isso. E deve estar ciente do mal que o tráfico de drogas causa à sociedade.

Paulo, sem nenhum constrangimento, mas um tanto aturdido, sorriu:

— Então o senhor percebeu?

— Claro, faz parte do meu trabalho, né?

— Não se preocupe, seu Jairo — disse Paulo, com certa timidez. — Um amigo meu costuma dizer que muitos caminhos levam a Deus, e que até mesmo o diabo pode nos levar a Deus. O diabo que me levou a Deus foram as drogas. O mesmo aconteceu com Anita. E, hoje, enquanto desempacotávamos a mudança, encontramos um último baseado e caímos em tentação! Mas, tal como disse agorinha, ao rezar, nosso Pai Celestial, apesar de nosso escorregão, não apenas nos livrou do mal, mas também nos ajudou a realizar um grande bem.

— O senhor viu aquele filme *Os intocáveis*? — tornou Jairo, num tom amigável.

— Com Kevin Costner?

— Esse mesmo. E aquele ator que foi o melhor 007.

— Sean Connery.

— Isso, acho que é esse. Então... no final, após prender Al Capone, um repórter se aproxima do Eliot Ness dizendo que as bebidas alcoólicas tinham acabado de ser liberadas. E aí pergunta o que ele faria a respeito, já que tinha enfrentado o contrabando e o comércio delas por tanto tempo.

— Acho que me lembro disso.

— E o Eliot Ness diz: se já liberaram o álcool, vou tomar um drinque.

Paulo riu.

— Eu fumaria um cigarro desses com você, doutor Paulo, se um dia fosse liberado. Mas, por enquanto, só há crime por trás disso, muitas mortes.

— Seu Jairo, eu agradeceria seu convite, mas me recusaria. O senhor certamente nunca foi um usuário de drogas. Não deve saber como o uso crônico dessas substâncias pode despertar nossos monstros e pavores. Aliás, eu quase me borrei nas calças quando o vi pela janela...

Agora foi o sargento quem riu.

— Sem falar — prosseguiu Paulo — que a atual onda de liberação das drogas vem sendo orquestrada para dar ainda mais poder aos produtores, já que eles compartilham dessa mesma ideologia política que manda hoje em nossa vida. O senhor deve saber: progressismo, comunismo, socialismo, estatismo, no fundo, são a mesma coisa. E parece que essa ideologia é mais efetiva quando a mente da população está distraída ou assustada.

— Bom, disso eu não entendo nada, doutor. Mas... enfim, eu precisava dizer isso pro senhor.

Apertaram as mãos com firmeza, fitando-se nos olhos fraternalmente, e o sargento então dirigiu-se à casa ao lado, onde fechou o portão com estrondo.

Quando Paulo entrou na sala, Anita estava no sofá, sentada de pernas cruzadas, com dois dedos metidos no pote de Nutella. Ele se aproximou e desabou ao lado dela.

— Paulo, tô tão orgulhosa de você! As coisas que você disse...

— Bonita — disse ele, exausto —, não faço a mais mínima ideia do que foi que eu disse! Lembro de partes! A maconha acabou com a minha memória.

— Não! Você não se lembra porque foi o Espírito Santo!

— ...acobertado pelo beque.

— Bobo — e o beijou ternamente. — Pelo menos o sargento não desconfiou de nada, né?

— Ah, é. Não desconfiou de nadica de nada — gracejou ele. — Mesmo assim — e a puxou pelo braço, deitando-a de bruços no colo — você merece umas palmadas pelo que me aprontou hoje. Sua Eva!

— Se me machucar, vou à delegacia da mulher, viu — replicou, divertida.

— Vai não. O mais provável é que você vá contar tudo pra sua amiga do *Cinquenta tons de cinza*.

Ela riu. E ele lhe deu umas boas palmadas.

O pedinte do metrô

Doutor João Pinto Grande desceu as escadas da estação Conceição do metrô, na zona sul de São Paulo, e se dirigiu até a área de embarque. Era um domingo claro, de poucas nuvens, mas fazia muito frio — nada incomum para uma manhã de fins de junho. Levava consigo o livro que prometera ao amigo que ora ia visitar: *O critério*, de Jaime Balmes, editado pela mítica Livraria Editora Logos. Tomás Casarini, o amigo, um escultor de temperamento tipicamente artístico, certamente não abordaria a obra de maneira sistemática, sisuda, como o faria um intelectual comum, mas, conforme lhe era costume, retiraria do texto interessantes insights. Claro, o doutor permanecera um bom tempo em dúvida sobre tal empréstimo: ora, aquele cretino vivia perdendo seus livros! Emprestá-lo ou não emprestá-lo — eis a questão que o afligira antes de sair de casa e que, volta e meia, ainda o fazia retorcer os lábios.

— Não corre na minha frente, filho! — dizia um sujeito, ao deixar a escada rolante, buscando a mão de um garoto e trazendo o advogado de volta à realidade.

Em menos de um minuto, a composição, vinda do Jabaquara, adentrou a estação, e as poucas dezenas de pessoas ali presentes se aproximaram da faixa amarela. Os vagões pararam, as portas se abriram, e calhou de o doutor Pinto escolher um vagão com a maioria de seus assentos desocupados. Entrou, sentou-se de costas para a janela, e, num assento perpendicular ao seu, à direita, deixou-se desabar com visível cansaço um senhor de seus 80 anos. Do outro lado do corredor, sem parar de falar um segundo, ambas com grossos cachecóis, sentaram-se ombro a ombro duas mulheres de meia-idade: criticavam duramente o andamento de uma telenovela: "Onde já se viu uma mãe achar normal a filha ser garota de programa?", indagava uma delas. Após o aviso sonoro, as portas se fecharam e o metrô partiu.

Distribuídas ao acaso, havia naquele vagão outras doze pessoas, e, à exceção do doutor Pinto, todas as demais já mantinham ou os olhos baixos, perdidos algures, ou vidrados em seus celulares, ou então fixos em seu próprio reflexo à janela do metrô, tudo com o fito inconsciente de evitar o constrangedor contato direto com as janelas das almas alheias. O companheiro de viagem mais próximo, além de cansado, parecia particularmente infenso à presença de seus semelhantes. O doutor, contra seu costume de investigar as opiniões e crenças do próximo, sentiu que não seria uma boa ideia introduzi-lo num diálogo. Pelo jeito, pensou, o melhor a fazer era também alienar-se. Sem querer, pois, ferir suscetibilidades com sua curiosidade natural, abriu numa página ao acaso o livro que tinha em mãos. E leu: "Concluamos. Seria portanto contra a razão e a justiça acreditar no mal sem razões suficientes, e em nossos juízos tomar nossa malícia como garantia da verdade." E então conferiu o título daquele que era o sétimo capítulo: "A lógica de acordo com a caridade."

"Ah, Tomás...", pensou o doutor. "Eu o proíbo de perder mais este livro! Estou confiando em você. Se perdê-lo, meu amigo, eu nunca mais lhe emprestarei nada!", e sorriu.

Na estação São Judas entraram novos passageiros, e, assim que a composição retomou o movimento, postou-se à frente dos dois homens um rapaz vestido humildemente: a roupa e o par de tênis já bastante gastos, um gorro de lã encardida e um casaco de nylon bastante fino que mal devia protegê-lo de uma brisa. Estranhando aquela excessiva proximidade, visto que o vagão ainda não estava cheio, o doutor olhou para cima, fitando-o diretamente nos olhos.

— O senhor pode me arranjar vinte reais? Ainda não comi nada hoje — apressou-se o sujeito.

— Claro — respondeu prontamente o doutor Pinto, levantando-se ligeiramente para retirar a carteira do bolso traseiro das calças. Abriu-a, encontrou duas notas de dez e as entregou ao homem, que, aparentemente surpreso com aquela atitude desprovida de hesitação, agradeceu com um silencioso e exagerado gesto da cabeça. E logo se retirou, colocando-se à frente da porta mais próxima.

O vizinho de assento do doutor, realçando sua aparência de poucos amigos, começou a resmungar. Parecia indignado com o que havia presenciado.

— O senhor está se sentindo mal? — indagou o doutor, solícito.

O velho lhe atirou um olhar cínico acompanhado por um sorriso que mais parecia um esgar:

— Se estou me sentindo... — e desistiu da frase, irritado. — Ai, ai... — e, antes de prosseguir, deu um longo suspiro. — Pra ser sincero, depois de ver você agir feito uma mocinha simplória do interior, sim, eu tô me sentindo mal. Muito mal.

O rapaz, que ainda se mantinha diante da porta, alcançou ouvir aquelas palavras e, visivelmente envergonhado, baixou a cabeça. O velho, que estava de costas para a porta, não o viu, mas doutor Pinto não perdeu a cena.

— Desculpe — disse o doutor, tornando a retirar a carteira do bolso. — Eu devo ter me enganado. Não tinha percebido que esta carteira lhe pertencia.

— Como é? — fez o velho, confuso.

— Na verdade... — tornou o doutor, revirando os documentos ali encontrados. — Sim, é minha carteira mesmo. Esquisito, não? Pensei que tivesse dado seu dinheiro para o garoto — e sorriu, divertido.

O outro rebolou no assento, virando-se para o interlocutor:

— Olha, você pode bancar o engraçadinho comigo, mas continua sendo um simplório, uma vítima ideal para trapaceiros. E o pior é que não percebe estar estimulando essa gente! Eu pego este metrô quase todos os dias e esbarro nesses tipos o tempo inteiro. É por existir otários no mundo que os safados continuam aparecendo aos montes. Muito obrigado!

O advogado lembrou-se do trecho que havia acabado de ler no livro de Balmes — "tomar nossa malícia como garantia da verdade etc." — e sentiu um discreto arrepio: alguém lhe dissera certa vez que coincidências desse gênero costumam trazer valiosas lições.

— Espero que o senhor desculpe minha *boutade* — tornou o doutor, com segurança e simpatia na voz. — Mas... será que posso lhe fazer uma pergunta?

— O que é? — indagou o velho, ainda de mau humor.

— Não sou muito bom em analisar as pessoas. Tenho a mania da confiança e deixo o resto com Deus. Enfim... como o senhor sabe que aquele rapaz é apenas um golpista? — e doutor Pinto aplicou à sua expressão a mais ingênua curiosidade. Seus olhos eram como os de um menino de seis anos de idade a demandar a sabedoria de um adulto.

— Uê! — exclamou o velho, coçando a cabeça, sem saber se seu interlocutor estava ou não a lhe pregar alguma peça. — Eu apenas sei. Tenho experiência com essas coisas. Já me passaram pra trás muitas vezes nessa vida.

— Hum, entendo. Pelo menos não foi porque o rapaz embarcou na estação São Judas, né? O senhor há de saber que não se trata de Judas Iscariotes...

O velho voltou a sorrir cinicamente:

— Você já está bem grisalho, *amigo*. Não é mais um moleque. Mas, pra mim, apesar de falar difícil, é como se fosse: faz piadinhas e acredita em qualquer um! Ah, vá!

— Vou. Vou para Santana rever um velho colega de colégio. Como um garoto disciplinado, voltarei pontualmente às seis e meia da tarde — atalhou o doutor, sorrindo. O velho, como se realmente lidasse com um menino, limitou-se a sacudir a cabeça. — Se o senhor não for descer antes de Santana — prosseguiu o advogado, após alguns segundos de silêncio —, talvez possa me explicar melhor seu método para ler a verdade nas pessoas.

— Não tenho nenhum método — contestou de pronto o velho, coçando o pescoço vermelho. — Eu simplesmente sinto cheiro de velhacaria de longe! E não interessa ao senhor aonde irei descer.

Ao ver-se tratado pela primeira vez como "senhor", doutor Pinto resolveu levar adiante aquela investigação. Certamente, algum grau de confiança havia sido estabelecido. Esse "senhor", dito sem qualquer tom de chacota, era muito mais sincero do que aquele "amigo" precedente. À volta deles, apesar do silêncio — as duas mulheres já não falavam da novela ou de qualquer outro assunto —, muitas pessoas demonstravam discreto interesse naquele diálogo: pequenos sorrisos, olhadelas furtivas, cochichos...

— E se eu lhe dissesse — voltou à carga o advogado, quase num sussurro — que eu estou mancomunado com aquele rapaz?

Ao ouvir aquela declaração, o rapaz virou a cabeça na direção do doutor, mas, espantado, nada disse. O velho arregalou os olhos:

— Você... o quê? Então vocês dois... estão agindo juntos?!

— Sim. Ele pede dinheiro e eu lhe dou uma boa quantia, quebrando assim o gelo do coração dos demais, que acabam abrindo a própria carteira. E, mais tarde, dividimos o montante.

— Rá! Eu sabia! — riu-se o velho e, num átimo, agarrou-se ao braço do doutor. — Quando a gente chegar à próxima estação, vou chamar a polícia e te entregar. Que bando de pilantras! Eu sabia! Tinha certeza!

Foi a vez de o doutor dar uma boa risada:

— Então o senhor já sabia que eu sou um pilantra?

— Claro! Esse seu jeitão... É óbvio que estão aprontando juntos.

— E se eu lhe disser agora que estou blefando? Eu e o garoto não estamos juntos.

— Hã? Como é?!

— Não estamos. Eu só queria verificar se seu faro é realmente infalível. Vejo agora que, de fato, não é. Sou inocente. E, embora não tenha certeza, tampouco acredito que o garoto esteja passando os outros para trás. Ele realmente me parece faminto.

— Não acredito no senhor — tornou o velho, indignado.

— Não acredita em qual parte?

— Que o senhor seja inocente.

Doutor Pinto sorriu:

— Talvez o senhor esteja sentindo o cheiro da minha profissão, a qual, infelizmente, não goza de boa fama na nossa sociedade — e colocou a mão no bolso do paletó. — Eis o meu cartão.

Sem soltar o braço do doutor, que segurava já sem muita convicção, o velho tomou o cartão com a outra mão. Apertou os olhos, fazendo um tremendo esforço para enxergar.

— Use meus óculos de leitura — disse o doutor.

O velho fez um muxoxo, largou o braço do interlocutor e aceitou os óculos. Voltou a apertar os olhos, desta vez, sem muito esforço.

— Então o senhor é um advogado — disse afinal. — Isso explica muita coisa. Mas... O quê?! Isto é alguma piada?

— Não, sou mesmo advogado. O senhor pode guardar o cartão, caso precise de um.

— Não me refiro a isso. Quero dizer... O seu sobrenome é... Pinto Grande?!

— Sim, é o meu sobrenome. Muito prazer.

— Prazer...? Isso não é possível. Seus pais...

— O senhor há de convir — disse o doutor, interrompendo-o — que é um nome bem melhor do que Pinto Pequeno ou Caio Pinto, não?

O velho, para seu próprio assombro, deu uma súbita e gostosa risada, que, consumindo-lhe o fôlego, o fez engasgar-se. O cartão tremia em sua mão, enquanto lutava para conseguir respirar. Ficou roxo, e o doutor teve de lhe dar umas palmadas nas costas. Ao fim de meio minuto, recuperou-se e, ainda resfolegante, deixou-se afundar no assento, o tronco arqueado, mantendo o olhar fixo no doutor Pinto.

— O senhor... é uma figura, sabe? — comentou finalmente o velho, num quase sorriso.

— Não é a primeira vez que me dizem isso.

— Imagino.

— Mas — insistiu o advogado — podemos retomar nosso assunto? Gostaria de lhe contar uma história.

O velho ficara tão cansado com aquele engasgo repentino que parecia ter entrado em estado alfa, uma expressão de monge extático nos lábios. Apesar disso, seu olhar traía também um certo embaraço.

— Ainda estamos no Paraíso... — murmurou o velho. — Vou descer no Carandiru. Se quiser, o senhor pode me contar umas três histórias.

— Certo, certo. Primeiro — começou o doutor — quero me desculpar e lhe explicar por que afirmei que estava mancomunado com o rapaz... — e, tendo dito isto, notou que o pedinte, cabisbaixo e inquieto, ainda permanecia atento àquela conversa.

O velho franziu os lábios, sem nada dizer, fitando o doutor com atenção.

— Enfim, foi algo que me passou no início dos anos 1990 — prosseguiu o doutor, aprumando-se no assento. — Eu trabalhava num escritório de advocacia na Vila Olímpia. Um dia, ao final do expediente, e carregando uma caixa de papelão enorme cheia de documentos, peguei um ônibus que me levaria a Pinheiros, onde vivia com minha esposa. Eu estava trabalhando num caso de divórcio bastante complicado e pretendia ler aquela papelada em casa.

Os ônibus que circulam por esses bairros centrais, o senhor deve saber, são muito mais confortáveis e nunca ficam tão lotados quanto os que se dirigem à periferia. — O velho assentiu com a cabeça. — Por isso, apesar do horário — continuou o doutor —, consegui me sentar ao fundo do ônibus. Lá pelas tantas, quando seguíamos pela Faria Lima, surgiu junto ao cobrador, ainda do lado de lá da roleta, um sujeito magérrimo, o rosto macilento, de ar extremamente doentio. Parecia um espantalho vivo. E ele começou a bater palmas e a chamar a atenção dos demais passageiros. Pensei: lá vem mais um pedinte, talvez um vendedor, já que ele trazia uma sacola enorme nas mãos, como essas que vemos na feira. Quando a maioria silenciou, porque há sempre uma minoria que não se importa com nada e rejeita dar atenção a quem quer que seja, o moço começou a descrever sua terrível situação: ele e a esposa haviam contraído aids, perdido seus empregos, e já não possuíam dinheiro suficiente para comprar remédios ou sequer mais fraldões — sim, fraldas para adultos, exatamente o que ele trazia naquela sacola! Ele disse que a mulher não controlava mais os intestinos, e, retirando o pacote de fraldões da bolsa, exibiu-o aos demais. Eu ouvia aquilo tudo com o coração na mão, cheio de espanto, como se houvesse corvos invisíveis empoleirados em seus finos braços de palha. E o que me causou um mal-estar ainda mais intenso foi notar que muitos passageiros desviavam o olhar daquela cena. Talvez porque, desconfiando que pudessem se sentir tocados caso o observassem diretamente, preferiam ignorar aquele pedido de socorro, que era muito mais visual do que sonoro. E o moço encerrou sua ladainha dizendo exatamente isto: "Pelo amor de Deus, meus irmãos! Eu não tenho dinheiro sequer para pagar esta passagem de ônibus." Para mim, foi o bastante: sem pensar duas vezes, num impulso, eu me levantei, pedi licença à pessoa que estava ao meu lado e caminhei pelo corredor até o pobre rapaz. Lembro que, naquele instante, senti o mais vívido horror, pois imaginei a mim mesmo e à minha esposa naquela terrível situação.

Então, ao chegar à roleta, abri a carteira, retirei tudo o que tinha, que infelizmente nem era muito — e o advogado deu de ombros —, e lhe entreguei aquelas notas com carimbos de URV. Lembra-se disso? Eram cruzados novos tornando-se unidades reais de valor, o real de hoje.

— É, eu me lembro.

— O moço estendeu as mãos e mal podia acreditar em seus próprios olhos. O senhor, por favor, perceba: não estou me gabando do meu gesto. Nunca o contei sequer à minha mulher. Juro! O que a mão direita dá não precisa chegar aos ouvidos da esquerda, e coisa e tal. Entende?

— Talvez.

— Bem... — e, olhando rapidamente em torno, o doutor notou quantas fisionomias novas havia naquele vagão. A única presença constante era a do pedinte. — A questão é que a perplexidade do rapaz também me deixou perplexo — prosseguiu. — "Então", pensei comigo, "quer dizer que uma caridade súbita e generosa é algo assim tão raro? A sociedade está tão doente assim?".

— A sociedade tá é moribunda — resmungou o velho. — Além do mais, o governo já tem todos os meios pra ajudar essa gente, um monte de projetos sociais, que custam em impostos os olhos da nossa cara. Por que esses pedintes não procuram ele? Tão com medo do governo? São criminosos? Devem algo à Justiça e por isso têm receio de se apresentar às autoridades?

Doutor Pinto sorriu:

— O senhor costuma pagar todos os seus impostos sem chiar?

— Claro, sou um cidadão honesto, não devo nada a ninguém. E é por isso que essa gente me irrita tanto.

— Eu não diria que pagar impostos seja o correto: diria que é inevitável. Mas, se são demasiado altos ou mal utilizados, reclamar é mais inevitável ainda, quase um dever. Mas, se o senhor não vê motivo para tal... — e doutor Pinto deu uma piscadela — ...então suponho que seu faro não deva encontrar nenhum demérito em nossos governantes... Não é? São todos honestos, diligentes, verdadeiramente preocupados com a população, todos prontos a nos defender das injustiças e a lutar pela nossa liberdade e pela nossa prosperidade. Nenhum deles desvia o dinheiro dos pagadores de impostos para fins escusos, nenhum deles é um trapaceiro, tal como nosso rapaz...

O velho, que se mantinha de cabeça baixa, ergueu o rosto e voltou a encarar o advogado:

— Já entendi aonde você quer chegar — disse, muito seco. — Já terminou de contar o seu caso?

— Ah, me perdoe. Tenho essa mania de tergiversar. Ainda não cheguei aonde queria.

— A gente tá quase na Sé. É melhor o senhor se adiantar, doutor Pinto.

— Vejo que o senhor já está se acostumando com o meu nome — retrucou, bem-humorado. — Se, no final das contas, o senhor não gostar da minha história, poderá ao menos dizer a seus amigos e parentes: "Sabe quem eu vi hoje? O Pinto Grande!"

O velho sorriu melancolicamente:

— Por favor, doutor, continue.

— Me desculpe. Hoje estou meio exaltado. Deve ser o clima. Gosto muito desse tempo frio.

— Não se preocupe.

— E o seu nome? Qual é?

— Miguel.

— Muito prazer, seu Miguel! — e o velho apertou a mão que o advogado lhe estendera. — Bom, vou continuar. Onde eu estava?... Ah, sim. Eu entreguei o dinheiro para o rapaz e me dirigi à porta dos fundos do ônibus, pois estava perto do meu ponto, no início da Teodoro Sampaio. E aí algo estranho aconteceu: o rapaz parece ter pensado o contrário do que pensei! A saber: que a caridade não é rara. E, após pagar sua passagem, cruzou a roleta e, cheio de entusiasmo, voltou a contar sua triste história, desta vez acrescentando detalhes muito desagradáveis. Enfim: a mosca azul o mordera! O coitado contou até mesmo que ele é que havia contaminado a esposa. E o pior: levantava as barras da calça de moletom para mostrar as feridas repugnantes que tinha na perna! Eu olhava em volta e percebia o constrangimento geral. Além de mim, apenas uma senhora, de ascendência oriental, deu-lhe mais algum dinheiro. Os demais estavam quase saltando pelas janelas ou, o que seria mais provável, quase levantando-se e atirando o homem porta afora! Se aquele ônibus fosse uma sala de visitas, os passageiros o teriam enfiado sob o tapete.

— Entendo.

— Aquela cena me pôs o sangue a ferver. A represa de adrenalina abrira as comportas. Enrubesci, comecei a tremer e, assim que apertei o botão para solicitar minha parada, sem qualquer cálculo, comecei a esbravejar: "Rapaz, você não tem vergonha?! Tenha um pouco de dignidade! Não percebe que essas pessoas, se ainda têm algum dinheiro, já não têm coração? Quem podia ajudá-lo aqui já o ajudou. Não se humilhe assim! Peça a Deus para lhe dar forças e não fique fazendo tanta propaganda do seu sofrimento. Isto não é uma feira! O coração é atingido com poucas e boas palavras, não com muita publicidade. Vá com Deus e procure por gente que não esteja envolta nessa carapaça de indiferença", e, tendo dito isso, pisando duro, desci as escadas, pois chegara ao meu destino. E o ônibus partiu levando em seu interior um silêncio atroz e duas dúzias de olhos arregalados.

— Certo, doutor — disse o velho, entediado. — Mas por que você tá me contando essa história?

— Ainda não terminei, seu Miguel — e, olhando por cima do ombro do antipático interlocutor, acrescentou: — Veja só! Nosso suposto trapaceiro está descendo agora, aqui na estação da Sé. Espero que tenha boa sorte.

O velho fez um gesto impaciente com a mão, como quem diz: "Não me interessa!"

— Bom, pelo menos o senhor ainda quer ouvir minha explicação?

— Vai, desembuche.

— Certo, certo — disse o doutor, sorrindo. — Eu ia dizendo que o interessante foi o que aconteceu no dia seguinte, seu Miguel. Ao pegar o mesmo ônibus, no mesmo horário, cruzei meu olhar com o daquela senhora oriental, a mesma que também havia dado dinheiro ao rapaz. Ela me reconheceu e me fez um sinal, convidando-me a sentar ao seu lado. E sabe o que ela me disse? Que, assim que desci do veículo no dia anterior, uma adolescente, nitidamente tocada por minhas palavras, se levantou para contribuir com o moço doente, mas outros passageiros ergueram a voz, dizendo: "Sua tonta, eles estão combinados! É um golpe! Aquele que saiu e esse aí estão juntos, só querem enganar os trouxas." E a menina, envergonhada, devolveu o dinheiro ao próprio bolso, deu as costas ao coitado do moço doente, indo em seguida sentar-se num local mais ao fundo.

— Eu teria pensado a mesma coisa!

— Sim! E é por isso que estou lhe contando isso, seu Miguel. Quando a senhora de ascendência oriental, acho que coreana... enfim, quando ela me disse isso, bati a mão na testa e pensei: "É claro! É óbvio que eu parecia estar em conluio com o sujeito!" Ela mesma me confessou ter ficado em dúvida. E eu então lhe contei que era advogado, dei-lhe meu cartão, falei do que eu havia sentido no dia anterior e assim por diante. E ela então comentou: "Só existem dois tipos de pessoas que usam o nome de Deus da maneira que vocês usaram ontem: as que vão para o Céu e as que vão para o Inferno" — e o doutor perguntou quase num sussurro: — O senhor, seu Miguel, sabe o que diferencia, no presente caso, esses dois tipos de pessoas?

— Não preciso saber. Tá na cara que o senhor vai me dizer.

Doutor Pinto Grande sorriu:

— A sinceridade, seu Miguel. A adequação exata ou inexata do discurso aos fatos. E, se o nome de Deus entra no meio, o discurso não pode se referir simplesmente às coisas mundanas. Não é boa coisa usar o nome do senhor Deus em vão.

— Eu não acredito em Deus. Quer dizer: já acreditei. Mas dê só uma olhada neste mundo...

— Sim, sim. É uma antiga questão que vive a assombrar os teólogos e a produzir inúmeras heresias, incluindo as modernas, como o socialismo.

— Pois é — disfarçou o velho, estranhando a observação.

— Mas não entremos nesses detalhes. O resumo da coisa toda é: dei dinheiro a esses dois rapazes, ao do ônibus e ao de agora há pouco, de boa vontade. E Deus sabe disso! Tanto quanto conhece a verdadeira razão de mo pedirem. Por isso, pouco me importa se estão ou não sendo sinceros.

— Sei... — retrucou o velho, desgostoso com aquele "mo pedirem", que lhe pareceu afetação de advogado. — A velha história da onisciência, aquela que diz que Deus vigia a nossa cabeça... Também fiz o catecismo.

— O senhor sabe o que é um blog, seu Miguel? — tornou o doutor, subitamente.

— Um jornal da internet?

— Sim, mais ou menos isso.

— O que é que tem?

— Certa vez, minha esposa, que por pura diversão vive procurando blogs curiosos, me pediu para ler um que havia encontrado: um sujeito, que parecia muito sério, insistia mediante vários textos que a internet não existia, que se tratava de uma ilusão. É claro que só podia ser a opinião ou de um personagem humorístico ou de um psicótico, uma vez que todo blog é acessado exatamente pela internet e fica guardado nela.

— Mas que mudança de assunto! — estranhou o velho.

— Não estou mudando de assunto. É como um índio que meu pai hospedou em nossa casa quando eu era criança: ele achava que a lâmpada produzia a energia elétrica, quero dizer... que a lâmpada produzia a luz, não conseguia imaginar todo o gigantesco aparato que há por trás dela. Ele tirava a lâmpada do soquete e ficava indignado quando ela se apagava. Como explicar para ele que aquela luminosidade vinha de um rio represado a milhares de quilômetros de distância? Impossível. Ele talvez estivesse acostumado com lanternas, não sei. Mas precisaria passar no mínimo uns dois anos conosco para entender de onde vinha a energia daquela lâmpada.

— O senhor mudou de assunto de novo!

Doutor Pinto Grande riu:

— Não, seu Miguel. Só estou lhe dizendo que um dedo é incapaz de tocar a própria ponta.

— Danou-se! — soltou o velho, indignado. — O senhor está é tentando me confundir! O que essas coisas têm a ver umas com as outras?

O doutor juntou as mãos e pareceu meditar por um segundo. Ficou sério:

— O senhor está me dizendo que já não acredita em Deus tanto quanto aquele blogueiro não crê na existência da internet. Mas, dentro Dele, de Deus (e não do blogueiro), nós nos movemos, pensamos, respiramos, vivemos e morremos. Percebe? É dentro da internet que o blog "vive" e "morre". É provável que o senhor, esporadicamente, ao longo da vida, tenha parado e pensado: "Onde está esse Deus de que tanto falam? Não O vejo." E, com sua mente, tenha tentado encontrá-Lo num pensamento ou numa visão, tal como o índio procurava, na própria lâmpada, a fonte da energia. Podemos dizer: uma lâmpada não energiza a si própria! Em suma: a questão da onisciência não está na suposição de que Deus tenha escondido câmeras e microfones em todos os cérebros do universo. Não significa que ele espione nossas mentes. Na verdade, nossas mentes são dotações do Espírito Infinito, do Espírito Santo, a personalidade divina responsável pela Mente Universal. Imagine que sua mente é um dedo. Como já disse: um dedo não pode tocar a própria ponta! Da mesma forma, a mente pode tocar tudo o que vê pela frente, mas não pode tocar a si mesma. E o que é esse "si mesma"? É a Mente Universal, o Espírito Santo, é, enfim, Deus.

— Meu Deus... — suspirou o velho Miguel.

— Ele mesmo! — riu-se o doutor Pinto. — Nós, portanto, só temos uma mente autoconsciente porque Ele nos emprestou um, digamos assim, pedacinho da mente Dele. Nosso cérebro é apenas um receptor. É como o computador do rapaz que escrevia o blog para provar que a internet não existe: o computador é um receptor da internet. Bem, eu não entendo muito de softwares e hardwares, mas compreendo muito bem o princípio subjacente à informática. Trata-se sempre de linguagem. Não podemos encontrar Deus mediante a linguagem simplesmente porque, em relação a ela, Ele é linguagem pura, o Logos universal.

— Mas que conversa sem pé nem cabeça! — resmungou o velho. — Me desculpe, mas o senhor é louco.

— O senhor conhece o mito de Hanuman, o Mono Gramático?

— Chega de histórias! — gritou finalmente o velho, atraindo novamente a atenção geral. — Não quero ficar maluco! Era só o que me faltava... Se Deus existisse e conhecesse todos os meus pensamentos, todas as minhas memórias, eu estaria condenado! É claro que eu jamais escaparia do inferno! Jamais! — e seu Miguel deu um meio sorriso dos mais amargos.

Doutor Pinto colocou a mão no ombro dele:

— O senhor não precisa se preocupar com isso. Veja meu sócio no escritório de advocacia, por exemplo. Ele teve uma juventude muito atribulada, sabe? Foi usuário de drogas. E foi usando drogas que, a certa altura, segundo me contou, adquiriu uma terrível paranoia: "Deus está de olho em mim o tempo todo!" Sabe como é, foi criado por pais evangélicos, tinha essa ideia escondida no subconsciente desde a infância. Em suas crises, assombrado por tal suspeita, ele se escondia embaixo da cama, dentro do armário, acreditando que, assim, poderia se livrar da sensação de ter alguém atrás dele. A sensação era física! Ele tinha certeza de que Deus olhava por cima do seu ombro. Morria de medo da onisciência divina! Quando começou a notar que esse "estar atrás" se referia ao seu próprio pensamento, e não ao seu corpo, entrou em pânico! Antes, imaginava que, para passar despercebido, bastava ficar calado e quieto num canto. Mas, se Deus perscruta até mesmo nossa mente, como evitá-Lo? Raramente conseguimos frear os pensamentos. E boa parte deles não faz senão depor contra nós mesmos! Porque, imagine o senhor, a depender das besteiras que meu sócio trazia dentro da cabeça, ele também acreditava que mereceria o inferno e que Deus não iria perdoá-lo jamais. Mas então... — e o doutor fez uma pausa, para causar suspense.

— Então o quê?

— Então o Filho de Deus encarnou na Galileia e nos revelou que Deus é amor. O amor é capaz de perdoar tudo e jamais poderia nos ameaçar, por mais podres que ele descobrisse em nosso interior.

— Ah! — exclamou o velho, irritado. — Você e esse seu sócio! Não passam de dois roqueiros grisalhos que viraram crentes! Dois Baby Consuelos! Vocês são doidos... E eu pensando que o senhor fosse uma pessoa instruída. Bom, minha estação é a próxima, com licença — e, agarrando-se onde podia, feito uma aranha desajeitada, levantou-se.

Doutor Pinto manteve-se sentado, sereno, e acompanhou o velho com o olhar. Notou que ele, ao descer do vagão, ainda movia os lábios, como quem resmunga para si mesmo. Não conseguiu distinguir se Miguel estava tomado pela pura e simples ira ou se estava meramente escandalizado, isto é, com sua fé niilista abalada.

Lembrou-se do conselho da esposa: "Não tente dar água para quem não tem sede." Na ocasião, ele lhe respondera: "Não é o que faço, Lu. Quem sou eu? Não me tenho em tão grande consideração. Em geral, tento apenas mostrar a certas pessoas que o desconforto existencial que experimentam é sede. Sim, é isso: não lhes dou água; quando posso, eu lhes revelo sua própria sede."

Doutor Pinto Grande voltou a abrir o livro de Balmes, leu algumas páginas e, minutos depois, desceu na estação Santana. Passou o restante da manhã e toda a tarde com o amigo Casarini, com quem almoçou e teve longas, engraçadas e profundas conversas. Ao relatar seu diálogo com o velho Miguel, Casarini lhe disse:

— Eu também ficava irado com seus papos sobre Deus, sobre nossa futura peregrinação através do Universo, de Morada em Morada, e toda a pasmaceira resultante. Tudo isso me deixava realmente puto. Mas, naquela visita que te fiz, 17 ou 18 anos atrás, quando você me disse que o que me faltava era simplesmente imaginação... ah, aí, sim, você meteu o dedo na minha ferida! Um advogado acusar um artista de falta de imaginação? Que ousadia!... "Por que um artista ou escritor pode se colocar dentro de sua obra, representando-se mediante um personagem-avatar, e Deus não o poderia?", você me disse na ocasião. "Por acaso um artista é mais poderoso do que Deus?" Que golpe! Lembro que peguei o metrô e vim pensando em todas as nossas conversas ao longo dos anos, nos livros que você me emprestou ou me deu. Eu não sabia, mas já havia reconhecido minha sede. Estava atormentado e desci na Sé. Fui até a Catedral e passei ao menos uma hora admirando os vitrais, que são magníficos: Fontana, Quentim, Max Ingrand... Gênios! E, apesar de toda aquela beleza, não tirava minha falecida esposa da cabeça! Eu a amei tanto... Foi tão difícil encontrar alguém que me despertasse aquela ternura, aquele tesão, aquela admiração... Enfim, eu estava parado diante de um desses vitrais e uma senhora, do nada, me tocou o braço. Olhei na direção dela e ela me disse: "Você ainda irá revê-la."

Foi um choque! Qual era a probabilidade? Como sabia? Não respondi nada. Apenas voltei a olhar a imagem de Jesus naquele vitral e, dentro de mim, eu O xinguei. "Não acredito! Não acredito! Não acredito!", pensava. Então me sentei num banco e fiquei lá, quieto, observando as pessoas a caminhar pela nave. Não pensava em nada, não rezei, não fiz porra nenhuma... Meia hora depois, voltei à estação da Sé e tomei o metrô. Quando embarquei, não acreditava em Cristo; quando desci em Santana, acreditava: e até hoje não sei em qual trecho da viagem, em qual estação — Luz? Tiradentes? Tietê? — se deu o início da minha conversão.

— Foi depois disso que começaram os sonhos?

— Foi. Semanas depois tive o primeiro: sonhei que estava numa palestra do Van Gogh, num lugar incrível, um imenso anfiteatro ao ar livre. Havia milhares de alunos, e ele estava radiante, felicíssimo.

— E ainda tem sonhos assim?

— A cada três ou quatro meses, ou até mais, em geral quando começo a achar que não os terei mais. O mais recente foi mês passado: eu passeava com Fídias numa reprodução em escala real, feita por ele, da cidade de Atenas da sua época. A escultura da cidade inteira, incluindo seus habitantes! Foi magnífico. Tenho tudo anotado no meu caderno de sonhos.

Horas mais tarde, após admirar as novas esculturas do amigo — e a mais interessante era a que mostrava Adão e Eva sentados sobre um "fândor", um enorme pássaro que supostamente teria lhes servido de meio de transporte —, doutor Pinto Grande se despediu e caminhou até a estação Santana, onde chegou pouco depois das seis e meia. Estava contente: passados tantos anos, Casarini finalmente encontrara e lhe devolvera o livro *Meditações sobre os 22 arcanos maiores do tarô*, de autor anônimo, editado pelas Edições Paulinas. Sim, fora publicado anonimamente, mas o doutor já sabia que seu verdadeiro autor era o hermetista cristão russo Valentin Tomberg. E seu exemplar era uma raridade: as edições estrangeiras não traziam o prefácio do teólogo Hans Urs von Balthasar! Quando já se dirigia à roleta, ouviu atrás de si:

— Doutor?!

Olhou para trás e reconheceu o rapaz a quem havia dado os vinte reais naquela manhã.

— Ué, meu caro... Como me encontrou?

— Eu ouvi o senhor dizendo àquele velho que estaria a essa hora na estação. O senhor disse que era pontual...

— Ah, sim. Entendo. Conseguiu almoçar?

O rapaz estava muito embaraçado:

— Era sobre isso que queria falar com o senhor — disse, sem conseguir fitar diretamente o rosto do interlocutor. — Na verdade, vocês dois tavam certos: eu realmente tava "faminto" (foi o que o senhor disse, né?), mas também tava te enganando. Minha fome não era de comida: era de crack.

Doutor Pinto franziu a testa, surpreso:

— E... você saciou sua fome de crack?

— Não, doutor. Vim te devolver o dinheiro — e o rapaz lhe estendeu os vinte reais.

— Pode ficar com o dinheiro, rapaz. Compre comida.

— Não precisa, doutor. Vou voltar pra casa dos meus pais. Eu tava dormindo na rua há dois meses. Mas vou voltar. Em casa vou poder comer. E, se eu ficar com esse dinheiro na mão, por pouco que seja, vou acabar caindo na tentação. O senhor não faz ideia de como foi difícil hoje. Fiquei quase todo o dia aqui, os seguranças até me botaram pra fora, achando que eu tava querendo assaltar alguém. Só voltei quando te vi entrando na estação.

Doutor Pinto aceitou o reembolso e sorriu:

— Para sair dessa, confie em quem é mais forte do que você, meu caro.

— Pode deixar, doutor — e o jovem esboçou um sorriso.

— Você tem como chegar em casa?

— Ainda tenho um unitário do metrô. Meus pais moram perto do Carandiru, uma única viagem.

— Certo. Boa sorte então. E obrigado por ser sincero comigo.

— Eu é que agradeço... doutor Pinto Grande! — e o rapaz sorriu, contente por poder dizer a sério semelhante nome.

Doutor Pinto sorriu de volta, despediu-se com um gesto da cabeça, deu-lhe as costas e passou pela roleta. "Meu Pai...", falou dentro de si, "por essa eu não esperava. Muito obrigado."

A menina branca

Naquela semana, Edgar andava muito irritado com um fato que lhe parecia dos mais bizarros: num país como o Brasil, onde ocorriam cerca de 60 mil homicídios ao ano, o que realmente vinha atraindo a atenção da famigerada "opinião pública" não era senão uma espalhafatosa e extensa campanha, não apenas em defesa dos animais domésticos — mormente cães e gatos —, mas também em defesa dos animais silvestres, sobretudo desses seres que, a não ser talvez pelo YouTube ou em fotografias suspeitas, ele jamais veria ao vivo — tais como o lobo-da-tasmânia ou então aquele exótico anjo-da-tanzânia.

"Existe isso? Anjo-da-tanzânia?!...", indagava Edgar a seus botões, franzindo o cenho e tentando encontrar indícios de Photoshop naquela estranha imagem que parecia misturar uma girafa a um avestruz. "Contribua para a salvação do anjo-da-tanzânia!", rogava a legenda da fotografia, que também trazia o número de uma conta num banco das Ilhas Cayman. E, na mesma cena, viam-se cinco cabeludos ajoelhados defronte do animal, como se adorassem um anjo de verdade.

"Muito suspeito", concluía o rapaz, o rosto quase colado ao monitor.

Ele, que sempre criara cães, hamsters, papagaios, tartarugas; ele, que na infância tivera até um mico-de-cheiro e um tatu (sim, até mesmo um tatu); enfim, ele, que com toda a sinceridade do coração sempre gostara de animais, achava absurda essa noção de que bichos são inocentes, de que são melhores e mais confiáveis do que gente, e por aí vai. Não compreendia por que as mesmas pessoas que arrancavam os cabelos cada vez que um vira-lata era chutado na rua pareciam, por outro lado, não se incomodar com os vários genocídios ao redor do mundo, com a matança de comunidades cristãs inteiras na África, com os inúmeros ataques terroristas perpetrados por islamistas, com os milhões de abortos e demais notícias terríveis a esse modo. Quando ele postava uma informação desse tipo no Facebook ou no Twitter, ninguém se interessava, o silêncio era implacável. Já as postagens sobre bichos — ah! —, essas causavam grande impacto e comoção!... Edgar chegava a se perguntar se seus amigos viam o sofrimento humano como algo merecido — como uma espécie de castigo inexorável por comermos salaminhos inofensivos e mortadelas indefesas — ou se, pelo contrário, esses mesmos amigos — pressupondo que todos os humanos são animais — já incluíam automaticamente nesses protestos a indignação pelo assassinato de tantos de nossos semelhantes.

"Será que o Green Peace também está preocupado com os gordos quando fala em baleias?", perguntava-se com sarcasmo. E respondia a si mesmo: "Pois deveria! Eu fui gordo durante toda a minha infância e sofri mais bullying que a orca, a baleia assassina!"

Naquela manhã de sábado, porém, percebeu que essa primeira alternativa às possíveis causas do sofrimento humano — a do castigo inexorável, cármico — era a que, na perspectiva desses militantes, seria a correta: num intervalo para o café, viu uma amiga comentar que deveria existir pena de morte para quem pratica a caça desportiva, já que, ao praticá-la, os humanos estariam confirmando o fato de serem inferiores a qualquer outro animal. "Inferiores?! Ora", pensou ele, "animais também não sentem prazer ao caçar? Ou será que apenas estudam medicina? Não conheço nenhuma espécie de bichos que tenha se unido para abrir um hospital que atenda somente pessoas. Além de agasalhar nossos animais domésticos, nós, humanos, compensamos todo esse suposto mal com clínicas veterinárias, com associações, fundações e institutos protetores. E eles? E os animais? Têm o quê? O que essas criaturas superiores fazem por nós além de nos morder, de nos picar e de nos comer pelas selvas, ou — na melhor das hipóteses —, além de se deixarem comer, cativar e encher nossa roupa de pelos? Não conheço nenhuma ONG fundada por bichos para proteger gente. Não existem!", discursava dentro de si mesmo. "Eles, os animais, não podem fazer nada disso pela mesma razão que lhes obsta o estado de inocência: eles não têm consciência moral! Ou ainda: não são autoconscientes! Humanos erram, mas sempre podem se aprimorar. E é por isso que nós é que precisamos cuidar deles, decidir por eles, respeitá-los, até amá-los (se for o caso), mas não adorá-los!... Seu cachorro gosta de você? Certo, todo cachorrinho pititico é um docinho para seu dono, para a mão que o alimenta. Mas coloque-o a viver num canil com outros trinta cachorrinhos pititicos: iniciam-se imediatamente as antipatias e as agressões recíprocas! Isso é um fato, caramba!", prosseguia Edgar com crescente e mudo entusiasmo. "Para os cães, o inferno são os outros cães, e, ao contrário de nós, eles não têm qualquer perspectiva ou mesmo necessidade de redenção, já que não possuem livre-arbítrio, já que não podem decidir pelo arrependimento. Porra, meu avô teve um canil, observei essas coisas de perto! Mas isso tudo não significa que os bichos sejam maus — claro que não! Mas tampouco são moralmente bons e inocentes como querem esses militantes das redes sociais! Bichos são pré-morais e ponto final, caramba!... É tão óbvio: apenas alguém que pode ser culpado — não em relação à mesma ação, claro — pode também ser inocente! Porque inocência e culpa implicam responsabilidade. E animais são animais! Não são responsáveis por seus atos! Não são livres, pois não podem frustrar voluntariamente seus próprios instintos! São escravos dos instintos!

Enfim, quer defender os bichos? Defenda, mas jamais diga que eles são melhores do que a gente. Jamais! Uma época em que as pessoas já não conseguem entender essas coisas só podia mesmo se chamar Kali Yuga..."

— Olha a cara do Edgar — disse um colega, cutucando alguém. — Tá quase mordendo a tela do computador.

— Deve estar fuçando no perfil da Virgínia... — e ambos sorriram maliciosamente.

Edgar, contudo, permanecia alheio, trepado num parlatório dentro de si mesmo, discursando para uma multidão de Edgares. Sim, era verdade que boa parte dessas postagens em prol dos animais bonzinhos, e contra os cruéis humanos carnívoros, vinha da sua própria noiva, Virgínia, uma vegetariana com fortes tendências veganistas, que não podia nem em sonhos descobrir que, na ausência dela, ele comia carne. Não, nem pensar! Ela ficaria menos abalada se ele se declarasse canibal! Como a maioria dos veganos, preferia beagles a seres humanos. Sim, ler sobre o sofrimento de tantas pessoas mundo afora era algo com que não apenas os amigos dela, mas também os dele, não se comoviam, pois tais fatos, em vez de lhes estragarem a *vibe* do final de semana, eram interpretados por eles como uma vingança da natureza: "Ah, que maravilha! Um humano malvado a menos na Terra!" Ademais, era demasiado angustiante notar que os poucos a se indignar com o flagelo dos seus semelhantes sempre propunham falsas soluções, tais como as diversas formas de intervenção estatal — "Faça alguma coisa, governo! Faça alguma coisa!" —, como se esse flagelo, em inúmeras circunstâncias, não tivesse sua origem exatamente na vasta miséria espiritual e moral daqueles revolucionários, burocratas e endinheirados que, pretendendo "mudar o mundo", apenas se intrometiam na vida alheia, impondo mais controle, mais leis, mais restrições, mais impostos, mais exigências, e reduzindo as liberdades e iniciativas individuais. Isso quando não *impunham* diretamente mais homicídios e genocídios... Edgar estava cansado desses pregadores do Mundo Ideal Burocraticamente Controlado, esses fanáticos que se ajoelham cinco vezes ao dia para orar ao Pai-Estado. Já ele, ao contrário dessa gente, acreditava que a única revolução fundamental era revolucionar-se e ver o mundo tal qual é, sem o filtro de ideologias e politicagens. E como naquele dia não lhe passaram nenhum projeto cujos cálculos devesse conferir, permaneceu toda a manhã imerso nessa eloquente e introspectiva preleção.

Depois do almoço, já a caminho de casa, continuava resmungando:

— Até você, né, Virgínia...

Não tirava da cabeça tudo o que havia lido no Facebook. A verdade é que estava cansado da má consciência daqueles que preferem bichos a gente — afinal, Edgar não tinha nada contra os pobres animais! Não tinha!... Mas, ao mesmo tempo, já não possuía a mesma disposição de outrora para discutir, para participar dos mesmos debates desgastantes internet afora. E, por isso, não fez comentário algum às postagens desses amigos militantes. Ultimamente, vinha optando por evitar conflitos inúteis, sobretudo se esses conflitos o colocavam em oposição à namorada. Até mesmo quando juntos, Edgar se esquivava a discutir com ela tais assuntos. Sempre que Virgínia iniciava essa velha conversa de que a humanidade não seria senão o câncer do planeta, Edgar simplesmente retirava o celular do bolso, acionava a câmera de vídeo e lhe apontava a lente: "Conversa com meu telefone, vai", dizia ele, provocando-a. "Depois eu vejo o que você disse."

Enfim, o fato é que ele, na falta de serviço, ao menos se distraíra com a rede social, chegando rapidamente ao fim de mais um tedioso meio expediente de sábado. Dali em diante, ficaria sossegado, longe do escritório e das chateações da internet.

* * *

Ao chegar à casa, sol a pino, desceu do carro, abriu a estreita garagem, voltou ao carro, estacionou. Edgar morava num loteamento recente, desses que possuem mais terrenos baldios que residências. Um bairro novo, próximo a Parelheiros, numa área acidentada, com muitos morros, ladeiras, mato. Tinha poucos vizinhos e vivia num sobrado praticamente isolado numa das esquinas. Ele o comprara ainda por terminar — paredes sem reboco, muros sem caiar — e o estava completando aos poucos, tencionando dar os últimos retoques no correr dos próximos dois ou três anos, quando então a região certamente já estaria valorizada, e ele, perto de se casar. Virgínia, que ao menos em teoria gostava de animais, talvez se sentisse à vontade naquela pequena casa de quintal espaçoso, e então, quem sabe, num futuro próximo, até mesmo viesse a abandonar aquelas estapafúrdias ideias de superioridade dos bichos e finalmente decidisse criar cães, gatos, coelhos, pacas, tatus, cutias, enfim, o que bem entendesse, talvez até mesmo crianças. O sobrado acompanhava o declive do terreno e, quando visto por trás, dava ao observador a impressão de ser bem mais alto, pois abrigava, sob a cozinha, um vão, isto é, um terceiro nível, uma pequena área coberta, mas adjacente ao quintal, que o rapaz planejava fechar e transformar num novo aposento. Sentia mais a urgência de ter esse quarto de despejo — talvez uma futura marcenaria, para ele, ou um ateliê, para Virgínia — do que a de erguer um muro nos fundos. Ora, os fundos da casa davam para um riacho ainda ao natural, uma visão bastante distinta da horrível insipidez dos córregos canalizados da capital paulista. O único problema, claro, eram os ladrões. Muros poderiam afastá-los, mas a verdade é que não havia nada a ser roubado fora da casa, pois o quintal era apenas um longo terreno vazio com algumas mudas de arbustos plantadas nas laterais. Por outro lado, junto ao córrego, havia, sim, muitas árvores crescidas, uma pequena e dispersa mata ciliar, um gramado aqui, outro ali, enfim, praticamente um parque nativo onde as crianças costumavam brincar à vontade. Edgar não queria isolar a casa dessa paisagem bucólica. Por isso, nos fundos do lote, mantinha apenas a cerca de arame liso levantada pelo primeiro dono.

Nesse dia, porém, ao abrir a porta da frente, sentiu algo incomum no ar, um estranho e inquietante silêncio — algo terrível acontecera!

— Que droga! — remoeu-se. — O filho da mãe do Valdemar entrou aqui!

Valdemar era o gato preto de dona Berenice, sua vizinha do outro extremo do quarteirão. O rapaz até gostava do gato, mas amava mesmo era seu sabiá-do-campo, um passarinho que adquirira não pela beleza da plumagem — porque de fato parecia bem comum —, mas devido a seu impressionante canto. Edgar costumava chegar à casa, abrir a portinha da gaiola e deixar o animal à solta por ali. Este, acostumado com a vida que o dono lhe proporcionava desde pequenino, nunca o abandonava, mesmo com as janelas abertas. O rapaz tomara conhecimento dessa espécie de ave através duma biografia de Olivier Messiaen, compositor que admirava a capacidade desses passarinhos de literalmente samplear tudo o que ouviam, isto é, de imitar e mesclar, num mesmo trinado, os sons de outros pássaros e até mesmo os assovios de seu dono. Para Edgar, ouvir aquele bichinho era como apreciar um flautista mágico, um verdadeiro caleidoscópio sonoro, e de fato praticamente entrava em êxtase ao lhe dirigir toda a sua atenção. O problema era manter o gato Valdemar longe daquele habitat. Desde que dona Berenice ajudara Edgar a tratar de sua falecida cadelinha, Marie Roget — na época, acometida de parvovirose —, Valdemar, tendo se acostumado à presença do rapaz, perdera todo receio de enfrentá-lo. Ao chegar da rua, era muito comum encontrar o bichano rondando a casa. Edgar, pois, tinha sempre de verificar todas as janelas antes de sair, o que, infelizmente, não havia feito naquele dia.

Precipitando-se até a gaiola, na cozinha, o rapaz crispou as mãos: o gato a havia derrubado da parede! Agora ela estava ao chão, rodeada de um punhado de penas cinzentas, brancas e castanhas. Edgar sentiu a adrenalina lhe subir à cabeça, as têmporas a latejar. Aos poucos, seu próprio lado animal e irascível começou a dominá-lo. A revolta contra os defensores da superioridade animal, contida a custo durante toda a manhã, pareceu abrir passagem pelos seus nervos e descobrir finalmente um bode expiatório. Ou melhor: um gato expiatório... Olhou, pois, em torno, a testa porejando, ansioso por descobrir o pássaro, são e salvo, empoleirado em algum lugar. Mas, infelizmente, o sabiá Nevermore havia desaparecido.

— Gato preto do inferno!... — finalmente regougou entredentes. E, no mesmo instante, ouviu um baque leve e surdo no andar superior: o bandido ainda estava em ação! Edgar arregalou os olhos: — Nevermore! — exclamou com a voz embargada, correndo para a escada, cujos degraus galgou de três em três. Lá em cima, ao caminhar cautelosamente pelo pequeno corredor, viu um vulto sair do banheiro e, com passos ágeis e silenciosos, desaparecer na penumbra do quartinho dos fundos. Olhando para dentro do banheiro, viu que o gato Valdemar havia derrubado um tubo de xampu, provavelmente ao tentar sair pelo vitrô entreaberto: sim, o vilão talvez tivesse entrado por ali, como por um funil, mas, pelo jeito, sair era uma outra história. Não podia deixá-lo escapar. Respirou fundo, entrou no quarto, fechou cuidadosamente a porta e avançou dois passos. Firmando a vista, os músculos retesados, o coração aos pulos, pôde então divisar, logo no canto direito, o gato preto com o amado Nevermore entre os dentes.

"Piu", fez o sabiá-do-campo, causando novo estremecimento em Edgar.

— Nãäooo! — rosnou ele em fúria, saltando sobre o gato, que, de olhos esbugalhados, os pelos eriçados, permaneceu com o animalzinho na boca. Foi uma luta tremenda, brutal. De joelhos, o rapaz, agarrado ao gato, não lhe permitia a fuga. Contudo, quanto mais se esmerava o rapaz por retirar sem danos o passarinho da bocarra do predador, mais este cravava as presas na vítima e as unhas no rapaz. O gato rosnava de um jeito espantoso, agressivo. Nevermore, com os olhinhos perdidos algures, numa expressão de transe, parecia cada vez mais próximo da morte. Edgar amava aquele bichinho que tantas vezes o enlevara com seu canto. Não iria deixar aquele gato preto inútil matá-lo assim. E então, cingindo o pescoço de Valdemar com ambas as mãos, colérico, tentou estrangulá-lo sem dó nem piedade. Mediante a força bruta, tencionava forçar aquele caçador a abandonar sua inocente vítima. Mas o sabiá não lhe saía da boca! Desesperado, Edgar, num movimento brusco, potente e instintivo, um movimento nascido na fronteira entre sua animalidade e sua humanidade, chocou a cabeça do gato contra a parede, fazendo soar, à altura do pescoço, um ruído seco de osso que se parte — e Valdemar caiu morto aos seus pés. Conseguindo, pois, retirar definitivamente Nevermore das mandíbulas da morte, o rapaz se emocionou. Quase chorou. Preocupado com o passarinho, nem reparou nos arranhões profundos deixados pelo gato em seus braços.

— Meu cantorzinho, meu cantorzinho... — sussurrava, enquanto corria até o banheiro, onde pretendia aplicar os primeiros socorros.

Minutos depois, feitos os curativos, já aliviado, e vendo que Nevermore tinha uma chance de sobreviver, Edgar sentiu-se novamente racional. Voltou então ao quarto, observou aquele cadáver de pelúcia e pensou: "Coitado do Valdemar..." Respirou fundo, suspirou longamente e, absorto, começou a mordiscar a pele dos lábios... De repente caiu em si: "Coitada da dona Berenice! O que ela vai pensar de mim agora?... Ela e a filhinha me ajudaram tanto com a minha Marie Roget! E eu, idiota, acabei matando o gato delas."

Ficou ali com o sabiá Nevermore nas mãos, lutando contra o remorso, tentando convencer a si mesmo de que não houvera outra saída. Mas a imagem da bondosa dona Berenice e de sua filhinha não lhe saíam da cabeça. Lembrou-se novamente do zelo das duas ao cuidar da sua cachorrinha moribunda. Na época, sempre que saía para trabalhar, ele deixava Marie Roget na casa delas. Ao contrário da mãe, a menina — uma garotinha albina que, devido a seu perene estado de espanto, aparentava ser ainda mais branca — parecia temê-lo, talvez por ele morar sozinho, usar bigode e ser tão tímido e introspectivo. E, apesar disso, Madeline — assim se chamava a assustadiça garota —, mesmo evitando a todo custo trocar palavras ou olhares com Edgar, também ajudara a cadelinha dele. Ela só deixara de fazê-lo nos dias em que permaneceu na casa do pai, um padeiro que vivia noutro bairro em segundas núpcias. Considerando todos esses dados, Edgar se esforçava por racionalizar a situação e aliviar a própria consciência. Precisava encontrar uma falha de segurança no sistema da sua culpa. E então, repentinamente, atingiu-lhe a memória um fato que lhe foi bastante útil nessa empreitada: talvez essa aparente bondade de dona Berenice tivesse origem na sua incapacidade de olfato! Sim, por mais estranho que isso lhe parecesse à época, fazia agora todo o sentido. E isto porque, no mesmo dia em que morreu Marie Roget, ocorrera o seguinte diálogo:

"Dona Berenice, fico muito agradecido por tudo o que a senhora fez pela minha cachorrinha."

"Ora, não precisa agradecer, a gente faz o que pode."

"Quando a doença dela se agravou", continuou ele, "juro pra senhora que não consegui parar de pensar nas pessoas que morriam de peste negra na Idade Média."

"Credo, seu Edgar!"

"Sei lá... O jeitão dela me fez lembrar aquela praga... Uma coisa que vai reduzindo o doente a um zumbi... E o cheiro! Nossa, que horrível!... Até a caminha dela ficou fedida. E eu deixando ela na sua casa, nessa condição... Com seu gato lá..."

"Eu não deixava os dois juntos, seu Edgar. E o Valdemar, além de velho, é vacinado."

"Sim, mas só o cheiro já era... nossa! Um cheiro de morte, de doença incurável... Sempre me fazia pensar que a peste negra devia causar um futum parecido. Que só o amor pelo doente impedia que os parentes o abandonassem..."

"Ah", replicou ela, "pra mim isso não faria a menor diferença. Eu tive uma doença, uma tal de Kalmão, Kallmann, sei lá... e por causa dela não sinto mais cheiro nenhum..."

Na ocasião, Edgar a encarara com um discreto sorriso, tentando ocultar seu espanto. Ele, que amava o cheiro da noiva, o cheiro da própria casa, que não suportava a presença de alguém com cê-cê, não conseguia imaginar como seria viver sem o olfato. Para ele, o cheiro tinha tudo a ver com amor e aversão. Quem não era capaz de perceber os odores talvez fosse também incapaz tanto de amar quanto de odiar. Talvez sua vizinha fosse uma pessoa fria... Talvez essa sua incapacidade até tivesse alguma relação com o fato de já não ter nenhum companheiro... Talvez sua aparente bondade não fosse senão resignação e complacência... Ademais, nunca a vira acarinhando sequer os próprios filhos, os quais, aparentemente, passavam mais tempo com o pai. Edgar ia confundindo a esse modo características físicas com princípios determinantes da alma. Portanto, para auxiliar sua extravagante racionalização, rememorava vezes seguidas o referido diálogo: se dona Berenice fosse realmente incapaz de amar e de odiar, talvez não tivesse ajudado a cachorrinha dele senão por uma cortesia convencional de vizinha solitária, e, portanto, pela mesma razão, ela não sentiria tanta falta assim do gato. O mais provável é que ela fosse totalmente indiferente aos animais. O rapaz, porém, por mais que especulasse atenuantes, continuava sendo espicaçado pelas Fúrias da própria consciência, sentindo-se ora um criminoso, ora um ingrato. E lá vinha então a necessidade de inculpar o felino, esse cretino peludo que iniciara todo o problema.

— Mas que besteira... — resmungou por fim, cansado. — Era só um animal, cacete! O coitado seguia o instinto. E antes ele do que o Nevermore...

Edgar, ao contrário do gato preto, era um ser humano, tinha livre-arbítrio, responsabilidades e... — e, por essa razão, foi repentinamente dominado por uma outra taquicardia, desta vez uma mais forte e paranoica: ao esbarrar em sua própria responsabilidade de gente humana, recordou os recentes linchamentos morais de diversas pessoas envolvidas na morte de animais domésticos! As redes sociais estavam repletas desses casos. A tal injeção letal dada a algum bichano por uma enfermeira... A mãe que matou o cachorro doente na frente da filha... Laboratórios invadidos por utilizarem beagles em suas experiências... Enfim, coisas antes tão banais, tão comuns, tão próprias de um ser que decide livremente... Edgar fazia suas elucubrações: sua avó, que para alimentar os peões da fazenda torcia o pescoço de uma galinha quase todo dia, se viva estivesse, correria o risco de pegar prisão perpétua... Imagine então o que essa gente teria feito ao seu tio-avô, o qual, sempre que sua gata paria, separava para si os machos, afogando em seguida todas as fêmeas... "Os militantes da internet", prosseguia ele, "caso encontrassem Abraão, iriam apedrejá-lo! Um ancião nojento que sacrificou, no lugar do filho Isaac, um *inocente* cordeiro... 'Ah, humanos malvados!', bradam hoje, com tochas acesas nas mãos, pela aldeia global das redes sociais, os aldeões rebelados, os caçadores de gente! 'Antes Isaac que o pobre cordeirinho!', clamariam esses malucos." É claro que ele, Edgar, não escaparia de um assassinato de reputação desse tipo... No fundo, é verdade, não se importava tanto com aquela gente distante do Facebook e do Twitter — essas praças digitais do homem moderno. Pior mesmo era imaginar que até sua noiva poderia se voltar contra ele! Isto, sim, o deixou quase apavorado! Apesar de suas diferenças, ele realmente a amava, não suportaria ser alvo de seu ódio... Como fazê-la entender que matara o gato por amor a Nevermore? Ora, ele estava apenas defendendo o que era seu! Mas Virgínia entenderia isso? Se ela se enfezara, certa feita, ao ouvi--lo dizer que seria capaz de matar um criminoso para protegê-la, imagine então o que diria se o visse matar um gato para proteger um passarinho!... Para ela um gato deveria valer mais do que um humano criminoso. "Mas era ele ou o sabiá, Virgínia!", argumentaria. "Isso é apego! É fúria assassina, não é amor!", retrucaria ela. "Mulheres", remordia-se antecipadamente Edgar... Na verdade, a noiva considerava uma crueldade até mesmo manter animais na gaiola, uma discussão recorrente entre os dois. É óbvio que tudo isso tinha um único significado: a temporada de caça aos bruxos que matam gatos pretos estava aberta! Em suma: ele precisava livrar-se daquele cadáver i-me-di-a-ta-men-te!

Edgar foi então à cozinha e pegou uma sacola plástica de supermercado. A ideia era ir até o córrego nos fundos da casa e discretamente despejar nele o animal. Voltou em seguida ao quarto e notou que, morto o gato, passara a sentir nojo daquele pelo tão macio e brilhante. E como o animal estava magro! Dona Berenice não devia alimentá-lo muito bem — do contrário Valdemar não teria tentado invadir sua casa tantas vezes —, mas certamente ela o escovava e banhava, pois o pelo reluzia feito uma estola de visom. Com a mesma luva que usava para lavar a louça, depositou o animal na sacola. Desceu novamente as escadas. Ao chegar à cozinha, espiou pelo vitrô, que também esquecera entreaberto — outra possível via de entrada do bichano.

— Que saco! — praguejou, ao perceber que, além da cerca, havia crianças correndo de um lado para o outro, por entre as árvores, de ambos os lados do riacho. Como seu quintal não possuía o muro dos fundos, mesmo se optasse por enterrar o gato, atrairia curiosidade. E atrair a atenção alheia numa época em que até menininhas de dez anos de idade possuem celulares com câmeras de vídeo... que temeridade! O que fazer então?... Sentou-se por um instante e coçou os olhos, a cabeça. Logo mais sua noiva iria ter com ele para jantarem juntos, não podia deixar as provas do crime assim à vista. E, olhando para o chão, viu as penas de Nevermore. Resolveu colocá-las na mesma sacola, afinal eram pistas que poderiam incriminá-lo. Pegou da vassoura e as ajuntou. Subiu as escadas e, tanto no banheiro quanto no quarto, recolheu resquícios de pelos e penas. Ao concluir a tarefa, voltou para a cozinha e percebeu que as crianças já não faziam tanta algazarra lá fora. Tornou a espiar: havia apenas um garoto, de pé, debruçado contra o tronco do enorme guapuruvu, ocultando o rosto no próprio braço. Reconheceu nele o filho mais velho de dona Berenice, cujo nome desconhecia, a contar em voz alta — certamente brincavam de esconde-esconde.

— É isso! — sussurrou com energia, quase eufórico.

Sim, esconde-esconde. Numa fração de segundo, Edgar projetou toda a ação: ali, sob a cozinha, onde dias antes iniciara a construção de uma parede rente ao barranco, daria sumiço ao gato preto! Sim, bastava escondê-lo, emparedá-lo! Tinha visto esse recurso num filme antigo. Quem era mesmo o ator? Peter Lorre? Era possível, afinal Lorre participara de muitos filmes de horror dos mais sinistros. Enfim, a questão é que Edgar emparedaria o cadáver naquele que seria seu futuro quarto de despejo. A parede já iniciada tinha como principal função ocultar uma enorme barriga de rocha, isto é, disfarçar parte do declive do terreno. Para Edgar, apesar de ser uma boa fundação para o restante da casa, a superfície irregular e cheia de saliências daquela rocha não ficaria nada bonita no futuro porão. E essa parede já estava quase concluída, uma vez que lhe faltava meramente a quinta parte do total de sua extensão. Com isso em mente, e sem mais preocupações, abriu a porta da cozinha e, levando a sacola, desceu a estreita escada que conduzia até o quintal. Entrou sob a casa, olhou o monte de areia, os sacos de cimento, os tijolos, e sorriu: ninguém jamais descobriria o ocorrido.

— Mãos à obra! — falou em voz alta, cheio de confiança.

E então dirigiu-se até a abertura que restava, em cujo estreito vão atirou a sacola, que desapareceu na escuridão.

— Noventa e nove, cem!! Lá vou eu!!! — gritou do outro lado do riacho o filho de dona Berenice.

Edgar olhou para trás e murmurou para si mesmo:

— Pode vir, garoto, pode vir. Esse corpinho aqui você não vai encontrar mais não... — e, sorrindo, o olhar cheio de astúcia, passou a misturar cimento, água e areia. Levou quase três horas para completar a parede. As crianças, por sua vez, continuaram brincando e gritando até o pôr do sol, quando finalmente atenderam aos chamados das mães. Ao anoitecer, Edgar já havia feito até mesmo um reboco mais tosco. E deixou para outro dia a tarefa de passar massa corrida e caiar a parede. Precisava apenas tomar um banho para aguardar a chegada de Virgínia. Ela não desconfiaria de nada, o gato já descansava sob a cozinha em seu silencioso túmulo.

* * *

Horas mais tarde, Edgar, de casa arrumada e banho tomado, recebeu Virgínia à porta. Ela havia passado por um restaurante japonês e trazia três pequenas sacolas com o jantar daquela noite: um combinado vegetariano e mais um amontoado de vegetais que ambos certamente teriam de afogar num pote de shoyu, essa "glândula" de fitoestrogênio do homem afeminado moderno. Ele, por sua vez, pretendia abrir a garrafa de Amontillado Tio Diego, um presente que ganhara do chefe na semana anterior.

— Gostou do meu cabelo?

— Gostei. Você fica linda com o cabelo preso.

Ela riu:

— Você nem reparou, né? — disse, mostrando-se de perfil. — Meu coque tá preso com *hashis*.

— Hummm — aquiesceu Edgar, arqueando as sobrancelhas. — Espero que não sejam os mesmos que a gente vai usar pra comer.

Virgínia fingiu não ouvi-lo — não queria dar corda à máquina de *boutades* dele — e se dirigiu à cozinha, onde depositou as sacolas sobre a mesa.

— Ué, cadê o passarinho? — indagou, notando a gaiola vazia. — Finalmente fugiu?

O rapaz, que já havia ensaiado previamente uma resposta, explicou que o pobre animal amanhecera doente e agora estava deitado numa caixa de sapatos, coberto com um paninho. Ela quis vê-lo.

— Tadinho! — suspirou, observando o sabiá que mantinha apenas a cabecinha à mostra. — Tá vendo no que dá criar o bichinho preso desse jeito?

Contrariado, ele não conseguiu evitar um discreto esgar:

— Não foi minha culpa, Vi. E ele não ia sobreviver sozinho longe da gaiola. Já tá acostumado.

— Tá bom, já conheço esse papo... — devolveu ela, com enfado. E amenizando o tom: — Vamos comer?

Sentaram-se à mesa. Os pensamentos de Edgar agitavam-se em busca dum assunto qualquer, o qual, é claro, nunca dava as caras. A verdade é que estava cansado, aquele fora um dia extenuante. A es calada das emoções lhe exaurira as reservas de energia. As irritantes postagens no Facebook, o passarinho desaparecido, os dentes assassinos do invasor, a raiva, a luta, o descontrole, o pescoço quebrado, a culpa, a parede erguida... Tudo aquilo o consumira e lhe seguia roubando a vontade de entabular uma conversação.

Notando o estado de espírito do namorado, Virgínia, taça à mão, procurava uma maneira de animá-lo, afinal, segundo sua perspectiva, aquela deveria ser uma noite especial.

— Ed... Tá tudo bem lá no seu trabalho?

— O mesmo tédio de sempre — replicou ele, seco, um tanto distraído.

Aquela resposta sincera, porém atravessada, a deixou tão ensimesmada quanto ele. Nos últimos meses, ela vinha sentindo a necessidade de dar uma guinada em suas vidas, de dar um passo além. Rememorou alguns diálogos em que pescara uma anuência implícita da parte dele. Meditava a respeito. Sim, tinha certeza de que estavam no mesmo barco.

— Hum, gostoso esse vinho — disse ela, rompendo o silêncio.

Ambos comiam lentamente, sorvendo de tempos em tempos o Amontillado, que, na omissa opinião de Edgar, teria combinado maravilhosamente bem com um frango xadrez, por exemplo, e não com aquela insossa sabe-se-lá-o-quê de soja.

— Edgar... — tornou ela, adentrando o terreno. — Você não acha que a gente já podia pelo menos morar junto?

Ele caiu das nuvens. Aquele não era de forma alguma o melhor momento para discutir tema tão delicado. Desanimado, os lábios entreabertos, vacilou por dois ou três segundos. Precisava alterar o rumo da conversa, não queria correr o risco de iniciar uma discussão difícil. Infelizmente, o ímpeto que o fez abrir a boca não soube escolher assunto menos espinhoso.

— Sabe, Vi. Andei lendo seus posts no Facebook. Aqueles de defesa dos animais...

Virgínia fez um muxoxo, torceu os lábios, olhou para baixo. Não podia acreditar que a resposta à sua acalentada indagação, em vez de uma palavra romântica, seria uma polêmica desse naipe. Logo ergueu os olhos e voltou a fitá-lo:

— O que é que têm os meus posts?

— A cada cinco posts, você me dá três alfinetadas.

Ela arregalou os belos olhos negros:

— O quê?! Cê tá viajando, Ed...

— Não é viagem. Você vive me dando umas indiretas muito chatas. Às vezes até estragam o meu dia — contestou ele, já se arrependendo do tom empregado.

A moça, visivelmente desconcertada, se aprumou na cadeira:

— Olha, se você veste a carapuça, a culpa não é minha. Talvez seja um recadinho da sua consciência...

Essa última observação o irritou profundamente. Fez o possível para se conter e não replicar à altura. Odiava essa condescendência tão comum aos militantes e aos dogmáticos. Respirou fundo. Então esboçou um sorriso que, ao contrário da tranquilidade que esperava transparecer, apenas a deixou alerta e intrigada. Era, por assim dizer, um sorriso de curinga.

— Vi, nós descendemos de caçadores e pastores.

— E, graças aos deuses, evoluímos muito de lá pra cá. Viva a agricultura!

— Tá, pode dizer "viva a agricultura", não discordo. É só por causa dela que o Brasil ainda não foi pro brejo. Mas esta comida vegetariana, por exemplo... Sashimi de tofu? Pelo amor de Deus... "Viva a agricultura!" não quer dizer "morte ao paladar!".

Agora foi Virgínia quem se irritou:

— Eu não tenho postado nada sobre vegetarianismo.

— Você já é praticamente uma vegana. Seu vegetarianismo é subjacente a esse seu amor abstrato pelos animais. E põe abstrato nisso! O engraçado é que você diz amar os animais, mas nunca teve sequer um peixe dourado.

— Quando eu amo alguma coisa, quero que essa coisa seja livre. Não vou colocar um passarinho na gaiola nem um cachorro num apartamento.

Por pouco Edgar não lhe atirou uma armadilha venenosa: já que ela respeitava tanto a liberdade dos seres amados, por que então queria lhe impor a prisão de morarem juntos? Mas ele não se atreveu, pois não acreditava mais na existência desse suposto cárcere. Principalmente se tal decisão evoluísse para o casamento. Seu conceito relativo ao matrimônio já não era do tipo adolescente, imaturo. Há já algum tempo havia notado que o casamento por amor não é senão a melhor maneira de libertar tanto o homem quanto a mulher da prisão das paixões transitórias. Quem, além de não possuir um cônjuge, tampouco possui um temperamento celibatário, dificilmente ocupa a mente com algo além da busca pelo sexo oposto. E, sendo a vida curta como é, haverá um preço a ser pago: se o sujeito não possui uma companheira junto a quem seguir em frente, andará em círculos à procura de uma.

— Olha, Vi — recomeçou ele, procurando uma nova abordagem. — O problema real é que, no fundo, temos visões de mundo completamente diferentes. Como a gente vai conseguir caminhar na mesma direção se você é capaz de dizer que certos animais valem mais do que certos seres humanos?

— E vai me dizer que não é verdade? Seu passarinho não é melhor do que Hitler?

— Ai, ai... Lá vem você com esse vegetariano nazi. Típico. Isso não passa de *Reductio ad Hitlerum*...

— Hum?

— O ser humano pode se redimir, Virgínia! — tornou ele. — Um animal apenas segue seus instintos. Você se lembra daquele filme *Os deuses devem estar loucos*? Nele a gente vê o que um caçador bosquímano costuma fazer após flechar uma presa: ele se aproxima, pede perdão ao bicho e explica que precisa alimentar sua família. Uma onça jamais faria isso: ela não é autoconsciente!

— Os humanos civilizados não são assim: compram tudo no açougue e reclamando do preço. Os humanos não valem nada.

— Os judeus e os muçulmanos, por exemplo, só comem carne quando o animal é morto ritualisticamente. *Mutatis mutandis*, é a mesma atitude dos bosquímanos.

Ela fez uma careta:

— "*Mutatis mutandis*"... — repetiu. — Ai, só você.

— Animais podem ser muito devotados a seus semelhantes e até a seus donos, mas não são capazes da verdadeira compaixão. Eles não podem conceber um Criador.

— Ah, não, por favor, não começa com religião! — retrucou ela, irritada. — O fato aqui é o seguinte: você diz amar os animais mais do que eu apenas porque gosta de criá-los em cativeiro. E de comê-los! Quem ama não come o ser amado! Não percebe a contradição?

— Um homem quer sempre comer a mulher amada — respondeu ele, com um sorriso zombeteiro.

Ela não achou a menor graça e, exasperada, repetiu:

— Não percebe a contradição?!

— Seria contradição se eu fosse um hindu que adora churrasco ou um islâmico comedor de bacon — tornou Edgar, no mesmo tom. — Há animais para toda serventia, Vi. E, se você não nota que somos superiores a eles, pode pelo menos assumir que a maioria deles, dos próprios animais, nota. Se você tivesse um bicho qualquer, perceberia que os animais nos olham como se fôssemos deuses, com um misto de admiração e devoção, e às vezes de medo também, né, porque afinal a gente tem tantas paixões e falhas quanto um deus grego.

— Vai testar isso lá na África então, Ed. Aposto que um leão, em vez de te achar divino, vai te achar é uma delícia.

Edgar estava se cansando daquilo. Sempre se achara um péssimo debatedor. Nunca conseguia ir até o fim de uma controvérsia sem se deixar envolver emocionalmente. Respirou fundo mais uma vez e decidiu reformular sua estratégia. Entre outras coisas, precisava evitar ataques pessoais.

— Você diz para eu "não começar com religião", mas, no final das contas, esse é o cerne da questão. Você não acredita que fomos criados à imagem e semelhança de Deus. Acha que somos simplesmente mais um tipo de animal.

— E somos mesmo. Comer carne é canibalismo, qualquer carne.

Ele tentou seguir com o raciocínio:

— Toda liderança implica unidade, Vi. Como iremos liderar juntos uma família se não concordamos com o essencial? Criaremos filhos esquizofrênicos? Já imaginou o que essa lenga-lenga de que humanos não valem nada vai causar na cabeça de uma criança?

— Ai, Ed, isso é besteira! As crianças são mais espertas do que você imagina. E ninguém aqui falou em filhos. Eu trabalho, lembra? Não tenho tempo. Você exagera tudo!

— Não é uma questão de esperteza, de cabeça. É uma questão de coração. Quando a pessoa se vê metida numa situação drástica, premente, quem manda é o coração. E o coração se orienta pela visão de mundo da pessoa.

— Ninguém falou em filhos, Ed!

— *Eu* estou falando! E tô falando porque, se você acha que humanos não prestam, certamente não vai querer ter humanos em miniatura dentro de casa. E quer saber? Eu queria era ter a vida daquele pessoal do seriado *Os pioneiros*: uma fazendinha no Meio-Oeste, uma esposa compreensiva, três ou quatro filhos saudáveis e ativos, liberdade para defender minha família, para cultivar minha terra e criar meus animais como bem entender.

— Ai, Ed, a gente vive no mundo real, no presente... — retrucou Virgínia, ofendida com aquele "esposa compreensiva".

— A família é a única instituição humana atemporal! Pouco importa o período histórico no qual vivemos.

Agora foi Virgínia quem respirou fundo:

— Olha, Ed, eu perguntei se você queria morar comigo e você começou essa conversa chata sobre polêmicas do Facebook. Se você não quiser dividir o mesmo teto, é só me falar, não precisa inventar desculpas.

— O Graciliano Ramos ainda é seu escritor brasileiro predileto? — insistiu Edgar, encarando-a.

— Caramba, você nem me ouve mais!

— É ou não é?

Virgínia explodiu:

— É, sim! Mas e daí?! Você fica fugindo da minha pergunta, droga!

— Sabia que, num dos relatórios dele como prefeito de Palmeira dos Índios, ele diz que sua principal atividade era recolher os cachorros de rua e matá-los?

Ela cerrou os olhos, refestelou-se na cadeira e emudeceu com uma expressão rancorosa. Em seguida, levou a mão à testa, mais atormentada que pensativa. Seus nervos estavam em frangalhos. Ela e Edgar já haviam tido discussões semelhantes, mas, agora, o que realmente a magoava era essa tergiversação sem fim. Não sabia dizer se ele realmente levava a sério tais questões ou se simplesmente não tinha coragem de rejeitar às claras sua proposta. Decidiu não dizer mais nada. O melhor a fazer era sair dali o mais rápido que pudesse.

— Vou embora — disse, levantando-se.

— Espera, Vi. Eu preciso te contar uma coisa. Só estou dizendo tudo isso antes porque acho que a sinceridade é importante num relacionamento. Espera, deixa eu te contar.

Sentindo que chegara a oportunidade de zombar dele tal como ele costumava fazer, ela retirou o celular da bolsa e o apontou para ele:

— Fala com o meu celular — disse, em tom sarcástico. — Mais tarde, se eu ainda estiver a fim, vou ouvir sua conversa fiada. Já cansei das suas besteiras por hoje.

— Você perdoaria o Graciliano? — tornou ele, sem se alterar.

Ela manteve-se em silêncio, uma expressão gélida no rosto, olhando na direção da porta que dava para a sala. O braço continuava erguido, apontando o celular para o rosto de Edgar.

— Se não vai responder, tudo bem, vou contar assim mesmo — e, após uma breve pausa: — Hoje eu matei o gato da vizinha, o Valdemar.

Sem mover um músculo da face sequer, ela voltou a fitá-lo diretamente nos olhos.

— Matei o gato da dona Berenice. Quebrei o pescoço dele.

— Isso é mesmo verdade? — ela finalmente perguntou.

— É.

— Ela sabe?

— Não.

— E o que você fez com ele?

— Com o corpo? Taí atrás da casa.

— Por que você fez isso?

— Não teve outro jeito... Ele tava tentando comer o Nevermore.

— Então você matou um gato porque ele tava tentando pegar um passarinho...

— Tentando, não...

— Você é um idiota, Edgar! — gritou ela, interrompendo-o. Então abaixou o braço, guardou o celular na bolsa e saiu da cozinha. Segundos depois, ele a ouviu bater a porta da frente e, em seguida, arrancar com o carro.

"*Alea jacta est*", pensou o rapaz. "Se ela conseguir me entender, irá voltar."

Antes de subir para o quarto, ele foi trancar a porta da sala: os hashis, que antes prendiam o cabelo da namorada, estavam agora no chão da sala formando uma cruz, o que lhe pareceu de mau agouro. Correu, pois, até a caixa de sapatos: Nevermore estava morto.

* * *

Naquela noite, Edgar dormiu muito mal. Sentia-se inquieto, tendo acordado duas ou três vezes durante a madrugada, o corpo dolorido, o rosto suado. Saber que na manhã seguinte teria de enterrar Nevermore o enchia de tristeza. Revolvia-se na cama sem parar. A certa altura chegou mesmo a acreditar que ouvia a cantoria noturna do falecido gato preto, o que muito o impressionou. Uma lamúria felina, distante, como o de um macho a disputar, num arremedo de choro humano infantil, a fêmea indiferente. Claro que só podia ser outro bichano qualquer, talvez a um ou dois quarteirões de distância dali.

— Que saco. O filho da mãe era só um gato... — resmungou ao acordar pela segunda vez.

Depois de lutar contra a insônia — uma insônia também recheada de remordimentos devido à maneira pela qual tratara Virgínia —, Edgar finalmente caiu em sono profundo. Só foi despertar quando o Sol já estava alto, aí pelas dez da manhã daquele domingo, pois alguém, provavelmente numa das casas vizinhas, berrava a plenos pulmões:

— Cadê o bandido?! Vamo pegá esse cara, galera!

Apurando os ouvidos, percebeu que havia um intenso rumor de fundo, como se dezenas de pessoas, talvez centenas, rezingassem todas ao mesmo tempo. Alguém certamente reunira a vizinhança para justiçar um ladrãozinho ou, quem sabe, um traficante. Isso não era tão incomum nesses bairros novos mais afastados. Em geral, a polícia só aparecia muitas horas depois, quando tudo já estava consumado.

— Ele tá aí dentro! Vamo entrar! — secundou outra voz masculina.

E o rumor intensificou-se, transformando-se numa vozearia confusa, mais próxima. E então Edgar ouviu a janela de vidro da sala da frente se estilhaçando. Assustado, dum único pulo levantou-se da cama: e se o tal bandido estivesse escondido em sua casa?

— Caramba! — murmurou, sentindo o derrame súbito de adrenalina.

Pé ante pé, Edgar foi até a janela do quarto que dava para a rua e a abriu.

— É ele, pessoal! É ele! — rosnou dona Berenice, que já estava em sua garagem.

Aparvalhado, Edgar arregalou os olhos: uma multidão tomara toda a rua diante de sua casa! Não lograva compreender como um bairro tão desabitado poderia produzir semelhante concentração de gente. Talvez, além dos moradores, também houvesse estudantes, professores e sindicalistas entre aquela súcia, pois um evento político estava em andamento num clube próximo, o que explicaria o grande número de jovens e toda aquela gente uniformizada de vermelho. Dentre estes, alguns já haviam pulado o portão da frente e agora acompanhavam a vizinha, rodeando seu carro. Três ou quatro, mais ousados, alternavam-se de pé sobre o capô e o teto do veículo. Ao vê-lo, inúmeras vozes levantaram-se contra ele:

— Assassino!

— É ele! É ele!

— Vamo acabar com esse filho da puta!

Como um papa a abençoar da janela o povo reunido na praça de São Pedro, Edgar acenava: na verdade, pedia silêncio. Incapaz de consegui-lo, alcançou gritar:

— O que é que tá rolando, pessoal?!

Uma profusão de invectivas, anátemas e palavras de ordem invadiu o quarto em uníssono, mas Edgar não entendeu absolutamente nada. Entendeu apenas a pedra que passou a um centímetro de sua cabeça, indo atingir em cheio o monitor do computador, que trincou feito o para-brisa de um carro acidentado. Fechou a janela num átimo e correu a buscar o celular: precisava chamar a polícia.

"As pessoas enlouqueceram de vez!", pensava, enquanto desplugava o celular do carregador.

Quando a tela de bloqueio se iluminou, Edgar notou que havia mais de 4 mil notificações do Facebook: o que estaria acontecendo? Quis abrir o aplicativo da rede social e verificar se havia alguma relação com a situação absurda que ora experimentava, mas, nesse mesmo instante, ouviu um forte estrondo e, para seu horror, percebeu que haviam arrombado a porta da rua. A gritaria e a balbúrdia resultantes subiam pelo vão da escada como a fumaça por uma chaminé, indicando que sua casa fora realmente invadida pelos bárbaros vizinhos, ou por seja lá quem fossem. No térreo, sons terríveis de objetos sendo derrubados, atirados e quebrados atestavam que o vandalismo e os saques iam de vento em popa. Indeciso entre a ideia de vestir-se — e portanto de não ser pego de cuecas — e a opção mais sábia de correr e trancar-se no banheiro do outro lado do corredor — a porta de seu quarto não tinha chave —, Edgar viu-se paralisado por segundos assaz valiosos. Eis o seu erro! Quando finalmente decidiu alcançar o banheiro, já era demasiado tarde: um sem-número de mãos o agarraram pelo braço, pelas pernas, pelo pescoço, pelo cabelo e até pelas cuecas. Perdeu o chão e de repente já flutuava sobre as cabeças daquela chusma irada.

— Socorro! Socorro! Me larguem! — desesperava-se.

Foi conduzido à força escada abaixo por um aluvião de gente cujos dentes rangiam de frenesi e cujos olhos faiscavam de cólera. Sim, havia também risadas e muitas gritas de triunfo, como se a torcida organizada de algum time de futebol estivesse presente e como se ele, Edgar, fosse o troféu.

— Socorro!

Atravessou a casa de ponta a ponta, a bem dizer, por via aérea, sendo despejado do alto da escada dos fundos diretamente no quintal, onde caiu meio de quatro, afundando o rosto, os cotovelos e os joelhos na terra. Ainda com os olhos cerrados e sujos, a expressão amargurada e dorida, foi agarrado pelos cabelos e forçado a ficar de joelhos.

— É este aqui, dona Berenice? — disse uma voz masculina esganiçada.

— É ele, sim.

— É ele! É ele! — bradaram em coro dezenas, talvez centenas de vozes enfurecidas, entre as quais havia inclusive vozes infantis.

Edgar tentou limpar os olhos para poder mirar a vizinha, mas seus braços eram mantidos presos por mãos invisíveis. Apesar daquela resposta, a voz de dona Berenice lhe trouxe alguma esperança, e ele então voltou a procurar uma razão por trás de todo aquele absurdo.

— Dona Berenice! Dona Berenice! Por favor, me ajuda!

— Não me comprometa. Pra mim você não cheira nem fede.

— Por que isso? O que é que tá acontecendo?

— A gente viu seu vídeo no YouTube, Edgar — tornou o homenzinho da voz esquisita. — Todo mundo já sabe que você mata os gatos da vizinhança. Sua confissão tá bombando no Facebook.

— O quê?! Mas que confissão?

Alguém aproximou um celular de seu ouvido e Edgar pôde ouvir claramente a confissão feita para Virgínia na noite anterior. E o pior: o vídeo estava editado, não trazia a informação de que apenas tentara salvar um passarinho. Não podia acreditar que ela fizera aquilo com ele — sua própria namorada! Ele, pois, sentiu um intenso vácuo na altura do plexo solar e, pela primeira vez, realmente temeu por sua vida. Uma agitação pânica o dominou, e ele começou a suar frio. Aquela gente doida certamente o havia pego para gato... ou melhor, para bode expiatório.

— Serial killer de gatos!! — esbravejou uma voz cavernosa atrás dele.

— Mas isso é mentira! — protestou Edgar, atônito. E então, desesperado, acrescentou com toda a inocência do mundo: — Eu só matei o Valdemar.

A multidão se exaltou:

— Ele confessou de novo! Confessou!

— Vamos acabar com ele! — berrou histericamente uma mulher metida num jaleco branco, em cujo crachá podia-se ver um "psi--alguma coisa": talvez uma psicóloga, talvez uma psiquiatra.

O homenzinho levantou o braço e instou-os a se calar:

— Calma aí, turma! — disse, cheio de autoridade. — Primeiro a gente precisa encontrar o corpo do gato. A gente precisa de provas, né? No vídeo, nosso amigo aqui diz que escondeu ele atrás da casa. Alguém já encontrou o bichano?

Conforme esse improvisado comissário do povo ia olhando em redor, as pessoas iam se afastando do seu campo de visão, deixando-o entrever um quintal já todo esburacado, com covas de todos os tamanhos e profundidades. Não, ninguém encontrara nada.

— Posso lavar o rosto? — solicitou Edgar, humildemente.

O homem fez então um sinal para que levassem o prisioneiro até uma torneira localizada sob a casa. Ali, encheram o mesmo balde utilizado pelo rapaz na preparação do cimento e atiraram água em seu rosto. Sem soltar seus braços, permitiram que usasse as mãos para limpar-se. Sua cueca, enlameada, pendia feito um coador de café usado. Quando finalmente conseguiu abrir os olhos, Edgar viu uma espessa e intransponível muralha de gente a bloquear-lhe a saída. Atrás de si, apenas a parede do futuro porão, recentemente rebocada.

— Vocês estão enganados! Eu não fiz nada! — disse ele, a voz embargada.

— Mas, véio, cê confessou duas vezes: no vídeo e agora.

— O vídeo foi uma brincadeira de mau gosto.

— E essa confissão que cê acaba de fazer? É o quê?

Edgar, opresso tanto pelos ânimos exaltados à sua volta quanto pela visão dos pedaços de pau em riste, estava quase aos prantos:

— Falei por falar, para me defender dessa acusação de assassino em série de animais... Eu sempre tive bichos de estimação, sempre, eu...

— Vão deixar ele continuar com essa conversa mole? — berrou alguém por trás da muralha humana. — Tá na cara que ele é culpado, mano!

— Verdade! Tinha um passarinho morto lá na sala dele — comentou outro em voz alta.

— Ele tá com os braços arranhados! Deve ter sido o gato!

O comissário do povo voltou a intervir com sua vozinha estridente:

— Calma, galera. Vamo deixar o desgramado falar? Se todo mundo ficar quieto a gente logo vai ver se o papo dele é reto ou não.

Restabelecido o silêncio — e isso deixou Edgar bastante apreensivo, pois aquele sujeito diante dele parecia deter um poder real —, reiniciou-se o interrogatório. Edgar respondia a tudo da melhor forma que podia, tentando aflitivamente preencher os buracos de uma história na qual Valdemar seria um vilão assassino de passarinhos, e ele, um defensor da vida selvagem. Claro, na sua versão, Valdemar teria fugido vivo pela mesma janela por onde entrara. O rapaz sabia que, com uma multidão, de nada valeria a pura lógica. Teria era de se ater à retórica, tentando persuadi-los de sua inocência da maneira mais emocional possível. Chegou a falar do tatu que ganhara do avô na fazenda, de como o tratara bem e o soltara ao fim de três dias. É óbvio que não lhes contou que, na verdade, mantivera o bicho amarrado por uma perna para, depois de deixá-lo cavar túneis profundos, poder puxá-lo de volta à superfície. Isso teria transmitido uma imagem demasiado cruel de si. Por isso, preferiu enumerar e nomear todos os cães que tivera desde a infância, sendo Marie Roget a mais recente. Descreveu também os inúmeros gatos criados por sua irmã mais velha ao longo dos anos, tal como Plutão, um gato tão preto quanto Valdemar, e do qual tanto gostara. Com lágrimas nos olhos, falou ainda da Marta Suplicy, um risonho papagaio fêmea — morto por um gambá quando ele tinha apenas 11 anos de idade —, e também da tartaruga Marina e do mico-de-cheiro Luís Inácio. Enquanto descrevia uma infância digna de um filho de Noé, notou que finalmente começara a tocar boa parte daqueles corações empedernidos. Aquele autonomeado juiz, que ele descobriu chamar-se Josemar, estava claramente inclinado a liberá-lo e não parecia nem um pouco interessado na opinião de um júri. Isto deixou Edgar mais tranquilo e ainda mais convicto de sua própria absolvição.

— Alguém arranja uma toalha pra esse cara se cobrir — disse Josemar, a certa altura do depoimento. E, arrancando risos da assembleia, acrescentou: — Parece até que o coitado do mano tá cagado.

— Mó porcão! — gritou um adolescente, jogando mais lenha na fogueira das risadas.

Foi então, enquanto esperavam pela toalha, que aconteceu: um miado, talvez um gemido de gato, se deixou ouvir distintamente. Só podia ser o Valdemar! Um princípio de alvoroço teve de ser contido:

— Você ouviu? Você ouviu? — dizia-se aqui e ali.

— Quietos! — disse Josemar, enérgico. — Vamo ouvir.

Era o mesmo miado de gato macho que Edgar ouvira durante a noite. Feito os gemidos de uma criança, o animal parecia cortejar uma fêmea no cio. Uma estranha eletricidade percorreu igualmente a todos os circunstantes. Entre eles, Edgar era o mais pasmado, mal podendo acreditar em seus ouvidos: teria o maldito animal sobrevivido a um pescoço quebrado?! Esticando as cabeças, todos tentavam detectar a origem do som. A um sinal de Josemar, aquele pelotão de orelhas revirou sacos de cimento, tijolos, carrinho de mão, ferramentas, mangueiras e até mesmo as covas recém-abertas e o balde que acabara de ser usado: mas nada de gato.

— Chefe! Escuta só — disse ao fim de um minuto um sujeito sem camisa. — Vem da parede!

Josemar aproximou-se e colou o ouvido ao reboco ainda fresco. Perdeu instantaneamente a boa vontade e a recém-manifestada simpatia. Virou-se e encarou Edgar:

— Tem alguma entrada lá por cima da casa? Alguma entrada de porão? Ou é só por aqui mesmo?

Edgar, com olhos esbugalhados e o rosto morbidamente pálido, respondeu com um fio de voz:

— Não tem outra entrada...

— Como é?!

— Não tem. Só essa parede.

O próprio Josemar tomou duma marreta encontrada junto às ferramentas e começou a golpear a parede justamente onde notara o cimento fresco. A muralha humana se fechou ainda mais em torno desse extraordinário acontecimento. A expectativa era quase palpável. Edgar, logo atrás de Josemar, e já indiferente ao fato de estar de cueca, ao mesmo tempo que tentava convencer a si mesmo de que todos compartilhavam duma alucinação auditiva, esticava-se cheio de curiosidade. E, assim como os golpes de marreta, os miados prosseguiam. Seria possível que Valdemar fosse agora um morto-vivo?

"Que loucura...", pensava Edgar.

Logo que Josemar conseguiu abrir um buraco grande o suficiente para introduzir as duas mãos, pôs-se a puxar aquela parte da parede, que, após algum esforço, veio abaixo quase que inteiramente. Uma exclamação de espanto dominou a todos: de pé, arrimada de costas à rocha, lá estava Madeline, a filha albina de dona Berenice! Ainda mais branca que de costume, toda coberta de pó de cimento, a menina estava abraçada ao defunto gato Valdemar. E ela chorava, numa lamúria monótona de quem já havia gasto toda sua reserva de lágrimas.

— Madeline!! — separou-se da multidão dona Berenice. — Você não devia estar com seu pai, menina?

— Não... — a menina soluçava copiosamente, o nariz escorrendo, os cabelos hirtos. — Tava brincando... de esconde-esconde...

Em choque, Edgar caiu de joelhos: ele quase matara uma criança! O sentimento de culpa que o invadiu — a menina provavelmente chorara em desespero a noite inteira! — paralisou-o a tal ponto que mal percebeu a indiferença dos demais para aquele fato.

— Sua idiota! — berrou dona Berenice. — Vai já pra casa, toma um banho e liga pro teu pai vir te buscar. Hoje eu vou sair com minhas amigas e não quero saber de carregar você comigo.

— Não falei? — gritou o homem da voz cavernosa. — Olha lá o gato morto.

— Mas, gente, a menina precisa... — ainda tentou dizer Edgar.

— Assassino!! — interrompeu-o uma mulher atarracada, de seios enormes, vestida com uma camiseta de um sindicato qualquer, a qual, aproximando-se, o chutou no estômago.

Foi o estopim para que cada qual pegasse dum tijolo, dum pedaço de pau ou duma ferramenta qualquer e começasse ali mesmo a linchar Edgar, que não moveu sequer um músculo para fugir ou para se defender. Em menos de um minuto já estava desacordado.

— Vamo acabar com esse desgraçado!! — berravam.

— Assassino!!!

Alguém então o arrastou por uma perna e o atirou no meio do quintal, onde seu suplício prosseguiu. Ninguém mais ligava para Madeline, que, a essa altura, já devia estar chorando em sua própria casa, para onde se encaminhara vagarosa e amarguradamente com o gato morto no colo. Josemar observava o linchamento a curta distância, com ar circunspecto. Já não havia o que fazer: uma vez que se perde o controle de uma multidão, não há volta. Em dado momento, notou que dois adolescentes registravam toda a cena com as câmeras de seus celulares. Josemar chamou o homem sem camisa a um canto e lhe disse:

— Rodrigão, avise aqueles dois, e quem mais estiver filmando, que, se algum vídeo aparecer na internet amanhã, eles é que vão estar no lugar desse aí. Tá ligado?

— Beleza, chefe.

— Vai lá, toma o celular deles. Depois que terminar o serviço, enxota todo mundo daqui.

— Tá certo.

Foram apreendidos dezoito smartphones. E o povo, então, se dispersou.

* * *

Naquele mesmo domingo, ao anoitecer, Josemar convidou os vizinhos para um churrasco em sua residência, a cinco quarteirões da casa de Edgar. Sentado numa espreguiçadeira, com um enorme gato siamês no colo, estava satisfeito: havia recebido a encomenda feita na semana anterior e suas bocas estavam abastecidas com a mais pura cocaína. Boa parte dos vizinhos que haviam presenciado o linchamento naquela manhã compareceu à boca-livre, seja por respeito, seja por cumplicidade, seja por medo. Inclusive um vereador, ex-sindicalista, acudira ao convite, pois precisava recolher uma contribuição de campanha. Curiosamente, nenhum dos convidados estranhou o sabor levemente adocicado daquela carne de porco. Talvez fosse um tempero novo.

— Não quer um pedaço, chefe?

— Eu? Não, não. Parei de comer porco — respondeu calmamente o homenzinho da voz esganiçada. — Acho que vou me converter ao Islã... — acrescentou maliciosamente, piscando um olho.

Quanto a Edgar, um mistério permanente cercou seu desaparecimento: para onde havia ido? O que lhe acontecera? Teria ficado com vergonha daquele vídeo que viralizara na internet? As inúmeras ameaças que recebera nos comentários do Facebook o amedrontaram? Teria fugido com medo das consequências? Por que não pedira férias ou demissão? Por que não se despedira de ninguém? Passaram-se dez dias até que Virgínia finalmente convenceu a polícia a entrar na casa dele, que permanecera trancada todo aquele tempo. Para surpresa de todos, o local estava completamente vazio, sem móveis, sem chuveiro elétrico, sem torneiras, sem nada: Edgar certamente mudara-se de mala e cuia. A irmã e os pais dele, muito estremecidos com a situação, já não sabiam onde obter mais informações. Os amigos, motivados por uma de suas últimas mensagens, publicada tanto no Facebook quanto no Twitter, acreditavam que ele logo daria notícias a partir de algum país estrangeiro, talvez dos Estados Unidos, talvez do Chile, do qual costumava alardear a beleza e o clima. Dizia essa postagem: "Desisto do Brasil! A única saída é mesmo o aeroporto."

Amarás ao teu vizinho

— Grande doutor Pinto!

O doutor estava na garagem de sua casa, onde fora buscar a pasta de couro esquecida quando de sua chegada do trabalho. Preparava-se para tornar a sair e — no interior do carro, absorto, e apesar da porta aberta — não ouvira o cumprimento: apenas devaneava com mil e uma imagens da infância pipocando à mente. Uma pergunta que não o abandonava: seria verdade que o falecido pastor-alemão de dona Draga fora o único responsável por aniquilar todas as bolas que as crianças acidentalmente jogavam no quintal da casa dela? Sempre desconfiara que não. Tantos jogos de queimada, de futebol e de vôlei repentinamente abortados! E nunca havia indícios de mordidas, apenas um reincidente e suspicaz rasgão. A dúvida, que pairara sobre os largos anos de sua infância, voltava agora. Talvez obtivesse uma resposta durante o jantar daquela noite. Havia sido um irônico acaso aquele convite, já que dona...

— Doutor!!

O grito atravessou as grades do portão, tomou o carro de assalto, e doutor João Pinto Grande caiu das nuvens: era Chico, o bêbado que morava com sua numerosa família no barracão da esquina, único casebre miserável da rua. São Paulo tinha dessas coisas: um bairro de classe média qualquer costumava, num lote ou noutro, possuir ao menos uma, por assim dizer, minifavela. Talvez porque os proprietários, ao permanecerem no local por gerações — isto é, desde que o bairro não passava de uma infindável série de terrenos baldios de baixo valor de mercado —, nunca conseguiam dinheiro suficiente para erguer uma casa condizente com a vizinhança temporã. Dona Sílvia, vizinha contígua ao doutor, inimiga declarada de Chico, lhe dissera que "aqueles maloqueiros" estavam ali desde os anos 1960, quando a região mais se assemelhava a um conjunto de chácaras do que a uma área urbana. E Chico, apesar de aparentar estar próximo dos quarenta anos de idade, ainda vivia com avós, pais, irmãos e a família da irmã mais velha: sim, nove pessoas numa pequena casa. Doutor Pinto, sempre que o via, lembrava-se do bêbado do filme *Luzes da cidade*, de Charles Chaplin. Afinal, tal como esse personagem, o sujeito só o reconhecia quando embriagado. Sóbrio, só cumprimentava os demais vizinhos — isto é, caso estivesse disposto a tanto — se o tratassem por Francisco, pois somente o álcool reagia ao apelido familiar.

— Chico?... — indagou o doutor, já de pé, incerto se estava diante de Chico ou de Francisco.

— E aí, doutor? Cadê a gravata?

O doutor sorriu:

— Vou a um jantar daqui a pouco. Nada formal.

Um sorriso estúpido de dentes amarelados, os olhos injetados, o cabelo ensebado, a barba desgrenhada, as roupas desmazeladas, o hálito hediondo: tudo indicava que a bebedeira já havia atravessado toda aquela tarde. Enquanto o observava, doutor Pinto aguardava a solicitação de mais dinheiro, à qual jamais se furtou — a não ser nos dias em que realmente não levava nenhum trocado consigo. Nunca censurou ao vizinho a intenção tácita de gastar o dinheiro com bebidas. Por que deveria? Preferia o conselho dado por Henry Miller num dos relatos do livro *A sabedoria do coração*: se um alcoólatra lhe pede um copo de uísque, dê-lhe um engradado cheio. Sim, encarava a situação com a mesma tática do jiu-jítsu: não se oponha ao golpe; em vez disso, dê-lhe mais força no sentido almejado pelo adversário, que, graças a isso, derrubará a si mesmo. Há viciados — não todos, claro (algumas drogas matam mais rápido do que veneno) — que necessitam mais do fundo do poço do que de mais uma censura semelhante a tantas outras, para eles há muito carentes de sentido. Mas Francisco, equilibrando-se a custo, parecia mais interessado em outra coisa que o doutor, ao contrário dos demais vizinhos, nunca lhe negava: atenção.

— Alguma novidade, Chico? Como vai a família?

— Ah! — e fez um gesto de desdém na direção do barraco. — Eles ainda me odeiam.

Doutor Pinto tornou a depositar a pasta no banco da frente do carro:

— Por que você acha isso, Chico? Se eles o odiassem, não o deixariam morar lá.

— Ao contrário, doutor: eles me deixam morar com eles porque... justamente porque me odeiam, pra me torturar.

— Que bobagem, homem!

Chico o encarou com olhos vazios, no rosto a expressão de uma profunda derrota:

— O senhor deve ter tido uma família bacana, doutor. Não sabe como pessoas ignorantes... Na minha casa todo mundo é ignorante... Todo mundo, juro. O senhor não sabe como eles podem ser terríveis com quem... só por ser mais inteligente... Tá ligado? Com quem é considerado louco. É só a gente acreditar uma vezinha só que eles talvez tenham razão, quer dizer, que talvez a gente seja mesmo doido... aí ferra com tudo...

Era a primeira vez que o vizinho iniciava um diálogo mais substancial. O doutor, pois, encostou a porta do carro e se aproximou do portão gradeado. Em São Paulo, toda visita à porta da rua sugere uma visita à prisão.

— Você trabalha com alguma coisa, Chico?

O bêbado voltou a sorrir estupidamente:

— Eu estudei. Sabia, doutor?

— Não sabia.

— Teve uma época em que eu lia uns... uns três livros por mês.

— Não lê mais? — indagou com naturalidade o doutor, ocultando sua surpresa.

— Não. Eles queimaram todos! — e voltou a apontar na direção de sua casa. — As revistas também. Isso tem anos já, né? Se eu compro mais livros... no sebo, tá ligado?... eles queimam de novo.

Doutor Pinto apoiou as costas na traseira do Siena e tirou o cigarro eletrônico do bolso do paletó:

— É estranho isso, Chico. Qualquer um, hoje em dia, sabe que os estudos ajudam a pessoa a melhorar de vida.

— É, mas eles acham que meus livros... que meus livros não são estudo. Pra eles, doutor... Pra eles, estudar é ler matemática, biologia, geografia... Entende? Coisas que caem na... no... Como é mesmo?

— No vestibular? No Enem?

— Na Fuvest — e soluçou. Um soluço ébrio.

— E você costumava ler o quê? — e o doutor deu uma longa tragada no Dripbox.

Chico levou a mão direita para trás da cabeça, contorcendo-se como numa imagem de São Sebastião:

— Meu preferido era Hermann Hesse... E Schopenhauer. Gosto das histórias do detetive Maigret... Também já li muito sobre religiões orientais: hinduísmo, budismo... Saca? Durante uns dois anos, frequentei aulas na USP como... como ouvinte, né? Eu ia lá e pedia pros professores... Alguns me deixavam entrar na sala... — e então fitou o doutor: — Mas... que cachimbo é esse que o senhor tá fumando?

— É um cigarro eletrônico.

Chico, então, estupidificado, permaneceu em silêncio por quase um minuto, observando as volutas de vapor mergulharem em direção ao chão, onde se desfaziam como ondas numa praia. O bêbado equilibrava-se com mais dificuldade que um funâmbulo. Doutor Pinto, que aguardava a esposa concluir a toalete, não tinha pressa. Ambos iriam jantar na casa de uma ex-vizinha do doutor que ainda vivia na rua onde ele crescera, mulher já idosa, a qual encontrara por puro acaso no Fórum de Santo Amaro. Mas a mudez daquele homem cambaleante começava a constrangê-lo. Percebendo que o bêbado não sairia por si mesmo de seu estupor — Chico voltara a sorrir parvamente, o olhar perdido algures —, o doutor guardou o cigarro e decidiu puxar outro assunto.

— Chico, ontem, quando virei a esquina, você estava descendo a rua completamente encharcado. E não chovia! Dei um toque na buzina, acenei, e você nem me olhou. O que aconteceu?

— Ah, ontem... Foi a dona Sílvia — e sorriu como uma criança a confessar uma travessura. — Ela me jogou um balde d'água.

O doutor arregalou os olhos:

— Sério? Por quê?

— Ah, ela já tinha feito isso antes. Da outra vez consegui escapar porque foi com esguicho. O senhor deve saber que ela não gosta de mim, né?

— Já notei.

— Na verdade, só o senhor conversa comigo.

— Conversaria mais se você me desse atenção quando está sóbrio, quando é o Francisco. — Como Chico nada replicasse quanto a esse tema, doutor Pinto repetiu a pergunta: — Mas, Chico, por que ela lhe jogou um balde d'água?

— Então... — começou ele, secando o nariz melado no antebraço esquerdo. — Ela não gosta de mim. E ontem eu achei... hum... achei que devia mudar isso, que a gente devia se entender. Tinha certeza que o problema era eu ainda não dominar... Quer dizer... Porque eu ainda não domino a Fala Perfeita.

— Fala Perfeita?

— É. O doutor não conhece as Oito Vias de Buda? O Caminho Óctuplo?

— Ah, sim. Já li alguma coisa a respeito anos atrás. Mas não me lembro dos detalhes.

A conversa do mendigo deixara o doutor curioso, mas, ao tentar disfarçar seu pasmo por ouvir daquele homem semelhante expressão, não soube imediatamente o que acrescentar. Chico, incapaz de manter-se de pé por mais tempo, e aproveitando a deixa, sentou-se na calçada, as pernas cruzadas em posição de lótus, as mãos descansando nos joelhos, as palmas voltadas para cima. Os últimos raios de sol daquele dia de outono projetavam uma luz avermelhada sobre sua figura patética. Já deviam ser umas seis e meia da tarde.

— Eu só queria me entender com a dona Sílvia, doutor Pinto. A terceira via... A terceira via é a Fala Perfeita.

— Sei.

— Tentei usar as palavras direito. Falar certinho, que nem repórter de jornal... Tinha certeza que dessa vez não tomaria um banho. Fui agradável... fui gentil com ela.

— Não adiantou, pelo jeito.

— A dona tava lavando o quintal e deve ter achado que eu tava enrolando ela, que eu ia pedir esmola. Não preciso de esmola... Não preciso! Meu pai é aposentado, minha mãe tem bolsa do governo, tá ligado? Essas coisas sociais... — e encarou o doutor com uma seriedade cômica e oficial, como se jamais lhe tivesse pedido dinheiro.

— Mas aí, como eu não desistia, a mulher começou a me chamar de inútil, de vagabundo, de mendigo, de louco... — e Chico fez uma careta. — Ah, não! Louco não!

— E aí ela lhe jogou a água.

O bêbado deu uma risadinha sardônica:

— Não, doutor! Aí eu me enfezei, né? Então coloquei o senhor pra fora e mijei na calçada dela.

Apesar de condoído, o doutor Pinto não pôde conter um sorriso diante daquele chiste à custa do seu nome e daquela confissão de "ato obsceno":

— Você colocou o pinto para fora e mijou.

— Isso.

— E foi aí que ela lhe despejou o balde.

— É.

O doutor cruzou os braços:

— Parece que você ignorou uma outra via do método budista, né, Chico? Uma delas, se não me engano, não diz que a pessoa tem de se comportar direito?

Ele voltou a sorrir, mas desta vez com ar contristado:

— Eu sei, doutor. É a Perfeita Conduta — e deu um longo suspiro, sustado, repentinamente, por outro soluço ébrio. Levou então a mão esquerda à boca e aguardou alguns segundos. Depois voltou a descansá-la sobre o joelho. — Buda é muito difícil, né? Talvez porque este mundo seja o inferno.

Detectando naquela declaração uma sombra de gnosticismo, sempre perigoso, doutor Pinto franziu o sobrecenho:

— Só porque podemos ter experiências infernais, isto não significa que o mundo seja um inferno, meu caro. Acreditar nisso não leva a nada de bom.

— Buda diz que o mundo é sofrimento. A vida é sofrimento. Tipo o desenho do Pica-Pau.

— Bom, até onde sei — começou o doutor, ignorando aquela referência abstrusa ao famoso personagem dos desenhos animados —, esse sofrimento seria fruto dos desejos, né?

— É, o desejo é que é nosso carrasco.

O doutor fez um muxoxo:

— Pois é, rapaz. Isso nem sempre é verdade. Há desejos positivos e há desejos negativos. Ignorar os positivos apenas porque há negativos só fará de você um zumbi. Porque, para eliminar o desejo, o budista cai na pretensão de querer anular o próprio ego. Isso elimina a dinâmica que uma religião sadia deve possuir: se você faz pouco caso de si mesmo, por que ligaria para o próximo? Ora, deste modo você se torna totalmente passivo diante do mundo: o mundo age e você sofre a ação. Vai com a correnteza... E só. O sujeito então acreditará que basta não incomodar os demais, que basta tolerá-los, para que tudo esteja bem, quando, no fundo, muita gente precisa é de ajuda, de uma mão amiga, de atos de caridade, de misericórdia ativa... Da atenção de outra pessoa, quero dizer, não da assistência do poder público. Entende? Um "iluminado" pode não experimentar o sofrimento causado por desejos insatisfeitos, mas continuará sofrendo o impacto do mundo, com todas as suas injustiças e acidentes, continuará sofrendo a lei da necessidade. Precisará lidar com ela, precisará comer. E é por isso que Buda, para compensar essa falha em sua teoria, fala de "não ação", isto é, de agir sem ter o ego como comandante. Imagino que, para ele, tudo o que experimentamos vem da nossa suposta insignificância diante da realidade total. No final das contas, ele pregava a indiferença tanto diante dos fatos positivos quanto dos negativos. Uma coisa com a qual alguns santos cristãos até concordariam... mas apenas em parte! Olha, se quiser entender de budismo, você precisa esquecer esses livros budistas comuns e ler Li Hongzhi, considerado por muitos o restaurador do budismo original.

— Nunca ouvi falar...

— Pense no seguinte: Deus respeita nosso livre-arbítrio, nossa soberania enquanto indivíduos. Não fosse isso uma verdade, não haveria o mal. O mal existe porque há liberdade, porque Deus não é um opressor.

— Hum.

— Há quem fale em eu-superior... — prosseguiu o doutor, num entusiasmo ingênuo, já esquecido de que seu interlocutor estava bêbado demais para acompanhá-lo em profundidade. — A verdade é que o Espírito de Deus em nós é nosso "espírito assistente", entende? É um fragmento Dele, da fonte de todo espírito, mas não é nosso chefe! Sem nossa cooperação, Deus não faz nada em nossas vidas. No cristianismo, isso significa que você precisa aproximar-se dessa perfeição, buscá-la, desejá-la! Precisa aceitar a assistência do Espírito e agir. Ele não agirá por conta própria. Isto torna o mundo muito real, um local onde devemos ser responsáveis, dinâmicos. O cristianismo não rejeita o sofrimento: enfrenta-o e o supera. Tal como o budismo, o cristianismo almeja o bem mediante certo desprendimento, mas não pela negação de si, e sim pelo renascimento de si! O ativo apóstolo Paulo, cujo nome é homenageado por nossa cidade, também pregava uma forma de não ação: você deve fazer as coisas como se não as fizesse. E concluiu: "porque a aparência deste mundo passa". Mas não dizia que nossas almas também são uma aparência que há de desaparecer. Nossas almas são potencialmente reais. E por isso ele insistia que devemos renascer do Espírito! Sem esse pequeno detalhe — e o doutor sorriu — chegaríamos à mesma conclusão dos intérpretes do budismo: a vida inteira, inclusive nosso eu, é apenas uma ilusão, é Maya. Digo "intérpretes" porque o verdadeiro budista sabe que Maya, na verdade, significa "jogo", "brincadeira", e...

— Quando eu bebo, tenho certeza de que tudo é mesmo ilusão — interrompeu-o Francisco, voltando a suspirar em seguida, desta vez mais profundamente e sem interrupções. — Pena que não bebi nada hoje... — acrescentou, o olhar esgazeado, ébrio.

— Pois é, Chico... — e o doutor sorriu frente àquele perpétuo estado de negação. — Aí está o erro. A vida não é uma ilusão. Não é por haver realidades mais espirituais que este nosso mundo será apenas uma ficção sem importância. Qualquer criança sabe que uma brincadeira, mesmo não sendo a realidade inteira, é coisa séria. Nós conhecemos a vida em parte, como por espelho. Lembra disso? — O vizinho permaneceu calado, o rosto já imerso nas sombras da noite que chegava. O doutor retomou a palavra. — Um amigo meu dizia uma coisa interessante sobre o budismo: "Ele ensina a melhor maneira de navegar no mar da vida: pena que não nos diz nem para qual porto devemos navegar e muito menos que todo navio necessita de um capitão." Quer dizer... para o budismo, o destino final, no fundo, é aceitar que o capitão desse navio não existe em absoluto, o que obviamente é absurdo. Ora, meu caro: algo em nós toma decisões, algo em nós percebe a realidade das coisas, algo em nós produz e reconhece sua própria história de vida, sua biografia. De fato, o capitão, ou seja, nosso eu, não existe por si mesmo e, em muitos casos, pode mesmo deixar de existir após a morte. Mas a principal tarefa humana é justamente sobreviver, levar o capitão ao Bom Fim. O Espírito de Deus é nosso imediato, nosso navegador, e, sem o consentimento do nosso eu, não poderá nos guiar. Entende? O budismo até intui que haja esse Eu maior, mas insiste na derrota do capitão. E a manutenção dele é a única forma de ver a vida face a face. Por isso, com o budismo, navegamos em círculos — e não me refiro ao "Samsara"!

— Meu capitão é o lobo — murmurou.

— Como assim? Um lobo do mar?

Chico, cuja expressão era o rosto do fracasso, tinha os olhos fixos em algum ponto à sua frente:

— Não, doutor: o lobo da estepe.

— Ah, sim, o livro do Hermann Hesse.

— É. Aquele negócio de que o homem é o lobo do homem...

— Isso é Hobbes.

— Sei lá, deve ser. Mas esse negócio que todo mundo fala é só uma consequência, tá ligado? — e começou a coçar a coxa direita, franzindo a calça jeans. — Pro Hesse, o homem é o lobo dele mesmo. E só depois é o lobo dos outros. A gente tem um lobo dentro da gente... Todo mundo tem. Esse lobo é que é o meu capitão — e cerrou os olhos, embevecido com as próprias palavras.

O doutor ficou sem saber o que dizer. Se no dia seguinte a uma bebedeira Chico mal se lembrava do interlocutor, valeria a pena insistir numa conversa edificante em tal situação? Se ele chegara a captar alguma coisa, certamente não captara o pretendido pelo doutor. O lobo da estepe? Ora, escritores de ficção são artistas, não são necessariamente bons intelectuais, filósofos ou guias espirituais. Logo, o que o doutor poderia lhe dizer além do que já fora dito? Que Hermann Hesse escrevera aquele romance sob a influência de certos conceitos psicanalíticos, tais como id, libido, superego e assim por diante, e que os misturara às suas próprias concepções de inspiração oriental? "Ora", pensava o doutor, "esse livro do Hesse, no fundo, é apenas uma boa narrativa fundada em ideias mal digeridas. O estado búdico nada tem a ver com esse surfar livremente nas pulsões selvagens que supostamente vêm do id. O impacto anímico dessa barafunda literária, em última instância, nada tem de positivo! Nossa face imanente, sempre em conflito com suas limitações, não deve entrar em guerra com nossa face transcendente, a fonte de nossa liberdade. Esse suposto lobo não é senão o resultado da rejeição, por parte da nossa face terrena, do auxílio outorgado por nossa face transcendente. Essa rejeição se dá porque o Logos Divino, ponte entre nosso ser individual e a realidade total, é negado de antemão. Mas... de que adianta dizer isso tudo ao coitado do Chico?", matutava. E o doutor concluiu que necessitaria de mais algumas horas, ou talvez dias, para refutar aquilo tudo e finalmente levar seu vizinho a um porto seguro. Um amigo, poeta já falecido, lhe dissera certa vez: "Hermann Hesse é Paulo Coelho de intelectual!" Era a época em que Paulo Coelho havia publicado *O diário de um mago*, e por isso o poeta queria dizer: Hermann Hesse é "autoajuda" para intelectuais confusos — com o agravante de que, na verdade, não os ajuda em nada. E Chico não era sequer um verdadeiro intelectual, muito menos um artista capaz de transformar suas obsessões em obras de relevo — era, sim, uma pessoa comum, desorientada, que precisava de ajuda de verdade. Tal constatação afugentou todo o entusiasmo do doutor.

— Amor? Já estou pronta!

Luciana, esposa do doutor Pinto, assomara à porta.

— Tá certo, dona senhorita! Só vou guardar minhas coisas no escritório e a gente sai.

Ela voltou para dentro e o doutor virou-se novamente para o vizinho, que, ainda em posição de lótus, mantinha os olhos fechados. Aquela barba desgrenhada, o rosto vincado, o cabelo seboso, eriçado feito uma moita de alamanda: não fosse a calça jeans, passaria facilmente por um *sadhu* indiano.

— Chico, você vai ficar aí?

O bêbado, alheio ao mundo circundante, não deu qualquer resposta. Teria se entregado totalmente à meditação alcoolizada ou aquilo era apenas parte do seu show? Pouco importava. O fato é que permaneceu em silêncio, as mãos espalmadas sobre os joelhos, a respiração lenta e profunda, o nariz a escorrer.

— A gente pode continuar a conversa outra hora — tornou o doutor. — Mas você precisa se afastar para eu abrir o portão. É que você está bem atrás do meu carro, Chico. Preciso sair.

O homem não moveu um dedo sequer, e, pelo jeito, permaneceria assim por algum tempo — pelo menos, é claro, até ter alcançado o samádi ou, quem sabe, até já não ter aquela plateia de um homem só. Nesse ínterim, e ao contrário do bêbado, que certamente ainda não se iluminara, a iluminação pública foi acionada e despejou sua luz alaranjada de vapor de sódio sobre a rua de paralelepípedo, sobre as calçadas, sobre as fachadas das casas. A iluminação de LED, uma novidade alardeada pela prefeitura de São Paulo, ainda não chegara àquele bairro do distrito de Santo Amaro.

Desta vez, com o convite para o jantar em mente, foi o doutor Pinto quem respirou longa e profundamente.

— Francisco?

Nada. O sujeito não se importava sequer com o insistente estilicídio, que nitidamente já lhe atravessava o bigode, umedecendo a barba. Sem esperança de obter qualquer reação, o doutor, pois, sem conter um sorriso, pensou em dona Sílvia, sua vizinha de parede — as casas eram geminadas —, e em seu "método rápido de se livrar, com apenas um balde d'água, de um bêbado inconveniente". A vizinha era, por assim dizer, uma personagem de novela da Globo: devia ter pouco mais de sessenta anos de idade e tratava seu Brito, o marido aposentado — cuja mentalidade era alimentada por programas de TV de canal aberto assistidos ao longo de todo o dia —, como quem lida com um soldado raso. À porta da rua, quando se encontrava com Luciana ou com o doutor, a mulher abria um enorme e dolorido sorriso, sussurrando em seguida os cumprimentos de praxe. Então, como quem foge de um vulto suspeito numa rua escura, desvencilhava-se daquele contato social inopinado e voltava rapidamente para a segurança do lar. Mal fechava a porta da frente, começava a berrar com o pobre espectador de programas policiais sensacionalistas e de telenovelas, o qual, aparentemente, não reagia — ao menos não de forma audível. Nessas ocasiões, ela parecia não se dar conta de que metade da rua podia ouvi-la. Em geral, a bronca tinha algo a ver com a louça — um copo ou um prato sujo abandonado na sala —, com alguma lâmpada deixada acesa num cômodo vazio, com o cigarro ou com outras ninharias a esse modo. (A filha caçula do doutor jurava que, certa feita, a ouvira acusar aos berros o marido de estar vendo "mulher pelada" no celular.) Quando seu Brito, silencioso qual fantasma — a família Grande nunca o ouvia através da parede —, não lhe dava razões para ser achacado, a esposa então ralhava com o velho e encardido poodle, xodó dele. Seu Brito, por seu lado, ao menos uma vez por semana, mitigava a tensão doméstica acompanhando o cão ao quintal, onde se desfazia em palavras carinhosas, que muitas vezes terminavam em cantilenas de ninar. Claro, se a cantoria se estendesse muito, dona Sílvia surgia à janela do segundo andar e lhe atirava objetos, em geral xícaras e canecas, que se espatifavam ao chão... (Após acertar o alvo? Difícil dizer: seu Brito nunca emitia qualquer som.) Enfim, numa tal dinâmica, matutava o doutor, Chico, com sua notória falta de higiene, até saía lucrando com aqueles reles banhos de esguicho ou de balde. Mas o doutor evidentemente não se via capaz de recorrer a semelhante subterfúgio, nem mesmo se aquele arremedo de *sadhu* utilizasse sua calçada como mictório. Por isso, preferiu desistir do Siena e ir pegar a chave do Fox Route da esposa, cuja entrada estava desimpedida.

— Com quem você tava falando, João? — perguntou a esposa, assim que doutor Pinto tornou à sala.

— Com o Chico. O cara tá completamente bêbado, pra variar — respondeu o doutor, que só utilizava uma linguagem mais coloquial quando em família. — Só que tá mais falante do que o normal. Quer dizer: tava falante. Agora tá lá, tentando chegar ao samádi.

Ela sorriu:

— De vez em quando ele se senta mesmo por aí e faz que medita.

— Coitado, Lu. Amanhã vou tentar pegá-lo sóbrio e ter uma conversa de verdade. Sei lá. Se ele aceitar uma reabilitação, sei quem pode arranjar uma clínica gratuita. Caí na besteira de falar um monte de coisa pra ele, mas tá na cara que entrou tudo por um ouvido e saiu pelo outro.

— Você e sua mania de ficar pregando aos peixes... — e ela lhe deu uma piscadela.

Doutor Pinto levou então sua pasta de couro para o escritório. Na volta, pegou a chave do carro da esposa.

— A gente vai no Fox. O cara tá sentado atrás do outro portão.

— Tá. Mas precisa abastecer.

— A gente passa no posto — e olhando em torno: — Cadê a Elisa?

— Acabou de subir.

Gritaram tchau pelo vão da escada, a caçula lhes respondeu — dos três filhos era a única que ainda residia com os pais —, a mãe reforçou as instruções costumeiras, e então saíram. Chico permanecia na calçada, à esquerda de quem olha da rua para a casa, em posição de lótus.

— Oi, Francisco — disse Luciana ao contornar o Siena. Chico manteve-se imóvel, calado, os olhos fechados, ignorando-a completamente. Com uma expressão entre o zombeteiro e o sério, ela acrescentou: — Dona Sílvia me disse do que você é capaz, hem. Olhe lá...

Entraram no carro, e o doutor acionou o portão eletrônico. Parou o carro atravessado sobre a calçada e notou que algumas gotas d'água começavam a cair no para-brisa. Vinha chuva. Olhou para o lado e agradeceu em silêncio pelo fato de que, do banco de passageiro, Luciana não podia ver o meditabundo vizinho: de fato, ele acabara de mijar nas calças. Um fio de urina saía de sob suas coxas e corria para a sarjeta.

— Estou vendo que você acaba de atingir o nirvana, né, Chico?

Com um estranho ricto nos lábios, que poderia ser tanto bem-aventurança quanto cinismo, o bêbado parecia sorrir. Doutor Pinto limitou-se a sacudir a cabeça, levemente irritado:

— Que figura! De roupa molhada, vai acabar pegando uma pneumonia...

Partiram. E a chuva desabou.

* * *

Draga Vuković, a ex-vizinha de sua infância, era iugoslava. Bem, ao menos quando o doutor era criança e ainda existia uma Iugoslávia. Nunca soube se ela e o marido eram de origem croata, sérvia, bósnia ou o quê. Lembrava-se apenas de quão reclusos ambos eram. Em geral, apenas as três filhas, alguns anos mais velhas do que o doutor, eram vistas entrando e saindo de casa. E que filhas lindas! Duas loiras e uma ruiva, todas de traços finos, corpos esguios e cabelos lisos que escorriam quase até a cintura. O marido de dona Draga se chamava Josif, e todos os vizinhos pronunciavam seu nome tal como é lido em português, mas, lá entre eles, em família, chamavam-no de "Iôsif". E o doutor ainda se lembrava dos comentários da vizinhança a respeito das diversas viagens que seu Josif fazia à pátria mãe, viagens longas, demoradas. Certa vez, entre as fofoqueiras da rua, correu até mesmo o boato de que ele teria abandonado dona Draga. Pura maledicência, pois, meses mais tarde, lá estava o homem a devolver, à porta de casa, mais uma bola para as crianças, uma das inúmeras supostamente rasgadas pelo pastor-alemão.

— A gente esqueceu o vinho, João! — exclamou Luciana, assim que entraram na rua Luís Gonzaga Bicudo, no bairro Jardim Santo Antoninho, zona sul paulistana.

— Esqueceu nada, dona senhorita. Não lembrei do vinho porque a dona Draga me pediu para não trazer nenhuma bebida. O marido dela é alcoólatra, e daqueles exaltados.

— Ah! Nossa...

— Pois é.

Estacionaram. Caso tivessem chegado pela avenida Vereador João de Luca, e não pela Cupecê, o carro estaria agora colocando à prova sua capacidade anfíbia. Tal como trinta ou quarenta anos atrás, as águas pluviais continuavam seguindo ladeira abaixo e denunciando, mediante uma inevitável enchente, a existência prévia de um rio naquela baixada, hoje canalizado sob a avenida. Em São Paulo, não há chuva forte que não cause dilúvios esparsos.

Doutor Pinto correu a mão pelo banco traseiro e tomou o guarda-chuva. Então, empunhou o celular e ligou para dona Draga, que lhes abriu o portão instantes depois. O casal entrou às pressas, sorridente e um tanto sem jeito por chegar para uma visita com os sapatos encharcados.

— Ah, não se incomodem com isso — disse a pequena mulher, fitando-os com profundos e simpáticos olhos azuis. Sua voz ainda era a mesma: enérgica, aguda, mas agradável, embora houvesse algo de gutural no sotaque. — Já coloquei um pano de chão sobre o capacho. Podem entrar, vamos. O cachorro tá preso.

Deixaram o guarda-chuva aberto no chão da garagem e entraram. Lá dentro, graças a um ar-condicionado ligado ao máximo, o ar estava gelado, o que alegrou o doutor, pois poderia manter posto o paletó. Na sala de visitas, que também devia ser a sala de estar — a casa não era grande —, ele, após apresentar a esposa à anfitriã, olhou em torno e lembrou-se de outras visitas que fizera a imigrantes, mais precisamente a um cliente libanês e a um outro coreano: suas casas pareciam células extraviadas de suas nações de origem e enxertadas no organismo brasileiro. Estar ali era como ter feito, em um mísero minuto, uma viagem à outra face da Terra. A porta de entrada daquela casa, tal como a das anteriores, era um portal para outro país. Não porque os proprietários expusessem objetos típicos que os remetessem nostalgicamente a suas origens, mas porque suas casas eram arranjadas e decoradas em conformidade com suas almas. A casa dos Vuković tinha algumas paredes revestidas de pedra, piso de madeira rústica, móveis artesanais bastante curiosos e um aroma singular, talvez oriundo das madeiras mesmas, ou quiçá por causa daqueles jarros cujas flores o doutor não saberia nomear.

— Você nunca tinha entrado aqui, né, João? — perguntou dona Draga.

O doutor, para quem aquela casa sempre fora um mistério, sorriu:

— Não, é a primeira vez. Mas minha mãe já tinha vindo. A senhora deve se lembrar.

— Claro que sim. Ela veio muitas vezes. Eu e sua mãe tínhamos o mesmo hobby.

— Ah, a senhora também pinta telas?

— Eu adoro. Todos esses quadros são meus. Menos aquele, que é do meu falecido irmão, Gavrilo.

Luciana se aproximou de uma das telas e a observou com verdadeiro interesse.

— São paisagens da sua terra natal?

— São, são. Esse quadro aí é uma paisagem de Krupani. O Josif sempre tirava muitas fotos quando voltava à Sérvia. A maioria dos quadros são cópias dessas fotos.

— Josif é seu marido?

— Sim, sim. Mas ele não nasceu em Krupani. Morou lá, era nosso vizinho. — E fazendo um gesto: — Vocês não querem se sentar? Esses móveis foram todos feitos pelo Josif anos atrás. Marcenaria era o hobby dele. Mas faz tempo que não fabrica nada, é muito trabalhoso.

— São bonitos. Sólidos.

— Eu me esqueci de te dizer, João. O seu Fábio e a dona Lívia vêm jantar também. Ligaram agora há pouco, já devem estar chegando. Eles se mudaram pra Moema. Uma daquelas ruas com nome de passarinho. Nunca me lembro qual.

Quando se acomodaram no sofá, Luciana notou que o marido havia reagido de modo estranho à notícia.

— Bom, fiquem à vontade. Eu estou terminando de arrumar a mesa. A comida está quase pronta. Não fiz nada de diferente, é apenas um espaguete à carbonara. Nós não somos tão típicos assim! — e sorriu.

— E o seu Josif? — perguntou o doutor.

— Ah, ele tá na salinha dele. O escritório... — e colocou a mão espalmada ao lado da boca, como quem conta um segredo. — Não liguem, ele não é lá muito sociável. Antes ele costumava ler a tarde inteira. Livros brasileiros mesmo. Quando a gente veio pro Brasil, ele, que é engenheiro civil, pediu uma sugestão de leitura a um colega brasileiro, engenheiro também. Disse que queria um livro de engenharia em português, para assimilar o jargão local da profissão. O colega sugeriu *Os sertões*! Era gozação, claro, uma pegadinha, como dizem hoje... Mas Josif adorou o livro! — e dona Draga deu uma risadinha esganiçada. — Chegou a ler aquele livrão umas cinco vezes! Mas agora... — e suspirou, encarando Luciana. — Agora, minha filha, acabou! Nada de livros. Até pouco tempo, ele ainda via todas as novelas da Globo à noite. Era bom porque era um jeito de conservar o português dele, já que quase nunca sai de casa. Mas, de uns dez anos pra cá, com esse negócio de internet, ele passa o dia todo vendo vídeos da Sérvia, da Croácia, da Bósnia, de Montenegro... E agora só compra livros em servo-croata. Escritos em cirílico! Ele ainda vive na Iugoslávia. Já disse várias vezes: qualquer dia você esquece como se fala português e não vai conseguir nem entender seus netos! Nem mesmo comprar pão! — e sorriu, melancólica.

— Ele não tem muitos amigos no Brasil?

— Ah, minha filha. Na idade dele a maioria dos amigos já está morta. Tem o seu Fábio, né? Nunca foram muito próximos, mas conversavam bastante. Por isso chamei ele aqui... — Tendo dito isso, dona Draga caiu em si: — O jantar! — e então fez um gesto de que havia urgências e dirigiu-se lepidamente à sala de jantar, desaparecendo em seguida pela porta que certamente levava à cozinha.

— João... — começou Luciana, quase sussurrando. — Quem são os dois que vão chegar? Você fez uma cara quando ela tocou no nome deles...

O doutor arqueou as sobrancelhas:

— Eram nossos vizinhos também. Moravam aqui em frente. O filho deles, o Roberto Carlos, era meu...

Ela riu:

— Roberto Carlos?

— É, como o cantor — e o doutor sorriu. — Coitado, a gente fazia mais bullying com ele na rua do que faziam comigo na escola.

— Com você, João?

O doutor fez uma careta:

— Pinto Grande, né, amor?

— Ah, tá. É mesmo — e ela tornou a rir. — Aliás, por que não te chamam de doutor Grande em vez de doutor Pinto?

— Sei lá. Devem achar que Pinto é mais substancial...

Riram.

— Então, como eu dizia... — disse o doutor, retomando o assunto. — O Roberto foi meu melhor amigo aqui na rua. A gente fazia de tudo: corridas de carrinho de rolimã, de bicicleta, brincávamos de polícia e ladrão, bombinhas, queimada, futebol, guerra de mamona, disputávamos as meninas... enfim, foi um dos meus parceiros, unha e carne... Uma pena.

— Como assim "uma pena"? Vocês brigaram?

— Ele morreu, Lu. Estava naquele avião da TAM, lembra? O primeiro. Aquele que caiu perto de Congonhas em 1996.

— Nossa! Que horror.

— Pois é. Foi um dia das bruxas de verdade. E ele era filho único, o queridinho da dona Lívia. Um capeta, mas, quando a mãe gritava por ele no final da tarde, ia correndo pra casa feito um cordeirinho. Às sete da noite já estava de pijama. Aí a gente ia até o portão da casa dele e cantava alguma música do Roberto Carlos — e o doutor sorriu: — "Todos os rapazes têm inveja de mim/ Mas eu não dou bola porque sou mesmo assim/ Me chamam lobo mau/ Me chamam lobo mau/ eu sou o tal, tal, tal, tal, tal".

— Que triste.

— Uma vez, no início dos anos 1990, encontrei a dona Lívia no Pão de Açúcar do viaduto Washington Luís. Ou ainda não era Pão de Açúcar, sei lá... Enfim, perguntei por ele e ela me disse: "Ele tá gooordo! Boniiiiito!" — e o doutor deu uma risada. — Ele era engenheiro eletrônico.

— Nossa, amor, perder um filho já deve ser a pior coisa do mundo. Mas um filho único? Não consigo nem imaginar.

— Dizem que ela tentou o suicídio um ano depois. Tomou um monte de calmantes ou algo assim. O seu Fábio é um cara estranho, acho até que um tanto psicótico. Nunca me senti à vontade com ele. Ele estava sempre infernizando a gente com interrogatórios mirabolantes, perguntas intrometidas e cínicas. Reparava em tudo: na sua roupa, no seu cabelo, no seu jeito de falar, de andar... Tinha sempre um sorrisinho malicioso dos mais irritantes e vivia demonstrando como éramos inferiores ao Roberto. A resposta dele pra tudo o que dizíamos era: "Quando você for pro exército, você vai aprender!" E, quando a gente lanchava na casa dele, sempre tinha o "Seja homem! Homem não come desse jeito!" E você pode trocar o verbo comer por qualquer outro: andar, falar, rir, sentar, cuspir, mijar, respirar... Ele usou todos. Qualquer garoto que ia na casa do Roberto saía de lá pensando: "Será que esse cara pensa que sou bicha? Ou que sou retardado? Ou um fracassado?"

— Bom, depois de uma experiência horrível dessas ele deve ter...

A campainha tocou e o casal ficou em suspense. Dona Draga a teria ouvido? Soou tão baixinha. Ficaram em silêncio, entreolhando-se, sem saber se deveriam chamá-la ou, quem sabe, ir até o portão. Ora, ainda estava chovendo forte! Contudo, apesar de serem velhos conhecidos, não eram íntimos de nenhuma daquelas pessoas. Não parecia uma boa ideia agir como se fossem da casa. A campainha voltou a soar.

— São eles — disse a anfitriã já diante deles, de avental, dirigindo-se à porta da frente.

Dali a instantes os três adentraram a sala e o casal se levantou para os cumprimentos.

— Vocês se lembram do João? Filho da Teresa?

Dona Lívia arregalou os olhos:

— Joãozinho! Caramba, você já tá grisalho. Como o tempo passa! — e o abraçou.

— Esta é Luciana, minha esposa.

— Que linda! É um prazer — e a saudou com dois beijos. — E como vão seus pais?

— Estão bem, obrigado.

O doutor Pinto apertou a mão de Fábio e reparou que o tal sorrisinho malicioso ainda estava lá:

— Como vai o senhor?

— Tudo ótimo. E você, João? Pelo jeito, não desapareceu no mundo.

— Não, não. Moro em Santo Amaro.

— Que bela porcaria Santo Amaro! Tudo ali se parece com aquela estátua do Borba Gato.

O doutor apenas sorriu e disparou um olhar à esposa, que demonstrou compreender o tipo.

— Cadê o Josif? — indagou Fábio.

— Já está vindo — respondeu dona Draga e, virando-se para os fundos, gritou: — Iôsif (foi assim que o nome lhes soou), o seu Fábio já chegou. Vem jantar! — e virando-se para o casal mais jovem: — Bom, vamos pra sala de jantar. Já tá tudo pronto.

— Deixa sua bolsa aí nessa mesa, Lívia — disse Fábio. — Que mania de andar com uma coisa tão grande...

— É o vinho! — disse a mulher. — Trouxe duas garrafas! — e as retirou da enorme bolsa.

O marido sacudiu a cabeça:

— Mas, mulher, eu te disse que... Você é uma... — e suspirou. — Ah, deixa pra lá.

Dona Draga ficou nitidamente apreensiva. O doutor e sua esposa disfarçaram automaticamente o próprio constrangimento. Como se não estivessem a par de nada, não fizeram qualquer comentário nem moveram um músculo da face.

— Eu ouvi alguém dizer *vinho*? — perguntou Josif, assomando à saída de um longo corredor.

— Como vai, capitão Vuković? — cumprimentou-o Fábio, efusivo.

— Bem, bem — seu sotaque era mais carregado que o de dona Draga. — Mas não sou capitão de coisa nenhuma.

— É mesmo? Mas você me disse uma que vez que, durante a guerra...

— Não te disse nada, Fábio — e Josif sorriu estranhamente, sem alongar o assunto. Cumprimentou então os demais com potentes apertos de mão.

— Você se lembra do João, Joško? — ela pronunciava "Iôshko".

— Ah, talvez. Não me lembro direito de nenhuma das crianças da rua. Nossas filhas já eram adolescentes, né? Não andavam com vocês.

— E como elas estão? — perguntou o doutor.

— Duas estão ótimas, casadas, felizes. Jovanka e Tajana. Cinco netos... Uma neta grávida... Já a Filipa, minha caçula... — e lançou um olhar pesaroso para a esposa. — Bom, não precisamos falar sobre isso. Vamos jantar — e, num movimento brusco, imprevisto, tomou as garrafas de vinho das mãos de dona Lívia.

* * *

No início do jantar, dona Draga permaneceu visivelmente preocupada. Toda sua simpatia prévia fora substituída por um ar assustadiço, receoso. Levantava-se, sentava-se, levantava-se de novo, tornava a sentar-se. Azafamada, ia e vinha da cozinha como uma serva, quase sem participar da conversação. Às vezes lograva manter-se mais de três minutos à mesa, mastigava pouco, engolia às pressas, sem deixar de atirar miradas furtivas à taça de vinho do marido, sempre cheia. Josif estava feliz e não parecia notar a apreensão da mulher.

— Você continua visitando a Sérvia, capitão? — perguntou Fábio lá pelas tantas, de boca cheia.

— Não — respondeu, num esgar. O título de capitão parecia irritá-lo. — Faz tempo que passei dos oitenta, né? Minha bateria tá no fim, quase descarregada. Faz muito tempo que não vou. Desde a Guerra do Kosovo.

— Por favor, Joško. Sem guerras — atalhou-o dona Draga. E para a antiga vizinha: — Você está gostando de morar em Moema, Lívia?

Dona Lívia emitiu um longo suspiro:

— Dentro do apartamento é tranquilo, né? Até demais. Mas às vezes sinto falta da nossa rua. Era tão movimentada! Cheia de crianças. Lá só tem carros e carros e carros. O tempo todo. Mas criança que é bom...

— Ah, mulher — começou Fábio com uma careta. — Nenhum bairro mais é desse jeito. Crianças, agora, só do portão pra dentro.

A não ser nos bairros distantes, patrulhados por gente do PCC. Por incrível que pareça, onde os bandidos vivem é muito mais sossegado.

O doutor Pinto se mexeu na cadeira:

— Não é bem assim, seu Fábio. No meu trabalho ouço muitas histórias. Dívidas de tráfico resolvidas à bala... Questões insignificantes que redundam em morte... Como a daquele rapaz desaparecido perto de Parelheiros... Ouvi de boa fonte que o mataram por causa de um gato! Sim, mata-se por qualquer coisa. A população da periferia (ou, como costumam dizer... dessas *quebradas*) não está tão satisfeita. É uma paz que diariamente tropeça em corpos nas calçadas.

— E é muito bem-feito! — retrucou Fábio, categórico.

Dona Draga fez um muxoxo involuntário e todos se calaram, o que a fez enrubescer. Josif, aparentemente alheio ao tema, havia dominado completamente uma das garrafas de vinho e, no ritmo que ia, logo mais se apoderaria da outra. O doutor havia enchido até a borda tanto sua taça quanto a da esposa, algo incomum nessa época de Lei Seca, em que há sempre a necessidade de um motorista sóbrio. Porém, como já não havia razões para temer o incentivo a um alcoólatra, optou por contribuir na redução do vinho disponível. Quanto menos sobrasse para Josif, melhor. Encarava aquilo como sua boa ação da noite. Mais tarde, no retorno à casa, sua tecnológica esposa certamente utilizaria o Waze para evitar as blitze da polícia e seus bafômetros.

— Parece que todos os assuntos são perigosos, não é? — disse Josif, estalando a língua, claramente satisfeito com a qualidade do vinho chileno.

— Eu fiquei muito contente quando encontrei o João no fórum hoje — ignorou-o dona Draga. — Se bem que foi ele quem me reconheceu.

— A senhora continua a mesma, dona Draga.

— Eu gostava muito das visitas da sua mãe — e a velha sorriu, enternecida. — Ela me ajudou muito a melhorar minha técnica de pintura.

— Isso é verdade — disse Josif, as bochechas já bem coradas. — Pena que você só reproduz as minhas fotografias de paisagens. Em paisagem não tem drama — e então, sem tirar os olhos da esposa, esvaziou outra taça de um gole.

Ele a observava de maneira provocativa, desafiadora. Luciana colocou discretamente uma mão no joelho do marido e o apertou, como quem diz: parece que entramos numa roubada.

— E nossa presidente bolivariana? — perguntou Fábio. — Será que cai?

— Claro que cai — disse Josif, categórico. — Mas isso não é o bastante. Se vocês brasileiros fossem como nós, eslavos, não seriam tão mansos. Deviam entrar naqueles prédios de Brasília armados até os dentes! Ou então podiam fazer como os ucranianos, que também são eslavos, e ir jogar esse bando de ladrões no lixo.

Fábio sorriu:

— Fácil de dizer. Muita gente diz isso. Mas ninguém quer uma guerra civil.

— Guerra civil... Pffff! — fez o anfitrião, debochado. — Não tem guerra civil nenhuma. Essa gente vermelha é frouxa! É só propaganda, não são capazes de nada. Na Iugoslávia, na Romênia, na Ucrânia... em todos esses lugares o comunismo só durou muito porque, se alguém tomasse uma atitude, logo haveria tanques soviéticos nas ruas. Mas aqui... Quem viria salvar esses comunistas brasileiros ridículos? A Bolívia? A Venezuela? Que besteira...

Era um tema que interessava ao doutor Pinto. Mas ele não se atrevia a dizer nada, pois percebia como aquela conversa injuriava dona Draga. Olhando em torno, notava o quanto ela se esforçara para criar um ambiente receptivo às visitas. O mais provável é que não recebessem ninguém havia muito tempo.

— Talvez você tenha razão, capitão. Mas, depois do desarmamento civil, ninguém tem em casa uma garrucha sequer.

Josif deu um tapa na mesa:

— E por acaso alguém foi buscar sua arma em casa? Você caçava, não caçava?

— Sim. Ainda tenho meu rifle.

— Pois então. Também tenho as minhas armas. Só os bovinos entregaram as suas. Desarmamento é preparação para o totalitarismo, para a ditadura. Não acredito que os brasileiros foram todos tão burros assim.

Dona Lívia franziu a testa:

— Mas se todo mundo andasse armado por aí seria uma desgraça! A gente ia viver num filme de bangue-bangue!

O assunto parecia empolgar Josif:

— Desculpe, dona Lívia, mas essa ideia é uma besteira. Eu comprei um livro muito bom sobre o Velho Oeste: *The Not So Wild, Wild West*. De dois autores: Terry Lee e... Ah, não me lembro o outro nome. Fizeram uma pesquisa. Aquele tiroteio que vemos nos filmes é coisa de Hollywood. Os americanos daquela época andavam mesmo armados, mas a violência, em proporção à que existe hoje, era mínima, ridícula. Quando todos estão armados, quando todos têm o mesmo poder, então ocorre um equilíbrio: cada um fica na sua.

— E também porque eram todos muito religiosos, né? — acrescentou o doutor Pinto.

Josif arqueou as sobrancelhas:

— É, dizem isso também. Mas, na minha opinião, esse negócio de religião é secundário. Se religião evitasse violência, não teríamos muçulmanos loucos por aí, não teríamos tido as cruzadas, nem a Noite de São Bartolomeu, nem as brigas entre católicos e protestantes da Irlanda do Norte.

— Vamos mudar de assunto? — solicitou dona Draga, inquieta, ao mesmo tempo que oferecia mais espaguete a dona Lívia.

— Drágica odeia tanto esses assuntos sangrentos que até o espaguete dela é branco. Nunca usa molho de tomate — e Josif sorriu, levantando a taça, como se brindasse. E, mais que depressa, esvaziou-a num único gole.

— Por favor, *dragi* — devolveu ela.

— Quer conversar sobre o quê então? Pintura? Por que você não copia minhas fotografias de guerra? São cenas de heroísmo, não de criminosos.

— Acho que você já bebeu muito, Joško.

— Deixa ele beber, Draga. É bom pra saúde — disse dona Lívia, na maior inocência. E então ela mesma se encarregou de reabastecer a taça de Josif.

Fábio sorriu com ar maquiavélico enquanto encarava alternadamente um e outro comensal. Seus olhos pareciam dizer: percebem como minha mulher é estúpida?

— Está vendo, Drágica? — tornou Josif, sem notar a expressão de Fábio. — Quem se permite sentir a dor da vida reconhece a necessidade do álcool! Se o seu Jesus não concordasse com isso, teria transformado água em limonada.

Aquela referência à "dor da vida" fez dona Lívia empalidecer. E, pela primeira vez, seu rosto anuviou-se. Era verdade que ocasionalmente ainda usava um que outro subterfúgio químico disponível para eludir a saudade que sentia do filho morto. Mas a vergonha a dominava quando alguém aludia a tal fato. De olhos baixos, alheou-se em seu mundo interior. Certamente perdera o apetite. Seu garfo, agora, limitava-se a espalhar o espaguete pelo prato.

— Então vamos falar de dores, Josif — retrucou Fábio, cheio de cinismo. — Qual é sua dor atual?

— Minha dor atual… — murmurou o sérvio, pensativo. — Minha dor antes era Filipa. Vocês sabem, ela levou um tiro durante um assalto e ficou paraplégica. Uma comunista paraplégica que antes ficava postando besteiras na internet, dizendo que a culpa pelos crimes existentes é da sociedade. Vivia às turras com minhas outras filhas, que, por já terem marido e filhos, não precisavam procurar uma família postiça noutro lugar. Minha própria caçula! Uma advogada comunista que andava por aí abraçando bandidos como se fossem guerreiros revolucionários! Não é irônico?

Consternada, dona Draga já ia dizendo alguma coisa, mas Fábio se adiantou a ela:

— Bom, mas antes de ser esse anticomunista que vejo hoje, você também já foi um comunista, capitão.

— Não, nunca fui! E muito menos um bandido — respondeu, áspero. — Sempre fui um nacionalista sérvio! Se lutei tantas vezes ao lado dos comunistas, é porque isso interessava ao nosso nacionalismo. O regime era socialista, ora! Sim, lutei ao lado deles. Mas isso porque não havia como assumir outra postura naquela época. Jamais seria de coração um comunista, um socialista... Como poderia? Essa gente matou meu pai numa prisão!

Dona Draga colocou os talheres de lado e — como se uma fronteira tivesse sido ultrapassada, não havendo portanto mais nenhum remédio — deixou-se dominar por uma expressão apática. Ela sabia: quando Josif falava do pai...

— Se sua dor atual não é sua filha, Josif... — insistiu Fábio, que parecia gostar de andar à beira de precipícios — qual é sua dor agora?

A essa altura, apenas o doutor e Luciana mastigavam, como se não tentassem senão manter as bocas ocupadas, longe daquela conversação. Eram os únicos a agir de modo a conceder um último resquício de sensatez à cena.

— O espaguete está uma delícia, dona Draga — disse Luciana, sem que a anfitriã lhe fizesse caso.

— Minha dor atual se chama assédio moral. Essa aí — e indicou a esposa com o queixo — quer que eu sinta culpa ou, se preferir, quer que eu faça um exame de consciência. A Drágica vem tentando me catequizar há anos! E só está conseguindo é me torturar.

Dona Draga corou instantaneamente:

— O quê?! Do que você tá falando, Joško?

— Da senhora, dona Preciosa! — E, virando-se para os demais, acrescentou num tom entre o cínico e o brincalhão: — Draga vem do eslavo *dragu*, que significa isto mesmo: preciosa.

Muito surpreso, o doutor arregalou os olhos: em criança sempre associara o nome da vizinha a um dragão — claro, a uma fêmea de dragão — ou até mesmo ao romeno conde Drácula. No início, não sabia que se tratava de um nome próprio. Acreditava que os vizinhos a tinham apelidado daquela forma porque talvez fosse uma mulher perigosa, sinistra, malvada, hipótese que as bolas rasgadas pareciam confirmar. Lembrava-se ainda de brincar de vampiro e de chamar sua vizinha Pauline, por quem era apaixonado, de Draga, como se tal nome fosse um nome perfeito para uma vampira. Claro que jamais mencionaria à mesa, em tais circunstâncias, semelhantes recordações. Tinha seu quê de ingenuidade e seu senso de humor, mas o doutor Pinto Grande jamais se arriscaria a mudar o padrão da conversa com um comentário desse naipe.

— Josif — insistiu dona Draga, nitidamente embaraçada —, eu só estou tentando levar você de volta à Igreja!

— Você quer é me enlouquecer! — replicou, categórico. — A meu ver, não cometi nenhum pecado. Mas você fica insistindo nisso, fica insistindo, insistindo, querendo que eu faça um... diabo!... querendo que eu faça um exame de consciência!... como se você não fosse capaz de imaginar quantas coisas fiz que, à luz da religião, não passam de pecados horríveis... Não vou entrar nessa, não vou me martirizar, não vou me condenar.

— Mas a Igreja é pra isso, é pra você se salvar! É pra você não enlouquecer!

— Ah, Drágica... — e sacudiu a cabeça, condescendente. — Se eu tiver de ir até Campinas, só para não enlouquecer, estou perdido.

Se mal vejo uma razão para sair do meu escritório!... Não aceito essa absurda necessidade de um prédio para encontrar esse Deus que você diz existir. É tudo uma imensa bobagem.

— Podemos ir a outra igreja, *dragi* — tornou ela, num tom carinhoso, quase suplicante. — Eu só falo de Campinas porque fica lá a Igreja Ortodoxa Sérvia mais próxima! Mas a gente pode procurar outra igreja ortodoxa aqui mesmo.

Fábio começou a rir:

— Ah, Josif! Para um nacionalista sérvio como você, nada melhor do que um Deus sérvio!

Josif fulminou o ex-vizinho com um olhar espantoso — mas nada lhe respondeu. Tomou novamente da taça e a esvaziou com sofreguidão.

Dona Draga insistiu:

— Se não quiser ir muito longe, ali pertinho do viaduto Washington Luís tem uma igreja católica...

— Foi lá que vi o padre Marcelo pela primeira vez! — acrescentou dona Lívia, abandonando a mudez. — Naquela época ninguém falava dele na televisão. Juntava uma multidão enorme fora da igreja, nem todo mundo conseguia entrar. Eles tinham de colocar uns alto-falantes na rua, pra todo mundo poder acompanhar.

— Padre Marcelo... Caramba! — exclamou Fábio. — Ainda bem que eu não ia com você. Esse negócio de show-missa... Pelo amor de Deus!

Repentinamente, para grande susto dos presentes, Josif deu um forte murro na mesa:

— Não entro numa igreja católica nem amarrado!!

Luciana, que quase toda semana ia à missa, e que uma vez por mês ia acompanhada do marido, ficou lívida, a respiração suspensa. Quase indagou o porquê, mas não teve coragem.

— Que tal então a gente mudar de assunto? — propôs o doutor Pinto.

— João! — berrou Josif, com olhos flamejantes. — Para mim você ainda é aquele moleque que jogava a bola de futebol no meu quintal. É só o que me lembro de você. Drágica me disse que agora é advogado, mas quem faz a lei na minha casa sou eu! E ninguém me diz o que conversar à minha mesa. Ninguém! E ninguém jamais vai me levar à igreja dos nossos traidores!

Fábio arqueou as sobrancelhas, curioso:

— Traidores? Que traidores? Os carismáticos?

Dona Draga apoiou os cotovelos na mesa e ocultou o rosto nas mãos:

— Por favor, Joško...

Josif se levantou, ameaçador. Era um homem enorme, corpulento. Apesar da idade, certamente seria capaz de quebrar ao meio uma pessoa franzina como Fábio.

— Ela fica assim porque a mãe dela era croata — prosseguiu Josif, o rosto rubro, os olhos arregalados. — Minha mulher é metade croata, essa raça de traidores... As gerações mais novas não se dão conta, a maioria quer manter boas relações com os vizinhos... Mas essa gente se uniu a Hitler quando os nazistas nos invadiram durante a Segunda Guerra. Sabiam disso?! Os croatas serviram a Hitler! Eles tentaram exterminar os sérvios da face da Terra!

Ninguém disse nada. Aquela reação indicava que o álcool já falava em Josif mais do que ele mesmo.

— E os *izdajnici* croatas eram todos católicos! Foi Pavelić que enviou meu avô para o campo de concentração de Jasenovac. Ele morreu lá! Disseram que foi de tuberculose, mas era mentira! Foi executado!

— Tudo isso é passado, Joško! Para com isso! — suplicou dona Draga.

— E os bósnios muçulmanos?! — disse, fuzilando um a um com os olhos. — Fizeram parte do único regimento islâmico nazista! E, no final da guerra, ajudaram vários terroristas nazistas do Werwolf a fugir para o Egito e para a Palestina, onde se converteram ao Islã e treinaram os primeiros mentores de todos os terroristas islâmicos de hoje! Yasser Arafat foi treinado por nazistas graças a essa gente!

— Joško!

Josif não a ouvia, estava obcecado:

— Alguém aqui por acaso já esteve numa guerra? É um pesadelo do qual a gente não consegue acordar! Você pede a Deus: "Faça-os parar, Senhor! Faça-os parar!" e, no dia seguinte, tudo continua igual!!... Não é como a violência cotidiana do Brasil da qual a gente só se lembra quando algum conhecido é assaltado. A guerra é o inferno real, as mortes são distribuídas igualmente entre todos o tempo inteiro!... Eu sei muito bem do que estou falando. Eu era criança durante a Segunda Guerra, ainda me lembro do meu avô. Eu me lembro do som dos tiros na rua, do som de explosões, da minha mãe apavorada, me escondendo debaixo da escada. Se, com as guerras que se seguiram, nós tentamos expulsar da nossa pátria os croatas, os bósnios, os kosovares, os albaneses, toda essa gente inescrupulosa e traiçoeira, foi porque já estávamos cansados de tanto sofrimento, de tanta traição e malícia! E os bósnios, kosovares e albaneses são ainda piores do que os croatas! A maioria deles segue o Islã! A Europa começa a sofrer agora com a invasão muçulmana, mas nós lidamos com ela há séculos! Muito se fala da Batalha de Viena, de como os austríacos barraram a entrada dos muçulmanos na Europa. Mas, naquela época, nós já estávamos e ainda iríamos permanecer muito tempo sob o tacão do Império Otomano!

— Joško, *dragi moj*! — murmurou dona Draga, pesarosa, puxando-o pelo braço.

Josif voltou a se sentar, arfante. Mas ainda não concluíra. Retomou o discurso num tom mais ameno:

— Antes de conhecer Drágica, quando meu pai já estava preso, eu e minha mãe nos mudamos para uma rua de Belgrado cheia de muçulmanos. Isso foi depois da Segunda Guerra. O governo socialista de então não permitia nenhuma religião, nem mesmo a cristã, mas aquela gente continuava seguindo seus preceitos às ocultas. E só tinham confiança entre si. Eu me lembro de cada coisa... — e passou a mão pela testa, afastando os cabelos brancos. — Por exemplo: eles achavam que cães são animais imundos. Uê, muita gente acha, não é? Mas, nesse caso, não podiam simplesmente evitar criá-los? Claro que não! Tiveram de matar dois dos meus cachorros! Na minha frente! Estão me ouvindo?... Na frente de uma criança!... E meu último cachorro se chamava Mačka! *Mačka* é "gato" em sérvio. Um cãozinho tão manso que se chamava gato!... E esses muçulmanos só falavam nossa língua quando lhes interessava... Nessas condições, entre você e seu vizinho não há uma parede: há um mundo!... — e, momentaneamente absorto, tomou outro gole de vinho. Ninguém ousou abrir a boca. Josif respirou fundo e prosseguiu: — Claro, não vou mentir. Durante o primeiro ano de viuvez da minha mãe, uma senhora muçulmana, nossa vizinha da direita, teve pena da nossa situação e nos alimentou sempre que pôde. Nós não tínhamos mais parentes vivos: meus tios estavam mortos, meus avós, meu pai, todos mortos... Minha mãe ganhava muito pouco. Essa mulher nos ajudou! E o que o marido dela fez quando descobriu? Deu uma medalha pra ela? Não, ele a espancou duramente, deixando-a manca para o resto da vida! Vocês entendem a loucura? Quando seu vizinho é um estrangeiro que vive num mundo à parte, com outra língua, com outros costumes, outras crenças... é como se você já não fizesse parte da sua própria terra! Você se torna um exilado sem nunca ter saído de casa!

O doutor Pinto se aprumou na cadeira:

— Desculpe, seu Josif. O senhor não acha curioso o fato de ter sido nosso vizinho em condições, não direi semelhantes, claro, mas análogas a essas que está nos contando? O senhor é um estrangeiro, quase não falava conosco, estava sempre recluso, nos evitava a todo custo. Quando seu cachorro...

— Mas nós somos ocidentais! Não somos islâmicos! Aprendemos sua língua, nos adaptamos...

— Mas o senhor se referiu aos croatas quase da mesma maneira que se referiu aos muçulmanos. E, além de serem ocidentais, os croatas também são eslavos, não são? Falam a mesma língua...

— Aonde quer chegar, João? — indagou Josif, os olhos brilhando de cólera.

O doutor ajeitou o paletó e juntou as mãos como se fosse orar. Adotou o tom mais amistoso possível:

— Eu apenas estou pensando no significado deste nosso encontro. Somos todos ex-vizinhos. E o senhor está nos descrevendo uma terra em que países vizinhos vivem em contenda há séculos. Não apenas os países: povos diversos dentro dos mesmos países! Gente muito diferente obrigada a viver no mesmo território. Enfim. Eu tenho um cliente que é tradutor. Um dia ele me disse algo que não consigo tirar da cabeça, e eu gostaria que o senhor e dona Draga me ajudassem a testar a teoria dele.

— Teoria... — murmurou Fábio, debochado. E dona Lívia o tocou no braço, para que se calasse.

— Meu cliente acredita que grande parte dos conflitos no mundo ocidental só persiste graças a uma má tradução da Bíblia. Vocês sabem: *traduttore traditore...*

— Como assim, João? — perguntou dona Draga, aliviada com esse interregno.

— Bem, ele me disse que naquela passagem do Novo Testamento, aquela que diz "Amarás ao teu próximo como a ti mesmo"... Isso é Marcos, meu amor?

— Marcos, Mateus, Gálatas... — tornou Luciana, atenta.

O doutor sorriu:

— Estão vendo? Ela sabe mais do que eu. Nunca sei em quais livros, capítulos e versículos está uma citação bíblica. Minha memória para essas coisas não é...

— Desembucha, João — disse Fábio, impaciente.

— Desculpe... — e deu um sorriso amarelo. — Bem, o Rogério (o nome do meu cliente é Rogério) diz que, em grego, a palavra usada aí é *vizinho* e não *próximo*: "Amarás ao teu vizinho como a ti mesmo." Vocês sabem: o Novo Testamento foi escrito originalmente em grego, a língua franca da época. Ele acredita que, com a tradução divulgada pelas nações latinas (e vocês me dirão se nas traduções eslavas é a mesma coisa), as pessoas trocaram o difícil, que é amar o vizinho, pelo mais fácil, isto é, amar quem está perto de você, quem está próximo, o que se costuma entender como sendo gente da própria família, os parentes, amigos e assim por diante. Entendem?

— *Ljubi bližnjeg svog kao samog sebe* — sussurrou dona Draga.

— Como? — perguntou doutor Pinto.

— A gente também diz *próximo*, João — tornou ela. — Dá pra chamar um vizinho de *bližnjeg*, mas a palavra que a gente realmente usa pra vizinho é *susjed*.

— Estão vendo? Talvez o Rogério tenha razão. Ele inclusive acredita que, conforme a Bíblia do Rei Jaime foi se difundindo pelas ilhas britânicas, a própria língua inglesa foi sendo aceita com menos antipatia pelos irlandeses e escoceses. Ora, era mais fácil lê-la na língua do povo dominante do que em latim, não é verdade? E essa é uma das únicas traduções a utilizar o vocábulo *neighbor*, isto é, *vizinho*, em vez de *próximo*. A Bíblia do Rei Jaime é do século XVII e os conflitos nas ilhas britânicas, segundo o Rogério, teriam se reduzido à medida que a tradução inglesa do livro sagrado foi se disseminando. Esse costume dos americanos, esse de ir receber um novo vizinho com presentes e testemunhos de boa-fé, seria um exemplo vivo do que estou dizendo.

Josif, que já esvaziara sozinho uma garrafa de vinho, agora cumulava seu cálice com o que restara na outra:

— É tudo besteira, João! Se o mandamento de "amar o vizinho" tivesse automaticamente esse efeito benéfico, não teria havido perseguições religiosas nas ilhas britânicas, os puritanos não teriam fugido para fundar os Estados Unidos, os protestantes e católicos irlandeses não teriam matado uns aos outros ao longo de tantos anos etc. etc. Dá para pensar em mil exemplos contrários! As pessoas não são robôs programáveis e a Bíblia não é um software.

— Mas um historiador poderia realizar uma análise estatística e verificar se essa intolerância não foi mais recorrente em países latinos do que na...

— Chega, João! — berrou Josif, muito corado, emitindo perdigotos que todos viram. — Você está parecendo a Drágica. Toda discussão séria tem de terminar em religião?!... Que coisa mais insuportável!

— Se acreditamos que Deus é o princípio e o fim, não sei por qual razão deveríamos ficar sempre no meio... — replicou o doutor, bem-humorado.

O doutor Pinto Grande certamente não estava tão embriagado quanto Josif Vuković. O que são duas taças, afinal? No entanto, estava alto o suficiente para não conseguir prever as reações do anfitrião. Ora, ao ouvir semelhante observação, o sérvio tornou a levantar-se de supetão e, colérico, avançou na direção do doutor, que permaneceu sentado, impassível. Os demais convivas, pasmados, arregalaram os olhos. Se o rosto do doutor, porém, tivesse transparecido algo, teria sido mais curiosidade que espanto.

Josif, o braço em riste, apontou-lhe o dedo quase tocando-o no nariz:

— Sabe qual é o problema de vocês que reduzem toda conversa a teologia barata?! Vocês não passam de hipócritas! Acham muito fácil encher o saco de quem é ateu, de quem perdeu a fé, mas se arrepiam todos quando alguém professa outra religião, outra visão de mundo!

— Mas você mesmo andou falando mal dos católicos e dos islâmicos, capitão — interferiu Fábio, já recuperado do susto, sem disfarçar um sorriso cínico de quem pretendia colocar mais lenha na fogueira.

— Mas eu não me finjo de santo, imbecil! — retrucou Josif aos berros, sem desviar os olhos do doutor Pinto. — Já este aqui...

Fábio empalideceu instantaneamente: imbecil! Aquela ofensa lhe caíra como uma bomba. Luciana, de olhos arregalados, temia o pior. Dona Draga, assim como dona Lívia, trazia uma expressão dorida no rosto.

Doutor Pinto não estava impressionado:

— O senhor e a dona Draga se importam se eu vapear um pouco?

Aturdido, Josif arqueou as sobrancelhas:

— Se você o quê?!

— Vapear — tornou o doutor, retirando o cigarro eletrônico do bolso interno do paletó. — Ele emite vapor, não transforma ninguém em fumante passivo.

— Pode fumar — disse dona Draga, num sussurro. — Josif sempre fuma charutos na sala dele.

— Fume o que quiser — decretou Josif, num tom irritado, porém mais brando. — Minha filha Jovanka me deu um cigarro idiota desses. Joguei fora. Coisa de frescos.

— Obrigado — disse o doutor, sorrindo. E então começou a emitir volutas de vapor.

Aquela intervenção extemporânea brindou a mesa com alguns segundos de silêncio e aparente tranquilidade. Josif, ainda de pé, parecia ter perdido o fio da meada. Dona Lívia, num fio de voz, aproveitou a oportunidade:

— Vamo embora, Fábio? Já tá ficando tarde...

Mas Fábio, que observava Josif com uma angústia odienta, parecia acreditar que estava era muito cedo:

— Não me retiro enquanto o Vuković não me pedir desculpas.

Josif, cheio de indignação, arregalou os olhos:

— O quê?! Pedir desculpas pelo quê, homem?

— Você me chamou de imbecil!

— Mas você *é* um imbecil, Fábio! — e abriu os braços, sorrindo com sarcasmo. — Todos na rua sempre tiveram essa mesma opinião. Você se faz de durão, de macho militaresco, mas tenho certeza de que seria o primeiro a fugir durante um tiroteio. Imagino que seria capaz de usar a própria esposa como escudo. Você é uma besta, homem! Um sujeito chatérrimo. Eu nem sei por que Drágica o convidou para este jantar. Ah, claro, a gente costumava conversar... E daí? Era você que vinha me encher o saco com suas perguntas simplórias e inconvenientes.

— Seu Josif... — interveio o doutor.

— Olhe aqui, João — tornou o anfitrião, voltando a encará-lo. — Você não vai usar essa sua afetação de advogado para me dar sermões. Estou velho demais para aguentar essa xaropada. Você quer o quê? Espalhar o amor entre os vizinhos do mundo? Quem você pensa que é? Eu vim para este país há mais de cinquenta anos! Sei usar sua língua tão bem quanto você. Não adianta tentar me encantar com palavras e conceitos difíceis. Você é da mesma laia que o Fábio. É tão frouxo quanto ele. Cada um é hipócrita a seu modo. Enquanto ele é um covarde que se faz de valente, você é um egoísta que se faz de cristão.

— O senhor parece ter certeza de que nos conhece melhor do que nós mesmos...

— É claro que conheço! Meu trabalho como consultor militar sempre foi este: escolher os homens certos para cada tarefa, para cada missão. Vocês dois ficariam na retaguarda, entretidos com trabalhinhos de escritório, jamais estariam na frente de combate.

Fábio não resistiu à tentação de adentrar naquele tema:

— Então foi essa a sua colaboração aos massacres de Vukovar e do Kosovo, capitão Vuković? Selecionou os carrascos? Foi o arquiteto da limpeza étnica?

Josif emudeceu, o rosto lívido. Transtornado, a passos lentos porém enérgicos, o corpo ligeiramente arqueado para a frente, deu a volta à mesa e, uma vez diante de Fábio, aplicou-lhe uma bofetada tão forte no rosto que o derrubou da cadeira. A dentadura do velho Fábio voou para longe, quase alcançando a sala de visitas.

— Joško! O que você tá fazendo?! Enlouqueceu?! Chega! Chega!! — e dona Draga, indo até ele e agarrando-o pelo braço, o afastou do antigo vizinho.

Luciana, paralisada e muda, os olhos esbugalhados, mantinha as mãos sobre a boca. Estava em choque. O doutor se levantou, abotoou o paletó e foi ajudar Fábio a se levantar. Dona Lívia, tremendo dos pés à cabeça, começou a chorar.

— Vamo embora... Por favor, Fábio! Vamo!

Enquanto o doutor auxiliava Fábio a sentar-se novamente na cadeira, Josif, atarantado, perdido em algum ponto entre o arrependimento por aquele ato e a vontade de ir mais longe, retomou a palavra:

— Eu também tive fé, sabiam? Mas Deus me provou sua inexistência... — e, respirando fundo, olhou em torno. — A imprensa mundial, a ONU, a Otan, a União Europeia, os tribunais internacionais, todos falam de "limpeza étnica". Não houve nenhuma limpeza étnica, caralho!... — e, nesse momento, o velho Vuković assumiu uma expressão sombria. — Foi vingança! Pura justiça!... — trovejou. — Os sérvios sofreram perseguições anos a fio, mais de um milhão dos nossos foram executados, e ninguém jamais pareceu se importar. Falam somente do Holocausto, dos curdos, de Holodomor... Nunca se lembram de nós! E então, quando finalmente temos nossa vingança, tratam-nos como se fôssemos nazistas! É um absurdo!

Enquanto fazia um gesto para que sua esposa lhe trouxesse a dentadura, Fábio, a face esquerda rubra, a voz embargada, a baba a escorrer-lhe pelo queixo, retrucou:

— Não adianta mudar o nome, Vuković. É assassinato do mesmo jeito. Assassinato em massa. Genocídio!

Dona Draga, silente, interrogando com olhos congestionados o marido, encarava-o, aguardando uma negativa — que não veio... Ele nunca comentara sua participação nas guerras da Iugoslávia. Após a mudança para o Brasil, no início dos anos 1960, voltara algumas vezes à terra natal. Mas foi apenas no início dos 1990 que tais viagens se tornaram, não apenas mais frequentes, mas também mais misteriosas, sempre relatadas, à volta, de maneira oblíqua, dissimulada. Ela não era ingênua e imaginava que o marido, como qualquer oficial reformado, poderia estar contribuindo de alguma forma para o esforço de guerra, afinal, fora lotado no serviço de inteligência do exército. Mas jamais imaginou que sua participação havia sido tão grave, tão lúgubre! Sim, houve o boato transmitido por parentes a respeito de Gordan... Mas nada como aquilo.

— Não me olhe assim, Drágica...

Em prantos, ela se deixou desabar na cadeira. Josif aproximou-se e, por trás, afagou-lhe os ombros. Por um momento, sentiu-se condoído. Amava a esposa com toda a alma. Mas então ela disse:

— Por que você não tem o coração igual ao do Gavrilo? Meu irmão era tão bondoso, tão idealista...

— Diabos! — exclamou ele, afastando as mãos. — Por que você pensa que eu participei das guerras, Drágica?! Foi por causa do Gavrilo!

— Mentira! Você queimava todas as cartas que recebia dele. Cartas enormes! Dava para sentir o envelope gordo, com certeza cheio de palavras bonitas. Ele sempre me escrevia coisas tão lindas! Ele era um artista! Um pintor! Não estava metido nessas coisas.

Josif riu um riso louco, demente. Parecia fora de si. Por fim, sacudiu a cabeça, revoltado:

— Draga, Draga... Sabe o que ele me escrevia linha após linha, página após página? "Desertor covarde! Desertor covarde! Desertor covarde! Desertor covarde!"

— Mentira!!

— É verdade, *dragi*.

— Sou testemunha — disse Fábio, a meia-voz. — Não entendo servo-croata, mas o capitão me mostrou uma dessas cartas. Isso faz quase trinta anos. Tinha umas dez páginas preenchidas somente com duas palavras. Tava em cirílico, mas dava pra ver que o mesmo grupo de letras se repetia do começo ao fim.

Dona Draga chorava desconsoladamente:

— Minha mãe... Minha mãe era croata...

— E seu irmão era tão sérvio quanto você.

— Quer saber, Josif? — gritou ela, finalmente. — Eu devia era ter me casado com... — e então, assustada consigo mesma, ela se calou.

Ninguém parecia respirar. Josif desesperou-se:

— *Ne! Ne! Ne! Ne!* — bradava, quase uivando. Seu corpo tremia, oscilava; e logo desabou em sua cadeira, os cotovelos contra a mesa, o rosto afundado nas mãos. Doutor Pinto, que costumava reagir adequadamente, pouco importando a conjuntura, não sabia se ia até ele, se dizia alguma coisa ou se aguardava o desenrolar daquela erupção. Josif vivia um momento de transe, um desses de que nunca nos esquecemos ao longo de toda uma vida. Todos pressentiam esse fato, não havia necessidade de que alguém o colocasse em palavras. Daí aquele silêncio sobrenatural... Antes que alguém tomasse uma atitude, porém, sua voz retornou, colmada de dor e de desgosto: — Pensei que você tivesse esquecido o Gordan... Tudo o que fiz na vida foi por você e por nossas filhas... Por que voltar a isso agora? Quer me matar, *dragi*?

— Assim como você matou o Gordan? Não tenho seu sangue-frio, Josif — replicou ela, entre lágrimas.

Josif levantou a cabeça, cheio de espanto:

— O quê? Quem lhe disse isso?!

— Eu também recebia cartas, Josif! Sempre tive esperança de que fosse um boato. Mas essa sua cara...

Luciana fez um sinal para o marido, que se aproximou:

— Vamos embora, João.

— Não! — gritou Josif, soberbo. — Ninguém sai daqui! Pensam que sou um monstro? Estão com medo de mim? Será que não entendem o que uma pessoa tem de enfrentar quando se encontra em condições terríveis, em situações extremas? — E para dona Draga, com uma franqueza dilacerante: — Drágica, se você quer realmente saber, sim, eu matei seu namorado de adolescência, aquele croata filho da... — e, arrependido, refreou a língua.

Dona Draga gemia, soluçava, a cabeça pendida, as mãos emaranhadas nos cabelos brancos.

— Mas não foi por ciúme, mulher! Eu te amo! — disse, angustiado. E acrescentou, súplice: — E sei que você também me ama... Tanto sei que nunca quis lhe contar o que realmente aconteceu. Entende? Mas, se você quiser saber toda a verdade, eu conto pra você. Você quer? — A mulher continuou gemendo, a cabeça baixa, sem nada responder. — Foi Gordan quem matou Gavrilo! — continuou ele. — Seu namoradinho da adolescência matou meu melhor amigo! O que você queria que eu fizesse? Eu também amava seu irmão, *dragi*. Gordan estava espionando para os croatas durante a guerra de independência deles! Gavrilo descobriu tudo... E não foi uma vingança minha! Eu apenas me defendi! Eu estava com seu irmão quando tudo aconteceu. É verdade, *dragi*. Eu juro! Você me conhece... Posso ocultar muitas coisas, principalmente as que podem lhe fazer mal, mas jamais minto. Eu tenho palavra!

Toda a cena assemelhava um sonho convulso. Os convidados, atribulados, constrangidos até o último fio de cabelo, permaneciam estáticos, como se desejassem intimamente a invisibilidade. Até mesmo o doutor Pinto voltara a se sentar ao lado da esposa, com quem se conservava de mãos dadas, os joelhos de ambos a tocar-se. Dona Lívia, sentada ao lado do marido, também se acomodara a ele, o qual, por sua vez, descansava a face intacta na cabeça dela. Um clima trágico pairava no ar, uma atmosfera fúnebre. A luz amarelada das arandelas, à maneira de velas, o cheiro das flores que chegava da outra sala... tudo contribuía para a lembrança daqueles fantasmas.

Como dona Draga não fizesse menção de dizer ou de fazer o que quer que fosse, Josif, erguendo o semblante, passeou o olhar pela sala. Os olhos marejados pareciam não notar os casais unidos e, desnorteado, como se distinguisse apenas dois convidados gordos na sala, procurava os faltantes.

— Vocês... — começou ele, hesitante. E então enxugou o rosto na manga da camisa.

— Seu Josif, o senhor quer um copo d'água? — perguntou o doutor, solícito, tomando a jarra e aproximando-a da extremidade da mesa.

O velho sérvio sorriu:

— Você quer ser um bom anfitrião em minha própria casa, João?

— Claro que não, eu só...

— Ah, a bondade cristã! — exclamou ele, uma expressão escarninha no rosto. — Sabe quem matou Deus para mim, João? Eu nunca contei isso ao Fábio porque ele já não morava mais aqui. Você gostaria de saber?

— Gostaria, claro.

Josif passou as duas mãos pelos cabelos brancos e, retesando a coluna, arrimou as costas no espaldar da cadeira. E então manteve as mãos atrás da nuca, os dedos entrelaçados, como se estivesse a ver televisão refestelado numa poltrona.

— Você já leu *Os sertões*, do Euclides da Cunha?

— Li, sim. Muitos anos atrás.

— Eu nunca li — intrometeu-se Fábio.

— Foi o primeiro livro brasileiro que me caiu nas mãos — prosseguiu Josif. — Eu o li sete vezes. Não sei, mas acho que o fato de o autor ter sido um engenheiro que projetava pontes significa muito para mim. Eu também projetava pontes! Sim, li o livro várias vezes. E esporadicamente releio alguns trechos... É um livro chato, como a engenharia, mas maravilhosamente bem escrito! Devo a ele meu domínio mais aprofundado da sua língua. Mas isso não interessa... O fato é que foi esse livro que me fez perceber quão extraordinário este país é. Vocês, que nasceram no Novo Mundo, não têm noção de como estão na borda da civilização. Viajar para cá é como viajar para o passado. Como as ondas concêntricas que resultam de uma pedra atirada na superfície de um lago, ideias antigas, abandonadas há muito nos grandes centros mundiais, aparecem aqui tardiamente, como se fossem grandes novidades... Foi somente após lê-lo que senti o quanto nós, sérvios, somos genuinamente europeus. Não estamos no centro da cultura, mas estamos num círculo mais próximo dele do que vocês... O Brasil, ora... o Brasil é o fim do mundo!... — e sorriu, cheio de empáfia. — A história do Conselheiro... A história dele é uma história que aconteceu tantas vezes na Europa! Mas muitos séculos atrás! E aqui ocorreu durante a vida do meu avô! Ouviram? Praticamente ontem... Eu lia aquela série de relatos, todos verídicos, e me impressionava intensamente: um profeta fanático que via num determinado regime de governo (no caso, a República) uma ação do anticristo e, por isso, clamava no deserto, anunciando a iminência de uma parúsia, às vezes referindo-se a São Sebastião, o jovem rei português desaparecido em combate, às vezes ao próprio Jesus Cristo... O fim está próximo! — gritou Josif, rindo em seguida. E, então, retirando as mãos da nuca e inclinando-se para a frente como quem conta um segredo, prosseguiu em tom confessional: —

Mas a verdade, meus queridos vizinhos... desculpe, ex-vizinhos... a verdade é que eu achava toda a história uma loucura! E me divertia à beça com ela... Eu não sei se na juventude fui um ateu ou um agnóstico. Não pensava nisso, não tinha o menor interesse pela religião. Cresci num país socialista onde jamais se falava nisso (não se podia!), e, quando algum religioso era mencionado, em geral se tratava de um muçulmano... Enfim, Antônio Conselheiro, para mim, não passava de um maluco... Mas veio o ano de 1999 e eu... sim, eu estava em Belgrado. Em 1999! Ou seja, alguns anos após a morte do meu cunhado e, segundo certos desvairados, o último ano antes do Apocalipse... — e Josif assumiu um ar grave. — Todos conhecem uma versão desta frase do Conselheiro: "Até mil e tantos a dois mil não chegarás!" Uma declaração milenarista repetida pelo populacho de todas as partes, uma ameaça fanática que sempre me soou como uma piada ridícula. Ora, de onde teriam tirado esse número? É claro que não passava de uma bobagem. Mas em 1999, enquanto ainda combatíamos os kosovares, a Otan decidiu intervir. Eu havia chegado do interior do país no início de março, e, em fins desse mês, começaram os bombardeios. Vocês não conseguem imaginar o que isso significa! Caças-bombardeiros riscando os céus dia e noite, uma coisa apavorante! Havia todo tipo de aeronave: F-117A, A-10, B-2, F-15, Mirage 2000N, F-16CG... E aí vinham os helicópteros Apache AH-64 e seu ruído funesto... Se os canais de TV, antes dos ataques, alertavam sobre um possível conflito com a Otan, menos de um mês mais tarde já nos entupiam os sentidos com mensagens bombásticas que (ora explícita, ora subliminarmente) comparavam a Otan aos nazistas e aquela guerra ao Armagedom. A população, apavorada, lutava internamente para não acreditar que realmente se dava o fim do mundo. Ora, tudo em torno apenas confirmava que realmente o era! E os americanos tinham essas lindas bombas de grafite... Sabe o que fazem?

— Não.

— Eram jogadas sobre as redes de distribuição de energia elétrica, causando curtos-circuitos e apagões generalizados. Belgrado ficou às escuras por meses! O país inteiro ficou entregue às trevas... E aí, meus caros... Já não há como se saber o que está ocorrendo no resto do mundo ou mesmo do outro lado da cidade!... As bombas de combustível que não funcionam, as inúteis bombas adutoras de abastecimento de água... Tudo isso era uma bobagem frente ao clima de terror criado pela falta de informações verdadeiras. Não havia mais TV, nem rádios, nem telefones, nem computadores... Não havia notícias confiáveis, nem informações seguras... Apenas boatos sobre boatos sobre boatos! De uma hora para outra, a população abandonou o século XX e retornou à Idade Média... As pessoas acreditavam nas coisas mais absurdas. Se alguém dizia que um disco voador havia pousado algures, acreditavam — e arregalou os olhos, enfático. — Não estou dando um exemplo à toa: isso aconteceu! Houve relatos de aparições de anjos, seres alados luminosos, com forma humana, que, sem emitir qualquer som, sobrevoavam ruas e praças. Ora, não havia drones naquela época! O que diabos essa gente estava vendo? Ninguém sabia... Falava-se nas aparições da Virgem Maria em Medjugorje, na Bósnia-Herzegovina... Diziam então que ela havia anunciado o fim do mundo e que o estopim era ali, que a Iugoslávia era o umbigo do mundo... Chegavam informações de que a Rússia havia declarado guerra contra os Estados Unidos! Juro! Um falatório infernal! Rumores, lendas urbanas instantâneas, fofocas... Mas como distingui-los da verdade? Não havia como! Uma vez que alguém se deixava impressionar por uma dessas notícias, ninguém mais lhe tirava da cabeça a certeza de que se tratava de um fato. O país virou um pesadelo, um hospício. A maior parte das pessoas só se arriscava a sair de casa para conseguir água e comida. Muitos fugiam para cidades do interior, e nós, que ficamos, já não tínhamos qualquer notícia deles. Mesmo os militares foram adentrando o caos pouco a pouco... Para piorar, eu era um consultor, já não recebia informes como os companheiros da ativa... Tratei de sobreviver, esgueirando-me de um abrigo a outro, sempre em busca de alguma incumbência oficial... Chegou o momento em que eu já não sabia quais eram minhas ordens nem a quem devia obedecer... No dia 2 de junho, o tenente Antonije Kasun veio até mim e me disse que haveria uma reunião num prédio desabitado, provisoriamente utilizado pela Inteligência. Era minha oportunidade de voltar ao círculo restrito de quem realmente sabia o que estava se passando. E, mesmo assim, após trocar umas poucas palavras, Kasun me disse: "Vou lhe dar um conselho, Vuković: volte para sua esposa! Era o que eu faria se fosse casado." Claro, eu não o ouvi... — e Josif olhou de esguelha para dona Draga, que permanecia em silêncio, de cabeça baixa. — Enfim — continuou ele —, aproveitando um breve espaço de tempo sem bombardeios, nos dirigimos a pé para o local com duas horas de antecedência. A ideia era esperarmos pelos demais lá. Quando chegamos, encontramos outros três oficiais que eu não conhecia. A reunião ocorreria no subsolo, na garagem daquele edifício de apartamentos de seis andares. Ainda não havia entre nós nenhum representante do Estado-Maior... Ficamos conversando informalmente um espaço de meia hora, tentando atualizar uns aos outros com novos dados e informações de fontes fidedignas. As notícias eram todas escabrosas, nem vale a pena mencioná-las... — e, impaciente, fez um muxoxo. — Dali a instantes, durante essa conversa, de repente aconteceu: um zunido cortante seguido de uma explosão ensurdecedora! E então pó, destroços, trevas... Quando me dei conta, horas depois, ao acordar, apenas eu e o tenente Kasun permanecíamos vivos. Mas ele, além dos hematomas e escoriações, que eu também sofri, teve toda a perna direita esmagada. Certamente também fraturou a bacia, pois qualquer movimento lhe causava dores tremendas. E o pior: estávamos presos, entre lajes, vigas e paredes desabadas, sem enxergar a um palmo do nariz, num cubículo menor do que esta sala. Era nosso túmulo. E tínhamos apenas três cantis, um sanduíche de presunto, quatro barras de Toblerone e três lanternas.

— Agora entendo por que você não voltou mais pra lá... — murmurou Fábio.

Josif sorriu tristemente:

— Não, você ainda não entendeu. Mas vai entender — e respirou profundamente, emitindo em seguida um longo suspiro. E prosseguiu: — O tenente, sabem?, era um homem religioso. Quando abri sua gandola e desabotoei sua camisa, para que respirasse melhor, notei o crucifixo que trazia no pescoço. Fiz menção de tocá-lo e ele me segurou a mão, dizendo: "Não me afaste do meu escudo." Refreei no berço o impulso de uma risada: escudo? Eu não possuía um escudo como aquele e estava em melhores condições do que o pobre coitado. Mas o respeitei, era meu companheiro de túmulo.

— Seu vizinho de túmulo — comentou o doutor.

Josif o ignorou:

— Nos primeiros dias, gritamos loucamente, pedimos socorro, batemos nas paredes e lajes com pedaços de metal, mas, como resposta, não ouvíamos senão o rumor abafado e distante de explosões. Quando as explosões cessavam, o silêncio era completo. Ninguém nos ouvia e não ouvíamos nenhuma voz humana. Claro! Havia pelo menos seis andares de concreto sobre nossas cabeças.

— Você nunca me contou nada disso, Joško... — murmurou dona Draga, a voz embargada pela emoção.

— Estou contando agora, *draga moja* — e, metendo a mão no bolso interno do casaco, retirou dali uma garrafinha de alumínio da qual bebeu um generoso trago.

— Joško! O que é isso?

— Vodca, *dragi*.

— Mas você não...

— Hoje é o dia das revelações… — declarou ele, interrompendo-a, uma expressão melancólica no olhar. Então sorriu e, após meter a garrafinha de volta no bolso, continuou: — Como eu dizia, o tenente Kasun falava feito um coroinha. Na verdade, contou-me que, não fossem as circunstâncias, teria estudado para ser padre. Nos primeiros dias, ele ainda parecia dono de si. Mas seu ferimento infeccionou e, com isso, ele foi tornando-se cada dia mais delirante. No início, tivemos longas conversas. Não havia mais nada a fazer, a não ser confortar um ao outro. Bem… eu tentava confortá-lo. Imagino que a intenção dele era a mesma, mas o fato é que ele foi me enlouquecendo! — e Josif golpeou novamente a mesa, embora com menos força. — Primeiro começou com Nostradamus. Citava repetidamente, como um mantra, a famosa centúria: "No ano de 1999, no Sétimo Mês, do céu virá um grande Rei de terror ressuscitar o Rei d'Angoulmois…" e assim por diante. Eu não entendia, e ainda não entendo, quem seria esse rei de nome enrolado, mas já ouvira falar de Nostradamus muitas vezes, principalmente das centúrias que teriam predito o advento de Hitler, chamado no livro de "Hitter". Minha mãe dizia que, durante a Segunda Guerra, muitos falavam sobre isso. Os críticos diziam que o nome, na verdade, se referia a um local, não ao Führer, mas… quem disse que o povo quer ver negadas suas primeiras impressões? E Kasun me dizia repetidamente que o texto de Nostradamus, embora obscuro, não errava. Comentei com ele sobre o dito popular: "A mil chegarás, mas de dois mil não passarás", e ele me devolveu uma citação do abade Genet: "O ano de 2000 não passará sem que o julgamento chegue; assim o vi à luz de Deus." Ele me falava esse tipo de coisa e eu ia anotando no meu caderninho, de início, com a intenção de passar o tempo, mas, quando vi que precisávamos economizar pilhas, anotava por pura obsessão. E ele tinha sempre um sono comprido, agitado, que invariavelmente terminava num despertar pânico. E, aliviado (imaginem, ele se sentia aliviado por acordar naquele túmulo!), me relatava em seguida sonhos terríveis que ele jurava serem visões do mundo exterior. Quando estava mais sereno, emitia sua ladainha, que sempre se iniciava com a mesma frase: "Vou lhe dar um conselho, Vuković..." Sim, a mesma frase usada para me aconselhar a voltar para minha esposa. Repetia tanto isso que comecei a chamá-lo de... Conselheiro! Vocês percebem a ironia da situação? Eu só me dei conta meses depois! O tenente se chamava Antonije Kasun, e Antonije é a forma sérvia de Antônio! Kasun vem do eslavo *kazac*, que significa "ordenar, comandar, aconselhar"... O tenente foi pouco a pouco me transformando num seguidor de Antônio Conselheiro! — e Josif tremeu, os olhos congestionados pela emoção. — Com o tempo, a intimidade forçada o fez apelidar-me de Vuk, que significa "lobo". Na verdade, meu sobrenome, Vuković, não é um patronímico, como pode parecer a princípio. Meu pai não se chamava Vuk, mas Vlado. Nós, sérvios, temos sobrenomes como esse... Mas, para efeitos dramáticos, digamos assim, é como se meu nome fosse José Filho do Lobo: Josif Vuković. E o tenente, agora, me chamava de Vuk.

Esse comentário deixou o doutor Pinto de respiração suspensa: lobo! Lembrou-se instantaneamente do seu vizinho, o bêbado Francisco: o homem é o lobo de si mesmo.

— O mais desesperador daqueles dias não foi simplesmente a incerteza de um resgate, mas, sim, o mundo imaginário no qual passei a viver. E o engraçado é que esse mundo foi se tornando mais real para mim à medida que o cheiro de podridão se apossou do nosso túmulo. Os cadáveres dos oficiais mortos, soterrados à nossa volta, assim como o ferimento do tenente, exalavam um miasma que, somado ao fedor de nossas próprias fezes e urina, tornava a mera respiração um martírio... Não há como descrever nosso tormento... Três semanas mais tarde, e eu nem sei se meu relógio era exato, já que sempre me esquecia de lhe dar corda, eu já estava de joelhos rezando o pai-nosso em uníssono com o Conselheiro. Acreditam? Eu! Até então um ateu convicto! Em cinco semanas, ele me fez embarcar completamente no mundo que habitava... E sabem como era esse mundo?

— Não faço ideia — respondeu Fábio.

— Vou tentar resumir — e Josif se aprumou na cadeira. — As visões de discos voadores, para nós, já não eram boatos, eram reais. Mas não eram naves materiais. Eram anjos transportadores, naves inteligentes, autoconscientes, mas imateriais, e por isso podiam viajar mais rápido do que a velocidade da luz. Espíritos e anjos de outras classes vinham de esferas divinas a bordo desses anjos de transporte. Os supostos anjos avistados por algumas testemunhas, de dimensões menores se comparados aos discos, eram apenas anjos de fato. Nós vivíamos o Apocalipse, e o silêncio que então imperava, passadas duas semanas de cativeiro, indicava que o Armagedom havia chegado ao fim. O tenente Conselheiro dizia (e vocês podem rir, se quiserem, nós dois não ríamos), dizia que, em uma de suas visões, havia divisado Jesus, em forma gigantesca, a caminhar pela Terra à vista de todos tal como a mãe do personagem interpretado pelo Woody Allen no filme *Contos de Nova York*. Ele me explicava as cenas desse filme em tom sério, mas, como nunca gostei desse diretor, não vi mesmo nehuma graça. O personagem do Woody Allen tinha uma fixação paranoico-edipiana pela mãe, que sempre surgia enorme no céu de Nova York, dando-lhe broncas e fazendo-o passar vergonha diante da população inteira, que também a via... Algo assim.

O doutor e Luciana, que admiravam o humor desse diretor, sorriram discretamente. Os demais permaneceram estáticos. Josif aproveitou o ensejo e tomou outro gole de vodca. Em seguida, notando que todos permaneciam num estado de legítimo suspense, aguardando sua narrativa, prosseguiu:

— O fato é que Kasun esmiuçou para mim toda a sua teologia, toda a sua visão de mundo, e, com o tempo, elas se tornaram minhas. Sua cosmologia era intrincada demais para eu conseguir resumi-la em poucas palavras... Era, hoje vejo, uma insanidade!

Uma mistura de ficção científica com cristianismo... Basta dizer que, para ele, o Paraíso existe literalmente no centro do Cosmos, o único ponto estático da realidade material, e que todas as galáxias giram ao seu redor... Não irei mais longe... — e sacudiu a cabeça, como quem tenta se livrar de uma má recordação. — Enfim, ele se enfraquecia dia após dia, a infecção e as febres o consumiam, e eu acreditava que todo aquele sofrimento o fazia mais santo, mais puro e verdadeiro. Sim, porque, quanto mais próximo da morte, mais serenidade e luz havia em seu rosto. Seus sonhos, que ele insistia serem visões reais, eram cada vez mais nítidos, mais cheios de detalhes. Viu Jesus condenando os governantes e poderosos da Terra, e atirando-os ao Inferno. Viu toda a destruição causada no mundo pelas explosões nucleares resultantes da guerra entre Estados Unidos e Rússia... Sim, para nós, o conflito mais temido do século XX já havia ocorrido! Ora, já estávamos no início do Sétimo Mês de 1999!! Eu rezava o tempo inteiro, tratava meu companheiro com o maior desprendimento, fazia-o mastigar pedaços de chocolate, dava-lhe de beber à boca... Eu lhe confessei meus pecados! "Confesse para Deus", dizia ele. Mas eu insistia em lhe contar tudo, incluindo o que fizera no Kosovo... — e Josif tornou a enxugar o rosto na manga da camisa. — E também aguardava nossa morte, né... No final daquela quinta semana, porém, eu estava encolhido a um canto, dormindo, e então fui despertado repentinamente por um estampido seco, violento. Corri a mão à minha volta, acendi a lanterna, olhei em torno. Senti o cheiro de pólvora. Assustado, fui até Kasun, que ainda tinha a Makarov na mão direita. Sim, havia dado um tiro no coração! E escrevera uma nota de suicídio que dizia apenas o seguinte: "Chega de gastar água e alimento comigo, irmão Vuk. Vou lhe dar um último conselho: sobreviva."

Dona Draga chorava de mansinho em sua cadeira. Dona Lívia e Luciana tinham os olhos marejados. Fábio estava literalmente de boca aberta.

— E quando o senhor saiu de lá, seu Josif? — indagou o doutor.

— Eu ainda fiquei naquele buraco mais uns dez dias. Fui resgatado no dia 20 de julho de 1999. E o próprio resgate foi um choque para mim. Não esperava sair dali vivo. E o último resquício de misticismo começou a morrer em mim quando, ouvindo o barulho e vendo tudo querer desabar novamente, uma tampa se abriu e o céu voltou a iluminar o interior do nosso túmulo. Eu estava meio dormido, meio acordado, o chocolate havia acabado dias antes e só restavam alguns goles d'água. A fraqueza me obrigava a dormir quase o tempo inteiro. Nem sequer me dera conta dos primeiros sons externos, quando então começaram a remover as ruínas do edifício. Ao olhar para cima, eu jurava estar diante da mão do gigantesco Jesus, descrito por Kasun, a levantar um enorme pedaço de laje. Eu me ajoelhei, agradecido, e murmurando meus pecados. Mas, observando melhor, vi que se tratava simplesmente do braço de uma escavadeira... Homens surgiram de todos os lados, perguntavam como eu me sentia, e me colocaram numa maca. Eu os olhava com estranheza, perguntando a mim mesmo: onde estão os anjos? Por que agem como se a vida fosse a mesma? E a triste verdade é que a vida *era* a mesma... — e Josif, com um ar de grande decepção, fez um esgar. — Em poucas horas fui recebendo todas as notícias de relevo: o ataque da Otan terminara no dia 10 de junho, a Iugoslávia estava de joelhos, o restante do mundo continuava de pé...

— Mas quando Deus morreu para o senhor? — tornou o doutor.

— Uê, João, não entendeu ainda? Eu experimentei em pouco mais de um mês de trevas o mesmo que as pessoas experimentam nas trevas deste mundo ao longo de toda uma vida! Eu vivi o microcosmos daquilo que todos os crentes vivem: uma realidade ilusória cujo fim é unicamente manter acesa a esperança em meio à merda fedorenta desta vida! Mas... esperança de quê?! De nada, porque não há nada, o mundo é e sempre será o mesmo. Não há Deus algum, rapaz! Estamos sozinhos. Muitos repetem Yuri Gagarin: "A

Terra é azul." Mas sabe o que ele realmente disse? — e declarou em tom oficial: — "O espaço é escuro, muito escuro. E a Terra é azul. Não há nenhum sinal de Deus aqui em cima."

— Isso é propaganda soviética, seu Josif. Dizem que esse final é um adendo de Kruchov.

— E que me importa? A analogia é perfeita! Acredite em Deus o quanto quiser, mas, quando colocar a cabeça para fora do túmulo que é a Terra, você não vai encontrar senão rochas, hidrogênio e poeira interestelar. De que serviu ao pobre do Kasun toda essa baboseira? Hoje, acredito piamente que ele ocultava sua covardia sob a hipocrisia da fé: não se matou para que eu tivesse mais comida e água, mas porque já não suportava o sofrimento. Onde já se viu um cristão suicida? Vocês, religiosos, não vivem dizendo que esses fanáticos do tipo do Jim Jones não passam de heréticos? O tenente Kasun era tão hipócrita, egoísta, iludido e fraco quanto você — e Josif, exausto, voltou a se servir da vodca.

— Bom — replicou o doutor Pinto, pensativo —, ninguém se transforma numa pessoa perfeita apenas por aceitar a boa-nova do Cristo. Dá trabalho ser cristão. Tanto trabalho quanto inventar um novo alfabeto apenas para transmitir as palavras de Cristo, tal como fizeram São Cirilo e São Metódio... É daí que vem seu alfabeto, como o senhor bem deve saber... Enfim, é muito difícil ser um cristão. As responsabilidades aumentam, muita culpa vem à tona da consciência, é preciso aprender a perdoar-se, a perdoar os demais, a amar seus vizinhos...

— Essa conversa de vizinhos... — retrucou Josif, irritado. — Aposto que você mesmo largaria facilmente um vizinho em dificuldades apenas para ir correndo babar de amor por um próximo a quem conhece melhor. É tudo hipocrisia.

Essas palavras calaram fundo no doutor Pinto. A resposta automática que lhe viera à cabeça se referia à vizinha muçulmana de Josif em Belgrado, aquela que o alimentara na infância. Pretendeu dizer ao anfitrião que ela é que era sua verdadeira "próxima", não o marido violento dela, mas... mas o fato é que Josif o fez pensar em Francisco — e o doutor então emudeceu. Por um momento, pensou que teria tido mais sucesso conversando com seu atual vizinho, um bêbado manso, que com esse virulento ex-vizinho, a quem, de fato, considerava mais próximo de si, uma vez que Josif, ainda que indiretamente, fizera parte da sua própria infância. Talvez tivesse optado erroneamente pelo próximo, ou pelo bêbado, "mais fácil".

— O limite do homem é a oportunidade de Deus, seu Josif — disse por fim o doutor, num tom conclusivo e cansado.

— Besteira! — repostou o sérvio. — Como já disse, ultrapassei todos os meus limites e nenhum Deus aproveitou a oportunidade. Se você quer bancar o religioso, por que não faz como esse bando de intelectuais frescos e abraça esse esoterismo barato pseudocientífico de que falam por aí? Como se chama o sujeito? Fritjof Capra? Enfim, pelo menos essa turma não mente afirmando que há um Deus.

Luciana apertou o braço do marido e lhe disparou um olhar significativo.

— É, está tarde... — disse o doutor, com bonomia. — Melhor a gente ir embora, né, amor? — e, após levantar-se, sob o olhar vigilante e irascível de Josif, aproximou-se de dona Draga. A vizinha, sentada, recebeu o beijo cheia de constrangimento, mas retribuiu com doçura. Ele então se aprumou, cordial: — Quero agradecer aos dois pelo excelente...

— Covarde! — rosnou Josif, entredentes. — Nietzsche estava certo: o cristianismo é a religião dos covardes e dos fracos.

— Joško, chega! — censurou-o a esposa, num lamento cheio de agonia.

— Dona Draga, se a senhora precisar de qualquer coisa, basta entrar em contato.

Josif, furioso, o olhar esgazeado, levantou-se de supetão:

— Você está sugerindo que sou um perigo para minha própria esposa?!

O doutor sorriu, admirado daquela intervenção:

— Claro que não, seu Josif! Eu me refiro a questões legais, relativas ao imóvel que vocês... — mas não conseguiu concluir: Josif Vuković lhe dera uma forte bofetada no rosto!

— E agora, João? Vai me mostrar a outra face?! — tornou o sérvio, iracundo. — Vai, me prove que é um bom cristão!

Dona Lívia e o marido, que também haviam se levantado, pareciam duas estátuas de sal. Atônitos, muito pálidos, não sabiam se partiam sem despedidas ou maiores satisfações ou se voltavam a sentar-se. Aquilo tudo exorbitava suas cabeças. Luciana, que cumprimentava dona Draga com um beijo no exato momento da bofetada, tendo percebido dela apenas o som, estremeceu.

— O cristianismo não é para covardes, seu Josif — retorquiu o doutor Pinto, dono de si. — É para pessoas de caráter. E o autocontrole, a temperança, é a medida do caráter de uma pessoa.

— Quer dizer que não tenho caráter?!

— O senhor está agindo como um vuk. Não é esse o nome? Vuk? Isso é comum às pessoas que, tendo a cabeça cheia de questões mal resolvidas, bebem sem medida. Agem como lobos, seguindo unicamente seus impulsos e seus instintos mais baixos. A bebida é para quem sabe beber.

Josif, num átimo, deu outra bofetada no doutor, desta vez em sua face oposta:

— Sabe por que você não vai reagir? — rosnou Vuković. — Não é porque seja cristão: mas por estar desarmado! Tem medo de enfrentar alguém maior do que você, alguém mais forte.

O doutor Pinto desabotoou o paletó e fez menção de tirá-lo, mas foi impedido por Luciana, que, temendo as consequências do que poderia sobrevir, puxou-o pela mão, arrastando-o rapidamente até a sala de visitas e, dali, à porta da frente.

— Chega, João — disse ela, a mão na maçaneta. — A gente já não tem mais nada pra fazer aqui. Esse homem é impossível, não tem argumento que chegue. Não o tente com isso aí.

Saíram. Foram seguidos imediatamente pelo outro casal de ex-vizinhos. O céu ainda estava nublado, mas já não chovia. Na rua, com palavras amáveis, porém confrangidas, despediram-se de seu Fábio e de dona Lívia. Não fora uma noite comum. Entraram, pois, em seus respectivos carros e partiram.

* * *

Dentro do Fox, durante os primeiros cinco minutos, o doutor e a esposa permaneceram num silêncio banhado de adrenalina. Iam no sentido do rio Pinheiros, seguindo a Vicente Rao, a mesma avenida que dá no Morumbi Shopping. O asfalto molhado, coberto aqui e ali de muitas poças d'água, reverberava a iluminação pública, deixando a cidade menos feia, mais familiar. Contudo, isso não lhes trazia qualquer consolo. Apesar da estranha excitação, nada disseram antes de chegar à avenida Santo Amaro, a qual tomaram após um retorno na Roque Petroni Júnior.

— Sabe o que mais me chateia? — disse finalmente o doutor, rompendo o silêncio.

— O quê, amor?

— Nunca vou descobrir quem é que rasgava as bolas que caíam no quintal dos Vuković...

Luciana sorriu, e esse sorriso denunciava certo alívio:

— Aposto meus cabelos que era o coitado do seu Josif — acrescentou ela, divertida.

— Não sei. Acho que a bola voltava rasgada mesmo quando ele não estava lá. Em todo caso, se o culpado não era o cachorro, era sem dúvida um dos lobos da casa...

— Dona Draga parece boazinha.

— Parecer parece, mas você precisava ouvi-la gritando com as filhas...

Em seguida, abordaram temas mais leves, que os entretiveram até a esquina da rua onde moravam, na qual entraram por volta das dez da noite. Antes, porém, que parassem diante do portão de casa, viram uma azáfama de carros, de curiosos e de luzes na esquina oposta. Havia inclusive uma ambulância do Corpo de Bombeiros e uma viatura da Polícia Militar.

— O que será que aconteceu? — indagou Luciana, apreensiva.

— Parece que tem dois carros batidos — disse o doutor, esticando o pescoço. — Vamos entrar primeiro — acrescentou, abrindo o portão eletrônico.

E depois de saírem do carro:

— Vê se tá tudo bem com a Elisa, Lu. Vou lá na polícia perguntar o que aconteceu.

Luciana entrou em casa e o doutor desceu a rua em direção ao acidente automobilístico.

* * *

Quinze minutos mais tarde, Luciana estava na sala com a filha, que assistia às cenas finais de um filme na Netflix, quando o doutor abriu a porta da frente: estava cabisbaixo, com um ar de completa desolação. Luciana se assustou:

— O que foi, João?

O doutor a fitou com olhos cansados:

— O Francisco tentou se matar.

— O quê?! — disseram as duas simultaneamente.

— O bêbado? — acrescentou a filha.

— Nosso vizinho, Elisa — retrucou o doutor.

— Nosso vizinho bêbado, né? — devolveu a adolescente.

— É, Elisa, é! — anuiu Luciana, contrariada. E ela, que já estava de shortinho e camiseta, cruzou as pernas sobre o sofá: — E todos aqueles carros, amor?

— Ele se jogou na frente de uma van que entrou na rua a toda. Um outro carro bateu atrás dela.

— Não foi acidente? Vai que ele só queria atravessar a rua...

O doutor suspirou, arqueando as sobrancelhas:

— A mãe dele quer acreditar nisso. Mas ela me contou que ele tinha acabado de sair de casa dizendo que iria "caçar um lobo".

— Um lobo?! Como assim, João?

— Ah, meu amor... Coincidências... coincidências...

— Será que ele escapa?

— Não sei. Está inconsciente, a cabeça meio aberta. Já foi levado pela ambulância.

— Credo! — exclamou Elisa. — Por que vocês estão com essas caras? É triste, muito triste, mas todo mundo já sabia que isso ia acabar acontecendo.

Luciana olhou para o marido e percebeu que ele estava ainda mais tocado do que transparecia. E ela então voltou-se para a filha:

— Elisa, a compaixão, o amor pelo próximo, caso você não feche seu coração numa redoma, aumentam com o tempo, viu?

— O amor pelo próximo pega no tranco — rematou o doutor, introspectivo. — É uma graça. Aja como se amasse, e um dia o amor vai aparecer. E, principalmente, não faça o que eu fiz hoje à tarde: na hora H, não troque a caridade por papo-cabeça sobre o amor.

A filha sorriu com uma expressão simultaneamente risonha e pensativa, como se dissesse: "Tá bom, galera, já entendi." E, não sem certa ironia, acrescentou:

— Então a gente pode treinar esse amor com o seu Brito aí do lado. Ele jogou um copo de vidro cheio de cinza de cigarro e cerveja choca na nossa área de serviço! Tem caco de vidro pra tudo quanto é lado... Acho que ele tava fumando no quintal e a dona Sílvia já ia pegando ele no flagra. Que raiva! Sujou algumas roupas lá no varal. Minha blusa branca já era.

— Ai, ai... — resmungou Luciana, resignada. E, já de pé, dirigiu-se para os fundos da casa.

O doutor Pinto, entrementes, e sem nada comentar a respeito desse novo incidente, desabotoou o paletó e o colocou no espaldar de uma cadeira. Em seguida desafivelou o coldre e depositou a pistola Glock 42 sobre a mesa.

— Nossa, pai, você sai armado até pra ir jantar com seus amigos?

— Claro, meu bem — respondeu ele, sorrindo tristemente. — Este mundo é uma selva.

A Satoshi o que é de Satoshi (somente para nerds e geeks)

Naquele dia, o doutor João Pinto Grande permaneceu apenas três horas no escritório. Logo de manhã, sua secretária, que conhecia bem a inaptidão do patrão para com aplicativos de agenda, voltou a lembrá-lo, quando da sua chegada, de que tinha um almoço marcado para as 12h30 com um velho amigo, o odontólogo aposentado Márcio Barros. O doutor, pois, reuniu-se com Paulo César, seu jovem sócio, e passou as horas seguintes orientando-o sobre dois diferentes processos em andamento. Discutiram vários pontos e, por fim, decidiram quais seriam os próximos passos. Por volta das 11h40, o doutor já estava a caminho do almoço. Chegar ao bairro do Paraíso, àquela hora do dia, e a partir de Santo Amaro, era um desses desafios que só o trânsito intenso e caótico de São Paulo podia proporcionar.

— Ô, seu velho idiota! Espera sua vez, meu!

O doutor, apesar de jamais ter batido o carro — nunca se arriscava além do sensato —, dirigia da mesma forma arrojada de sempre, mas continuava se impressionando com as ofensas daqueles que têm seus instintos mais primitivos despertos em meio ao tráfego. Desta vez, foi o epíteto "velho" que colocou sua cabeça à roda. Quando criança, realmente sentia-se um velho, pois jamais conseguia entender o comportamento errático das demais crianças. Sempre foi do tipo que pensa três vezes antes de agir, que lê todo o manual antes de utilizar qualquer artefato. E agora, justamente no trânsito, único ambiente no qual não agia senão por instinto, não como um imprudente Neandertal, mas como uma criança resoluta — há muito percebera que, nesse ambiente dinâmico, o faro bem temperado apresenta soluções melhores do que as da razão —, agora era chamado de "velho". O que dizer? De fato, seus cabelos grisalhos já denunciavam que estava além do meio século de idade. Quanto ao "idiota"... ora, pensava ele, quem não é, no sentido grego do termo, um idiota no trânsito? Claro, pois quem não é motorista de ônibus, de táxi ou de Uber, isto é, um motorista com uma função pública, é sempre necessariamente um "motorista idiota", um motorista privado, solitário em seu veículo e em seus pensamentos. Sim, o doutor estava sempre inventando razões para relevar a grosseria do próximo.

— Ai, ai... — e suspirava, ignorando provocações.

Uma hora mais tarde, ao chegar à rua Abílio Soares, o doutor teve a sorte de se deparar com uma vaga recém-liberada, na qual logo estacionou o Siena. Na calçada ao lado, sob um toldo, havia uma mesa comprida com alguns voluntários a solicitar doações para um orfanato da periferia. Doutor Pinto abriu a carteira e notou que não trazia notas, moedas ou cheques, mas apenas um cartão de crédito e outro de débito. Desculpou-se e anotou o telefone do orfanato, prometendo procurá-los noutra ocasião. Fazia muito calor, e permanecer sob o sol, de paletó e gravata, só poderia resultar em desidratação e suplício. Já que raramente andava armado durante o dia, simplesmente retirou o paletó, pendurou-o no antebraço esquerdo e caminhou até a pizzaria sugerida pelo amigo, onde escolheu uma mesa da qual poderia observar a rua. Imaginando que a conversa vindoura, com todas as suas recordações, novidades e discussões políticas a serem engendradas, haveria de se estender, pediu um chope: sexta-feira, sol de rachar o chão, expediente cancelado... por que não? Como em qualquer restaurante que se preze, a bebida veio rapidamente: sim, para os restaurantes e bares, não há nada melhor do que a carteira de um freguês alcoolizado.

Copo à mão, olhando em torno, o doutor Pinto notou que chegara na hora certa: agora o restaurante já se ia entupindo de gente, minimizando as opções de boas mesas. O aroma diferenciado das pizzas já se espalhava, o rumor de vozes descontraídas, casuais e desencontradas já se erguia, indicando que o estabelecimento certamente possuía fregueses fiéis e satisfeitos. Na mesa ao lado, um casal visivelmente apaixonado ria de alguma coisa que a moça indicava na tela do celular. Atrás do doutor, numa mesa vazia quando de sua chegada, havia agora um sujeito de traços orientais que falava fluentemente em inglês ao telefone. Na mesa em frente, um grupo criticava a manifestação política do dia anterior, na qual radicais de esquerda haviam depredado prédios comerciais e bancos da avenida Paulista. "O Brasil está flertando com a guerra civil!", insistia um deles. O doutor então checou o relógio de pulso: 12h35.

— Doutor Grande! — disse Márcio Barros, tocando-lhe de súbito o ombro. — Você deve ser a última pessoa do mundo a não ver a hora no celular.

— Barros, querido amigo, como vão as coisas? — tornou o doutor, levantando-se e apertando-lhe a mão.

Diante daquela pergunta tão casual, o outro desfez o sorriso, franziu os lábios, baixou os olhos e, após dar a volta à mesa, desabou o corpanzil na cadeira oposta.

— Uai, quando liguei pra você, um mês atrás, tava tudo ótimo. Mas aí, uma semana depois, bem antes de vir pra São Paulo, recebi uma notícia muito, muito ruim. Queria até pedir seu conselho, João, talvez sua ajuda, seus serviços.

— Se eu puder ajudá-lo, conte comigo — disse o doutor, que voltara a sentar-se. E só então notou a camisa respingada e os cabelos molhados do amigo. — E esse cabelo? Estava chovendo perto do hotel?

— Ah, nada disso. Não tô em nenhum hotel. É que perdi a hora e tive de tomar um banho rápido. Acabei de sair da sauna do clube do Círculo Militar. Ainda continuo sócio, minha filha mora aqui perto.

— Não sabia que você era militar.

— Não sou, não sou. Mas o clube foi fundado por civis também, não apenas pelos veteranos da Segunda Guerra. Enfim, não aceita somente militares. E, anos atrás, depois de certas dificuldades financeiras, começou a aceitar novos sócios civis. Foi só aí que me associei, né? Não sou tão velho assim, não lutei contra Hitler... — e sorriu.

— Entendi. Um clube praticamente ao lado do parque do Ibirapuera... Até eu me interessei agora.

— Uai, João. Se quiser, posso te vender meu título. Quase não venho mais pra cá e tô realmente precisando do dinheiro.

— Obrigado! Seria muito bom — e o doutor, sem poder disfarçar totalmente sua estranheza diante daquela confissão de necessidade financeira, forçou um sorriso. Ora, Márcio sempre fora um de seus amigos mais prósperos! E então, contraindo a fronte, acrescentou: — Mas vá, me conte o que está acontecendo.

— Ah, sim — disse Márcio, mimetizando o semblante do amigo. — É uma pena estragar nosso almoço com essa história, mas... o que eu posso fazer? Tem a ver com meu filho, e filhos, você sabe, a gente não tem como ignorar.

— Claro que não. A não ser que o sujeito seja um mau pai...

— Pois é. Há muitos pais terríveis. Eu, por exemplo, posso ter pecado por excesso de cuidados, de agrados, jamais por indiferença. Com minha filha deu certo. Mas com meu filho... A gente vai tolerando, tolerando, e o desgramado vai aumentando a dose da travessura. Da travessura, não: da sacanagem mesmo.

— O que aconteceu com seu filho? Não me diga que está vendendo os quadros que costumava falsificar...

— Não, não. Antes fosse — e, olhando em torno, envergonhado, Barros sussurrou: — O Tiago foi preso por tráfico de drogas, rapaz!

— O quê?! Tráfico? — tornou o doutor, no mesmo tom e volume, de olhos arregalados. — Mas, Barros... imagino que ele seja apenas um usuário, não?

— Ah, João... Não sei como vai ser a coisa. Porque é possível que até a Interpol se meta na barafunda. É, tinha maconha com ele na ocasião. Mas ele tava era vendendo cogumelos alucinógenos na Dark Web.

O doutor coçou a cabeça:

— Meu Deus, lá vem o mundo tecnológico atrapalhar minha compreensão. Que diabos é Dark Web, Barros? Um site?

— Faz quinze dias que eu e minha filha pesquisamos sem parar a dita cuja. A gente já leu mil artigos diferentes a respeito. A Dark Web é como a internet, mas funciona de outra maneira. Os sites e usuários permanecem sempre anônimos, você nunca sabe a localização real de nada, de ninguém. Mas a coisa toda tá tão além do meu conhecimento técnico que não ia saber te explicar com minúcias. Só sei que não tem jeito de rastrear nem os usuários nem os proprietários dos sites e das lojas.

— E como então seu filho foi descoberto?

— Numa agência dos Correios, por puro acaso. A polícia tava atrás de um traficante de maconha e cocaína que agia nacionalmente e esbarrou no Tiago, que vendia pro exterior. Já a maconha dele era pra consumo próprio. Mas quem disse que a polícia vai cair nessa?

— Tem certeza que era pra consumo?

— Sim, sim. Eu já desconfiava disso, né? E ele não tinha mais que um punhado com ele e outro em casa. Vendia mesmo era cogumelos. Ele achava que cogumelos secos iam passar despercebidos. E, rapaz, tavam passando mesmo! Ele nunca despachava esses trens na mesma agência. Viajava até outras cidades com esse intuito. Mas acabou despachando várias vezes de Campinas também, onde a namorada dele mora, e onde a polícia andava investigando. E lá, num mesmo dia, com diferença de minutos, ele se serviu de diferentes agências. Parece que foi isso que chamou a atenção dos investigadores: ele aparecia em várias imagens das câmeras de segurança dessas agências. Tudo gravado numa única tarde! Quando voltou a uma dessas agências em outra oportunidade... pimba! Tava com vários pacotes já endereçados pra dezenas de pessoas do mundo todo.

— Entendi.

— Eu acreditava que ele tava prosperando graças às telas e às esculturas dele. Na verdade, a arte dele era apenas uma forma de lavar o dinheiro.

— Caramba, que coisa...

— Pois é, meu amigo. E eu nem sabia que esses cogumelos de fazenda eram droga. Quer dizer, já tinha ouvido falar, mas não sabia que vendiam isso.

— Bom, segundo a legislação, não são droga — comentou o doutor. — Mas a substância contida neles, a psilocibina, essa é. Apenas ela é legalmente proibida. Se o cogumelo fosse proibido, todos os fazendeiros do país iriam para a cadeia, já que o fungo nasce espontaneamente nas fezes do gado. Meu sócio entende bastante dessa legislação. O problema ficará grande mesmo se houver alguma investigação no exterior. Aí, meu caro...

O garçom voltou, pediu licença e anotou os pedidos: uma pizza de pepperoni grande e mais dois chopes. Márcio Barros, assim que o homem se despachou, retomou a palavra:

— Mas, se o cogumelo mesmo não é proibido, a gente não podia alegar que não se trata de tráfico?

— Bem — começou o doutor, ajustando os óculos no rosto —, não é bem assim. Ainda mais com a maconha no meio da história toda... No Brasil, é uma coisa, no exterior, outra. Aqui, vai depender do juiz. E atualmente os juízes não estão dando moleza a ninguém. E, afinal, segundo você acaba de me dizer, ele estava realmente traficando, não estava? Como é esse local, ou site, sei lá... Como é o lugar onde ele vendia?

— São quatro ou cinco sites diferentes de venda de armas, drogas, falsificações, serviços prestados por hackers... AlphaBay, TradeRoute... bom, só me lembro desses dois agora.

— E a polícia já sabe disso?

— Sim, os agentes apreenderam os dois computadores dele. Os links tavam nos favoritos dum navegador especial pra Dark Web... Como era? Acho que Tor. Um trem assim, se não me engano. E ele tinha planilhas do Excel com quase toda a contabilidade das vendas. O Tiago nunca foi muito organizado, sabe. E ele recebia os pagamentos em bitcoins.

— Bitcoins?

— Uma moeda digital. Por recomendação dele, eu mesmo já vinha comprando bitcoins como forma de investimento. Mas já criei antipatia pela coisa.

— Mais essa!... Moeda digital?

— É. Ela permite negociações quase anônimas, sem intermediários. Quer dizer... nada de bancos, nada de cartões de crédito, nada de ordens de pagamento... Depois, em sites especializados, ele trocava essa moeda por reais. O problema é que, assim que a polícia descobriu os endereços dos bitcoins dele, das carteiras online, levantou o montante movimentado. Até eu me assustei.

— Quanto?

— Ele faturava, em média, de 6 a 8 mil dólares por mês com apenas um quilo! E na época das chuvas ele conseguia armazenar uns dez quilos de cogumelos secos! Em apenas três ou quatro meses, garantia todo o ano.

— Há quanto tempo ele vinha fazendo isso?

— Ele me disse que já fazia quase três anos.

O garçom, aprumado e lépido como um maratonista, trouxe os chopes, e os dois amigos ficaram alguns segundos em silêncio, aplacando o forte calor com a bebida. Os ventiladores do teto, silenciosos e lentos, não pareciam arrefecer nem um pouco o ambiente. Lá fora, não havia nenhum vento para agitar as árvores da rua.

— O advogado que arranjamos — prosseguiu Barros — quer que aleguemos uso religioso do cogumelo, mas... achei essa ideia muito ruim. É um advogado caro, muito bem recomendado. Mas, poxa vida, não há nada de religioso naqueles sites! Não se trata de... como chama?... — e franziu a testa, concentrado. — Sim, ayahuasca! Essa tem permissão pra ser usada.

— Verdade. Pelo que entendi, não há como saber quem está comprando. Logo, seu filho não é um fornecedor oficial de uma associação religiosa legalizada. O comprador pode ser apenas um maluco isolado.

— Exato. Não dá pra saber se o comprador é um maluco independente ou então um maluco de uma associação maluca legalizada.

O doutor sorriu e o amigo respondeu com um gesto de desânimo.

— E, Barros, você sabe onde ele arranjava os cogumelos? Era cultivo próprio?

— Tava se preparando pra fazer isso, segundo entendi. Tinha lá uma espécie de estufa preparada. Lembra daquele sítio que comprei perto de Pouso Alegre assim que me mudei de volta pra Minas?

— Lembro de você me falar a respeito.

— Pois então: eu e a Sara não aguentamos morar lá por muito tempo e voltamos pra Pouso. Somos muito urbanos, não sabemos criar bicho algum, nem cultivar nada. Nossa mineirice se resume em falar trem, uai, nóis vai, nóis fica. O sítio tava parecendo um enorme terreno baldio. Eu ia vendê-lo, mas o Tiago, que vinha pelejando anos a fio pra se manter como artista plástico, pediu permissão pra morar lá. O sítio acabou se transformando no ateliê dele... — e Barros suspirou. — Ah, João, você não imagina como é difícil ter um filho artista... É quase como ter um filho autista — e em seguida sorriu, melancólico. — Não adianta tentar roubá-lo da própria vocação, do seu mundo particular. Mas... caramba, eu não esperava que as coisas chegassem a esse ponto! — e abriu os braços, uma expressão dolorida nos olhos. — O problema todo foi ele ter se apaixonado por uma moça, essa de Campinas, dezesseis anos mais nova. Luísa o nome dela, uma estudante de Ciências da Computação. Muito bonita a menina, mas... com uma cara de malandra! Antes do Tiago, a danada chegou a namorar um professor da faculdade, imagine. Um ano atrás, ela contou pra minha filha, como quem exibe uma grande façanha, que chegou a ameaçar esse professor, dizendo a ele que o denunciaria à Unicamp se ele não lhe desse alguma nota lá... Parece que namoraram quando ela era uma caloura menor de idade e que ela não foi nem a primeira nem a última!

— Entendi.

— E o pior é que a besta do meu filho cismou que essa sirigaita (ou, como dizem hoje, essa periguete) é a alma gêmea dele! Meu Deus... Alma gêmea! Esses artistas... — e voltou a suspirar, sacudindo negativamente a cabeça. — E por isso o Tiago decidiu ganhar dinheiro a qualquer custo, já que queria se casar e os pais dela não viam com bons olhos a carreira vacilante dele. Imagine: quando se conheceram, três anos atrás, ele já tinha 35 anos, e ela, apenas 19.

— Não posso dizer nada: é exatamente a diferença de idade entre mim e Luciana.

— Sério?

— Sério.

— Rapaz... Não sabia disso. Bom, sou bem mais velho do que você, já tô quase nos setenta. Quando conheci sua mulher, não fiquei reparando nessas coisas. E você, apesar de grisalho, aparenta menos idade do que tem.

O doutor sorriu, um tanto embaraçado:

— Mas continue, Barros. Você disse que ele ainda não cultivava.

— Não, ainda não. Na época das chuvas, no verão, o Tiago saía de bicicleta todos os dias de manhã pelas estradas de terra da região e, parando aqui e ali, ia se metendo nos pastos vizinhos e colhendo cogumelos. Às vezes não encontrava quase nada, às vezes voltava com uma mochila grande cheia. Há várias fazendas de gado perto do nosso sítio. É boi que não acaba mais, João!

— Imagino.

— Quando chovia muito, ele intensificava o trabalho, chegando a acumular vários quilos, o suficiente pra se manter todo o ano. Uns poucos gramas já valiam centenas de dólares. Pra ser mais exato: 120 dólares por onça. Uma onça é pouco mais de 28 gramas.

— Parece pouco provável juntar tudo isso sozinho. Ele não tinha parceiros?

— Uai, às vezes a noiva ajudava ele.

— Entendi. A alma *algema*...

— Isso. Bem isso.

— Ela também foi presa?

— Não. A polícia pensa que ele agiu sozinho. Ela é literalmente uma chave de cadeia.

Uma gargalhada coletiva veio da mesa que antes falava dos protestos na avenida Paulista. Ao mesmo tempo, o garçom chegou com a pizza de pepperoni e passou a servi-los com eficiência, polidez e presteza. Márcio Barros o observava com certa admiração, o que fez o doutor Pinto imaginar que ou não havia garçons como aquele em Pouso Alegre ou então não havia pizzas gigantes como aquela por lá.

— Então você acha que seu advogado não vai indo muito bem — comentou o doutor Pinto, assim que o garçom se despachou.

— Pra ser sincero, não sei — respondeu o odontólogo, tomando os talheres. — Gostaria que você falasse com o doutor Pena. O sujeitinho tá é me arrancando o couro com o tanto de dinheiro que me pede! E, pra piorar, tudo isso aconteceu logo depois de um revés financeiro dos diabos: investi tudo o que tinha poupado na vida em ações da Petrobras! Acredita?... — e suspirou profundamente, chiando como um pneu furado. — Com essa roubalheira do PT, ano passado as ações caíram e, no desespero, vendi tudo por quase nada. Caí no conto do pré-sal... Que idiota! Acho que vou ter de vender o sítio, mas, por enquanto, a Justiça tá com as garras nele, por causa da investigação. Não sei de onde tirar mais nenhum trocado. Minha aposentadoria só dá pra viver.

— Nossa, Barros, não sabia que a coisa estava feia assim.

— Pois é. Por isso não sei se o Tiago escapa dessa.

— Bom, com tantas evidências, o melhor é ele assumir a culpa. Se ele não tiver antecedentes...

— Não tem — atalhou o outro.

— ...se não tiver, e calhar de ser julgado por um juiz mais arrazoado — continuou o doutor —, pode até receber uma pena leve. Você entende, né: nas circunstâncias, declarar-se um mero usuário de drogas não vai colar.

— Mas você podia inventar alguma desculpa, alguma coisa pra ele alegar, né? Tráfico? Não, não... Isso é terrível! Por favor, faz alguma coisa, João. Sim? Qualquer mentira serve.

O doutor não se alterou e terminou de mastigar o naco de pizza que havia colocado na boca. Então o engoliu e encarou o interlocutor:

— Barros, meu amigo... Você não deve ter reparado no meu carro, não me viu chegar. É um Siena de seis anos de idade. O carro da minha mulher já tem cinco anos. Nós moramos numa casa geminada de três quartos, sem nenhuma suíte, em Santo Amaro. Não temos outros imóveis. Sabe por quê?

— Não sei aonde quer chegar, João.

— Sabe por quê? — insistiu.

— Uai, não sei. Por quê?

— Porque meu papel sempre foi buscar o resultado mais justo para os meus casos. Se um cliente é culpado, eu insisto para que ele assuma a culpa e para que, juntos, consigamos o melhor veredito nos tribunais. Às vezes o cliente é culpado e mente para mim, seu próprio advogado. Ao contrário de outros, que se deixam convencer por interesse próprio, não engulo essas coisas. Aliás, eu até tentei estudar certas técnicas para detectar essas mentiras: PNL, SCAN, leitura corporal, microexpressões... — e o doutor piscou um olho. — Mas foi difícil, não consegui memorizar tanta informação. Até pseudomendigos ainda me enganam: dizem que estão com fome e eu acredito... mas a fome não é de comida, e sim de drogas... Isso acontece muito. Meias-verdades, entende? Difícil detectá-las. Mas sei que, com alguma prática e estudo, essas técnicas ajudam muita gente. Claro, no fundo nem é preciso tornar-se um especialista em nada disso. São apenas acessórios. Porque a melhor técnica, confesso, ainda é: ser sempre sincero, pois a sinceridade confunde os mentirosos... — e o doutor pegou o azeite para temperar a pizza. — Assim, quando finalmente demonstro ao cliente que noto suas mentiras, e caso ele ainda me queira como seu advogado e me confesse tudo, tratamos de procurar um resultado justo, sem esconder a verdade da Justiça. Eu não invento nada, não crio subterfúgios, estratagemas, provas falsas, não suborno testemunhas, enfim, nenhuma dessas tretas. Não trapaceio, percebe? Mas não quero dizer que eu seja um legalista. Defendo muita gente contra leis abusivas, contra leis injustas. Você sabe: nossos legisladores são, em sua maioria, um bando de ignorantes. O problema é que, num mundo como o nosso, é claro que um advogado do meu tipo não ganhará tanto dinheiro quanto os advogados pilantras! Entende? Os piores rábulas, vale lembrar, vivem em Brasília. Eles sabem que tubarões políticos proporcionam maiores rendimentos... — e o doutor sorriu, cheio de bonomia. — Mas esses advogados são pessoas com uma visão curta da existência humana: para eles, a morte do corpo coincide com o fim da vida! Por mais que compareçam a missas e cultos, para eles tudo não passa de fachada, não creem ou, pelo menos, não entendem o alcance desse fato: a imortalidade da alma. Você deve conhecer a famosa declaração de Ivan Karamázov: "Se Deus não existe *e a alma é mortal*, tudo é permitido."

— Já ouvi isso. Mas não li o livro. Pra ser sincero, nem sei que livro é esse.

— *Os irmãos Karamázov*, de Dostoiévski. Mas essa citação é uma paráfrase. Tenho uma foto da página no meu celular — e, tomando o celular, o doutor, não sem certa dificuldade, procurou pela imagem no aplicativo de galeria. Por fim, sorrindo de embaraço, e quase um minuto depois, a encontrou: — Ouça o que realmente está escrito: "ele (Ivan) declarou em tom solene que em toda a face da terra não existe absolutamente nada que obrigue os homens a amarem seus semelhantes, que essa lei da natureza, que reza que o homem ame a humanidade, não existe em absoluto e que, se até hoje existiu o amor na Terra, este não se deveu à lei natural mas tão só ao fato de que os homens acreditavam na própria imortalidade. Ivan Fiodorovitch acrescentou, entre parênteses, que é nisso que consiste toda a lei natural, de sorte que, destruindo-se nos homens a fé em sua imortalidade, neles se exaure de imediato não só o amor como também toda e qualquer força para que continue a vida no mundo. E mais: então não haverá mais nada amoral, tudo será permitido, até a antropofagia. Mas isso ainda é pouco, ele concluiu, afirmando que, para cada indivíduo particular, por exemplo, como nós aqui, que não acredita em Deus nem na própria imortalidade, a lei moral da natureza deve ser imediatamente convertida no oposto total da lei religiosa anterior, e que o egoísmo, chegando até ao crime, não só deve ser permitido ao homem mas até mesmo reconhecido como a saída indispensável, a mais racional e quase a mais nobre para a situação."* — E o doutor Pinto encarou o amigo: — Advoga-

* Fiódor Dostoiévski. *Os irmãos Karamázov*. 3. ed. Tradução de Paulo Bezerra. São Paulo: Editora 34, 2012.

dos que apoiam o falso testemunho — prosseguiu ele —, isto é, que violam um dos mandamentos do Decálogo, são seguidores de Ivan Karamázov. Eu não o sou, durmo à noite como um anjo. Não ganho muito, mas tampouco tenho dívidas impagáveis e muito menos passo fome ou grandes necessidades. Minha vida é boa, honesta e razoavelmente confortável. Percebe?

— Sim, acho que sim — respondeu Barros, pensativo. — Me desculpa, João. Mas é que pelos filhos a gente começa a perder as estribeiras...

O doutor estendeu a mão e o tocou no braço esquerdo:

— Eu o entendo perfeitamente, meu amigo. Por isso digo para não se preocupar. Não sou um criminalista, mas vou conversar com seu advogado, acompanhar o caso.

— Vamo ver, vamo ver. Espero que dê certo... — e, após alguns segundos de silêncio, aproveitados pelo doutor para observar o quanto as caretas mudas do amigo denunciavam uma mente tumultuada, Barros fez um muxoxo. — Diacho! Se o Tiago não tivesse descoberto essa Dark Web e esse tal de Bitcoin, tudo seria diferente agora.

— Será?

— Claro! Meu filho é paranoico demais, não ia se arriscar com outro sistema. Jamais seria um traficante comum. No caso dele, aquele ditado, "a ocasião faz o ladrão", cai como uma luva. Uai, ele nunca tinha cometido crime algum! Tá, fumava maconha. Mas nunca vendeu! E ele leva a pintura dele a sério. O que você chamou de falsificações na verdade são cópias, com a assinatura dele mesmo. Ele nunca vende esses quadros: ele presenteia os amigos. Só vende os dele.

— Entendo.

— Acho que nem infrações de trânsito o moleque tem! — prosseguiu Barros, esquecendo-se de que o filho já beirava os quarenta. — Nem sequer atravessa a rua fora da faixa de pedestres! Chega a me irritar com isso... Enfim, João: foi o suposto anonimato da coisa toda que o atraiu. Ele mesmo me confessou isso. E acredito no rapaz.

— Ele temia o Big Brother, mas não o Big Father...

— Segundo vejo agora — continuou Barros, sem dar atenção àquele aparte —, e ao contrário do que acreditei até recentemente, esse Bitcoin só deve ter mesmo essa função: ser dinheiro de criminosos! As transações são anônimas, ocultas. Esta semana dei uma olhada e já não tenho sequer 2 mil reais em bitcoins. Não tinha muito, mas gastei quase tudo com o advogado e com as burocracias da Justiça. Vou me livrar o mais rápido possível do restante. Nem como investimento essa coisa serve: muito volátil! Pelo jeito, deve ser mesmo apenas dinheiro de bandidos.

— Com licença — disse uma voz, às costas do doutor Pinto, com forte sotaque estrangeiro. — Os senhores me desculpem, mas isso não é verdade!

O doutor olhou para trás e Barros inclinou a cabeça para observar melhor o intrometido: era o homem de traços orientais que, antes da chegada do odontólogo, conversava ao celular.

— O senhor está falando conosco? — indagou o doutor, com certa simpatia na voz, que, no entanto, não escondia um tom de censura.

— Sim, estou — respondeu, com provável sotaque norte-americano. — O senhor me desculpe. É que entendo bastante de bitcoins, de criptomoedas. Trabalho com criptografia e programação. Desculpe ter ouvido parte da sua conversa. O nome "Bitcoin" chamou minha atenção. Se vocês quiserem, posso esclarecer qualquer dúvida a respeito.

O doutor sorriu:

— Fico muito agradecido, meu caro. Mas meu amigo está passando por um momento difícil e eu não queria...

— Verdade. Não quero mais falar dessas coisas — atalhou-o Barros, impaciente. — Nem de polícia, nem de Justiça e muito menos de Bitcoin.

— Mas... e se o que eu tiver a dizer for algo que ajude seu filho? — e o estrangeiro sorriu. — Desculpe, mas a verdade é que ouvi quase toda a sua conversa.

O doutor sacudiu a cabeça:

— O senhor está sendo atrevido, não devia...

— Pera, João — interrompeu-o Barros. — Como assim ajudar meu filho?

— O senhor não disse que precisa de dinheiro para pagar seu advogado? Que talvez tenha de vender um sítio?

— Falei. E o senhor não tem nada que se meter nisso!

— Claro que não tenho. Mas, se me permitir, provarei que o senhor poderá salvar seu filho usando bitcoins. Não é dinheiro de bandidos.

Os dois velhos amigos se entreolharam em silêncio. O doutor, que nada entendia de moeda digital, não tinha ideia se aquela declaração fazia ou não sentido. Mas, notando o fio de esperança esboçado no rosto do velho Barros, sorriu e moveu as sobrancelhas como quem diz: o que temos a perder?

— Humm. Seria ótimo descobrir que estou errado... — resmungou finalmente o odontólogo, cujo sorriso forçado contrastava com uma expressão pesarosa. — Eu não encarava o Bitcoin como dinheiro de criminosos, mas aí... — e olhou para o doutor: — Você sabe: meu filho! — e emitiu um longo suspiro. E para o estrangeiro: — Você tá sozinho, né? Não quer se sentar com a gente?

— Claro — respondeu o sujeito, levantando-se e pegando na cadeira ao lado uma mochila de couro. Era de estatura mediana, magro, usava óculos de lentes grossas e aparentava ter por volta de quarenta anos de idade. Em seus traços notava-se nitidamente sua ascendência oriental, mas percebia-se também tratar-se de um mestiço. Trajava uma camisa branca abotoada até o penúltimo botão e calças jeans surradas. Calçava um par de tênis Nike com a sola impoluta, como se tivesse acabado de comprá-lo.

— O senhor já almoçou? — perguntou então o doutor, adaptando-se o melhor possível à situação. — Senhor...?

— John. John Nakamoto — e apertou consecutivamente as mãos dos outros dois. — Não almocei ainda. Tinha um encontro aqui, mas foi cancelado agora mesmo. O trânsito, vocês sabem.

— Almoce então conosco, John. Fique à vontade. Somos xarás.

— Xará? Não me lembro o que é xará — replicou, sentando-se.

— *Namesake* — respondeu o doutor, sorrindo. — Temos o mesmo nome próprio. Eu me chamo João. João Pinto Grande. E esse, como você já deve ter averiguado durante sua missão de espionagem, é meu amigo Márcio Barros.

— Muito prazer.

Barros apoiou os cotovelos na mesa:

— O senhor também é xará do misterioso criador do Bitcoin, não é? Do... Satoro Nakamoto?

O outro abriu um largo sorriso:

— Na verdade, é Satoshi Nakamoto.

— Ah, é, tem razão: Satoshi. Só que, pelo que li, ninguém sabe quem é esse homem. Nem deve ser seu nome verdadeiro.

O doutor fez uma careta:

— É sério isso? Ninguém sabe quem inventou o Bitcoin?

— E você por acaso sabe quem inventou a televisão? — perguntou Barros, subitamente aborrecido.

— Não, meu amigo — tornou o doutor, divertido. — Sua pergunta não deixa de ser um argumento. Mas tenho certeza de que dá para descobrir isso pelo Google em vinte segundos.

— Foi Philo Farms...

— Tá, é verdade — replicou Barros, interrompendo John Nakamoto e dirigindo-se ao doutor. — Mas é que estão tentando descobrir quem inventou o Bitcoin há quase dez anos e ninguém descobre. E o nosso espião aqui tem o mesmo sobrenome dele.

John, todo sorridente, não parecia constrangido com as repetidas acusações de bisbilhotice:

— É um ótimo sobrenome para um apóstolo do Bitcoin, não acha? — disse. — Ele me abre muitas portas. É como ser um físico e ter o sobrenome Einstein. Mas, como costumo dizer, sou Satoshi apenas em sonhos...

— O senhor fala muito bem o português — comentou o doutor, cismado.

— Por favor, me chame apenas de John — e, inquieto, começou a tamborilar a mesa. — É que passei dois anos da minha adolescência aqui no Brasil. Meu pai era um executivo da Sony. Tempos atrás, passei outro ano em Portugal, onde estudei melhor a língua. Já estou de volta ao Brasil há mais de um ano.

— Um homem viajado.

— Você é japonês?

— Meu pai é japonês e minha mãe, americana. Nasci no Japão e cresci nos Estados Unidos, em Washington. Mas, nos últimos quinze anos, já morei em seis países: Hungria, Inglaterra, Japão, Finlândia e assim por diante. E, fora esses, viajei por outros doze. Quanto mais idiomas a gente aprende, mais fácil se torna aprender um novo. E como para meu trabalho só necessito de um laptop e de uma conexão wi-fi, não preciso me prender a nenhum lugar. É muito gratificante conhecer novas culturas, outras línguas...

O doutor fez um sinal para o garçom e, como a pizza grande na verdade era enorme, pediu apenas mais um prato. John Nakamoto perguntou se serviam cerveja India Pale Ale e o garçom lhe indicou no cardápio uma cerveja artesanal que correspondia ao seu desejo. Pedidos anotados, o eficiente empregado se pôs em movimento.

— Então, John... — começou Barros. — Faça o favor de me convencer de que o Bitcoin não é dinheiro de bandido. Ou melhor: me convença de que não é um esquema de pirâmide. Foi isso o que você quis dizer quando falou que posso ajudar meu filho com bitcoins? Através de alguma trambicagem?

— Não é dinheiro de uso exclusivo de bandidos e muito menos uma pirâmide.

— Tá certo. Mas por que não?

— Bom... — começou ele, entrelaçando os dedos das mãos. — Não é uma pirâmide, quer dizer, um esquema Ponzi, por várias razões. Em primeiro lugar, não tendo o Bitcoin um controle central, não há quem possa direcionar novos aportes financeiros para o topo de nenhuma pirâmide, e o algoritmo da moeda não faz tal coisa; em segundo lugar, por mais que o entusiasmo dos usuários do Bitcoin os leve a divulgá-lo entre os amigos (todos querem disseminar a boa-nova econômica!), a moeda não necessita de novos participantes para continuar funcionando perfeitamente; em terceiro, que é correlato ao segundo ponto, o Bitcoin continuará tendo valor ainda que, além dos atuais usuários, ninguém mais queira usá-lo; em quarto lugar, o Bitcoin não paga dividendos aos usuários, pois não é um título ou uma ação, ele apenas tem valor em si mesmo, um valor que flutua segundo as velhas leis do mercado.

Barros não parecia convencido:

— Mas por que então essa ânsia de comprar bitcoins esperando que valorizem com o tempo? Eu mesmo só fazia isso, mas sempre desconfiando de que a pirâmide ia desabar.

— Isso é apenas a boa e velha especulação! — e John sorriu, provavelmente por conhecer a má fama do termo "especulação". — Todo mundo especula quando se trata de mercado. Se alguém lhe diz que é melhor vender um terreno apenas no próximo ano, pois um novo shopping center será inaugurado na vizinhança, o que então valorizará a região, do que estamos falando? De especulação! Especular é apenas encontrar o momento certo para se fazer um negócio. Ninguém quer perder dinheiro. Já uma eventual desvalorização do Bitcoin não implica o desabamento de nenhuma pirâmide. É apenas a flutuação do câmbio em função da maior ou menor procura.

— Hum.

— Mas tem uma coisa: apesar dos especuladores, o Bitcoin não foi criado para ser um tipo de investimento; foi criado para ser a moeda perfeita! A lei do mercado sempre foi essa e sempre será: o preço de qualquer coisa depende da relação entre oferta e demanda. O aumento da oferta de qualquer produto ou serviço sempre derruba o seu preço. Por que uma mercadoria que não seja rara, que seja fácil de ser encontrada, seria cara? Se um sujeito está cobrando muito por uma água de coco nesta esquina, é possível que na outra esquina haja outro vendedor que a ofereça mais barato. Se os cocos têm a mesma qualidade, por que pagar mais caro? Eu só aceitaria esse preço elevado se o produto fosse de melhor qualidade, ou se só houvesse um único vendedor. No final das contas, o primeiro vendedor terá de reduzir o preço da sua água de coco ou então melhorar a qualidade do seu atendimento, do contrário perderá a concorrência. Entende?

— Entendo.

— E o aumento da demanda, da procura, faz os preços subirem, porque, agora, esse objeto de desejo dos consumidores torna-se raro, escasso, disputado. Oferta e demanda! — e piscou o olho direito, muito diminuído por trás da grossa lente dos óculos. — É uma lei que parece irracional à primeira vista: mas só através dela torna-se possível, no mercado, o cálculo econômico pelo qual os produtores, distribuidores e comerciantes poderão direcionar os investimentos e recursos. É pura linguagem! Os preços guardam todos os segredos, neles está a história da gênese de uma mercadoria e de um serviço. Se eles aumentam muito acima do valor de custo, é porque há muita gente disposta a pagar, logo seria uma boa ideia produzir ou fornecer uma quantidade maior daquela mercadoria ou serviço... Ou então, no caso de um artigo de uma marca de luxo, a boa ideia seria manter a produção num nível cômodo para o produtor e os preços altos. No caso do Bitcoin, como ele ainda está em sua infância, seu valor tenderá a subir quanto mais difundido for o seu uso. E isso é o mesmo que dizer: ele valoriza conforme cresce o interesse pela moeda. É por isso que, enquanto sua liquidez não for tão grande quanto, por exemplo, a do dólar, ele funcionará para eventuais investidores mais como uma commodity do que como uma moeda. E toda commodity é sujeita a uma grande especulação... A verdade é que, quando toda a população mundial passar a usar bitcoins, essa especulação e a consequente volatilidade da moeda serão coisa do passado.

— Toda a população mundial!... — repetiu Barros, surpreso. — Meu Pai do Céu! Você acredita mesmo nisso?

— Claro! Em algumas décadas, o Bitcoin será muito mais utilizado do que o dólar! — e, em seguida, após olhar discretamente para os lados, quase murmurando: — No entanto, para ser honesto, devo acrescentar que só existe uma única ameaça capaz de impedir sua completa hegemonia: a concorrência vitoriosa de outra criptomoeda! Se as pessoas adotarem espontaneamente outra moeda digital (uma que apresente as mesmas características e, obviamente, mais algumas vantagens), somente então o Bitcoin estará em risco. Mesmo nesse caso, de certa forma, ele ainda sairia vitorioso, pois ainda seria reconhecido como a criptomoeda pioneira, a primeira a adquirir real valor de mercado. Em suma: apenas um inimigo do mesmo nível teria alguma chance contra ele, e, por isso, nenhuma moeda fiduciária tradicional pode intimidá-lo.

O garçom trouxe mais um prato e a cerveja artesanal. Enquanto John o observava encher seu copo, o doutor Pinto, que parecia mais desconcertado com o excelente domínio da língua portuguesa manifestado pelo estrangeiro do que com as explicações econômicas — explicações essas que lhe pareciam demasiado técnicas e aborrecidas —, emitiu um grunhido, como quem pigarreia. Ele queria a palavra:

— Desculpe, John. O Barros pode entender um pouco desse Bitcoin, mas eu não entendo é absolutamente nada! Nem sei como funciona na prática. Eu queria que você falasse comigo como se eu tivesse uns sete anos de idade... — e sorriu. — É possível? Essa conversa de commodity, liquidez... Caramba! Vocês me deixam boiando! Eu sempre mudo a TV de canal quando começam a falar de economia. Acho a coisa mais chata do planeta! Sempre me pareceu conversa de doidos! Os economistas do governo, dos telejornais, sempre dizem uma coisa, e a realidade, outra. Gosto de política, mas não consigo levar o blá-blá-blá econômico tão a sério!

John, copo à mão, não alterou em nada seu ar de modéstia:

— É porque a maioria dos economistas do mundo ainda acredita que Lord Keynes seja seu profeta! — e riu, divertido. — Na verdade, João, é impressionante o número de programadores experientes, e de economistas tão experientes quanto, que, nos últimos oito anos, já previu a morte do Bitcoin para o mês seguinte. Mas nunca acertam o prognóstico!... E por quê? Porque os programadores ou não entendem nada de economia ou, se entendem, entendem é de economia keynesiana; e os economistas, da mesma forma, ou nada entendem de programação, ou então seguem Lord Keynes e ignoram a economia da escola austríaca, a única capaz de explicar não apenas o fenômeno do Bitcoin mas também a economia real. Os keynesianos vivem no mundo da lua! Acham que os indivíduos, por si sós, são incapazes de alcançar uma relativa harmonia de interesses através do mercado. E então querem controlar tudo mediante um planejamento central! Mas o Bitcoin é a pura liberdade financeira! Ninguém manda no Bitcoin!

— Que seja! — exclamou o doutor, unindo as mãos como se dissesse amém. — Mas comece do começo. Não comece pelo meio ou pelo fim, ok?

— Ok, João. Então, antes de entrar em detalhes sobre o próprio Bitcoin, vou esclarecer os dois conceitos que o deixaram confuso:

commodity e *liquidez*. Commodity é qualquer bem em estado bruto, qualquer produto primário: ouro, prata, cobre, soja, café, cogumelos... — e, subitamente arrependido por ter usado a última palavra, refreou o sorriso. — Quer dizer... É um bem, uma riqueza, mas você não sai por aí com café ou prata na carteira, né? E por que não? Porque essas mercadorias têm baixa *liquidez*. Atualmente, é como se o Bitcoin fosse ouro digital. E o ouro também tem baixa liquidez, ou seja, é difícil você usá-lo na vida prática: você não consegue comprar algo pela internet com ouro, não consegue pagar o pedágio se tiver apenas uma pepita de ouro no bolso, não paga o cinema, e assim por diante. Isso é baixa liquidez: essa dificuldade de colocar um bem para circular no mercado. No momento, o Bitcoin só tem baixa liquidez porque pouca gente o conhece, mas, através da internet, mesmo aqui no Brasil, você já pode pagar com bitcoins suas contas de água e energia, seu celular, boletos, enfim, qualquer coisa do gênero. O Bitcoin é mais prático que o ouro, pois tem maior liquidez. Este restaurante, por exemplo. Por que o frequento? Não sou muito fã de massas. Prefiro peixes e frutos do mar. Mas venho aqui porque é o único da região que aceita bitcoins!

— Sério? Você paga a conta aqui com bitcoins?

— Sim.

— Sensacional! — exclamou Barros.

— Agora voltemos ao início. Você me perguntou: Bitcoin é dinheiro de bandido? Eu lhe pergunto: qual dinheiro não o é? Toda moeda é um instrumento, uma ferramenta; e toda ferramenta pode ser usada para o bem ou para o mal. Uma faca pode ser usada para cortar uma fatia de queijo ou para cometer um assassinato; um bastão de beisebol pode ser usado para jogar beisebol ou para arrebentar a cabeça de alguém: depende de quem o utilizar. Não é assim? Com o Bitcoin, com o dólar, com o ouro, é a mesmíssima coisa!... — e, enquanto observava a reação dos dois interlocutores, tomou um gole da cerveja. Como ambos permanecessem em silêncio, pensativos,

John prosseguiu: — O fato é que o uso do Bitcoin por parte de criminosos, tal como acontece com o próprio dólar e com o ouro, equivale a uma fração mínima do uso da quantidade total da moeda. Alguns pesquisadores dizem que não chega a 1% das negociações; outros, que não chega a 5%. Certamente não chega a 10%, simplesmente porque a maior parte dos usuários não está comprando drogas, ou contratando serviços escusos na Dark Web, ou então transferindo dinheiro sujo para o outro lado do planeta. A maior parte dos usuários é gente como a gente! E o mercado é apenas isto: a interação econômico-financeira entre todo tipo de pessoa! Entendem?

— Acho que sim — respondeu Barros.

— Os usuários do Bitcoin estão apenas interessados numa moeda que não dependa da ingerência de governos, que não necessite de intermediários e de suas taxas extorsivas, que seja mais fácil de usar, que seja uma melhor reserva de valor... Moeda apenas de bandidos? Claro que não!... — e observou os dois brasileiros com uma expressão entusiasmada. — Vejam vocês. Estou no Brasil há quase dois anos: vocês já sabem como o Partido dos Trabalhadores enviou dinheiro sujo para os quatro cantos do mundo, não é? Foi através de bitcoins? Não! Usaram o dólar, como a maioria dos criminosos. Além de doleiros, usaram empresas e contas-correntes offshore. E, caso tivessem usado o Bitcoin, seria ainda mais fácil detectar, *a posteriori*, as negociatas, porque o Bitcoin deixa rastros. A *blockchain*, base da rede Bitcoin, é um livro-razão público. As transações só são anônimas enquanto a polícia não encontra os endereços dos bitcoins dos bandidos. — E, mudando de tom, fitou o doutor: — Não é exatamente isso que o... hum... não é isso que o Barros disse que está acontecendo com o filho dele?

— É, exatamente isso — replicou o odontólogo, com ar grave.

— Me desculpe — disse John com sotaque ainda mais acentuado, fitando Barros com certo constrangimento. — Bem... O caso é que bastou a polícia apreender os computadores dele para o movimento do dinheiro ser descoberto. Claro, um usuário de Bitcoin mais esperto, mais precavido, pode usar "carteiras de papel", "cofres de hardware", enfim, pode usar uma *cold storage* para seus bitcoins, sem deixar rastros no seu computador ou no seu celular... — e, notando os olhares cismados, completou: — Sim, você pode guardar as chaves privadas dos seus bitcoins fora da internet, em objetos físicos. Mas... e se a polícia os encontrar? Guardar esses objetos é como enterrar ouro no quintal ou esconder dinheiro no colchão: basta procurá-los, não são invisíveis, são palpáveis. E, uma vez descobertos, já se tem o endereço de onde partiram as transações.

O doutor Pinto, usualmente tão sereno, estava inquieto: não gostava nada de se sentir um ignorante. Sua testa porejava um suor resultante tanto do verão paulistano quanto do esforço mental exigido para acompanhar aquele discurso.

— John, você fala, fala, fala e não me explica direito o que é o Bitcoin, como ele funciona e coisa e tal... Está falando em grego comigo, meu caro. Será que você pode, por favor, me explicar como a coisa toda começou?

John Nakamoto, que ainda não havia comido um pedaço sequer da pizza, se empertigou na cadeira e abriu os braços, as palmas das mãos voltadas para cima:

— No princípio, era o sal! — declarou, sorrindo. — Ou talvez as conchas colhidas nas praias, ou os cristais de rocha, as pérolas, as sementes... e, mais recentemente, o tabaco, o trigo, o chá... e até mesmo pregos! Enfim, todas essas coisas — e não apenas ouro, prata e cobre — já funcionaram como meio de troca. O dinheiro tem uma história.

— Mas tudo o que você citou pode ser tocado, apalpado, são bens materiais. Em vez desse "cofre de hardware", você pode colocar um bitcoin de verdade na minha mão?

— João, você fala como se o dinheiro que gasta com um cartão de crédito ou de débito literalmente passasse pelas suas mãos...

Doutor Pinto, admirado do argumento, arqueou as sobrancelhas:

— Justo. Tem razão, John. Mas pelo menos eu sei que meu dinheiro está guardado no cofre do banco. E o Bitcoin? Onde está?

— Há um engano nisso que acaba de me dizer: a verdade é que o Bitcoin é mais real que o dinheiro dos bancos! — e deu uma ligeira pausa para observar, por trás das grossas lentes, a reação dos interlocutores, que, de fato, não traziam senão ceticismo estampado no olhar. — Mas não vou me precipitar — e voltou a sorrir, confiante. — Já chegarei a essa questão. No fundo, não é necessária uma explanação completa sobre história monetária. Posso resumir a coisa toda. Primeiro, pensem no seguinte: uma moeda tem três funções, já que deve servir como *meio de troca*, como *reserva de valor* e como *unidade de conta*. Ou seja: ela tem de servir para você comprar produtos e pagar por serviços, evitando o escambo; tem de servir como uma forma de se acumular uma poupança ou, por assim dizer, seu próprio tesouro; e deve servir para que as pessoas saibam quanto custa cada coisa em relação a todas as outras, isto é, deve dar uma noção de proporção. Ao longo dos séculos, as mercadorias que melhor funcionaram como dinheiro foram o ouro e a prata. Ambos são duráveis, escassos, facilmente divisíveis... o ouro mais do que a prata... Se um cavalo vale apenas um terço da pequena barra de ouro que o sujeito possui, ele pode parti-la. O ouro é maleável, não oxida, ou seja, não apenas é muito prático como também não se reduz com o tempo senão pelo desgaste da fricção... — e fez um gesto esfregando os dedos. — Jünger, um romancista alemão, escreveu que, como dinheiro, "só o ouro é digno de fé". Porque, mesmo quando um governo cai, mesmo durante uma guerra, mesmo em meio ao caos, ele ainda pode ser usado como meio de troca. De que vale o dinheiro emitido pelo banco central de um país que deixou de existir? Saddam Hussein é enforcado, seu governo é destruído: de que vale agora uma nota de dinar com a cara do Saddam Hussein? Dá para entender? Por definição, uma moeda fiduciária depende da confiança que temos no Estado, mas... e se o Estado não existe mais? E se o próprio Estado ou seu governo, mesmo estando de pé, já não merece confiança? E é por isso que, nos países do Oriente Médio, tão instáveis, os homens cumulam suas esposas de ouro e joias...

— Bom, até agora não tenho nenhum reparo a fazer — murmurou o doutor.

— O problema — prosseguiu John — é que, milênios atrás, os governantes decidiram controlar o ouro e a prata. Não queriam perder essas riquezas caso seus domínios, por exemplo, sofressem uma catástrofe natural ou entrassem em guerra com outras nações. Ora, em caso de guerra declarada, a população poderia simplesmente abandonar tudo e fugir com seus tesouros particulares! Se isso ocorresse, os governantes não poderiam financiar a guerra ou a reconstrução da nação. E então eles começaram a confiscar o ouro e a prata e a colocar em circulação dinheiro cunhado e, séculos mais tarde, impresso. Dinheiro oficial! Entendem?

— Claro — respondeu Barros.

— Em algumas regiões, toda moeda ou peça de ouro que não contivesse a efígie oficial (o rosto do governante, por exemplo) era confiscada. Era uma maneira de garantir que a maior parte do ouro ficaria guardada no tesouro do soberano. Já o papel-moeda foi surgindo aos poucos, ao longo dos últimos séculos, exatamente como um recibo do ouro depositado em bancos privados. Mais tarde, passou a ser oficialmente impresso, e, no início, esse dinheiro correspondia ao ouro entesourado pelo governo. É o chamado dinheiro lastreado em ouro ou padrão-ouro. Em países como os Estados Unidos, você poderia até mesmo se apresentar num banco qualquer e resgatar seu ouro em troca das notas de dinheiro, que funcionavam como certificados de depósito: elas representavam o ouro que, de fato, você possuía. Mas os enormes gastos dos governos, a começar pelas guerras, que não são nada baratas, os levou a intensificar a inflação.

— Pronto, vai complicar... — comentou o doutor, olhando de esguelha para Barros.

— Parece complicado porque a gente olha para a economia a partir de uma perspectiva equivocada — disse John, ainda mais entusiasmado. — Muita gente acha que a inflação é o aumento dos preços, mas isso não é verdade. O aumento dos preços é apenas um dos efeitos da inflação!

— Hum. E então o que é a inflação?

— Pense no seguinte: se um país está em guerra e, mesmo já não possuindo reservas em ouro, ainda possui papel e tinta, o que ele deve fazer caso necessite bancar mais armas e munição?

— Pedir ouro emprestado? — indagou Barros, com um sorriso ladino. — Confiscar o ouro que a população ainda esconde?

— Sim, mas seriam medidas muito complicadas e, a curto prazo, pouco eficazes. Principalmente se o país não tiver mais aliados e a população já não tiver recursos. A guerra é sempre urgente. Nesse caso, o governo simplesmente imprimiria mais papel-moeda, pouco importando a falta de lastro em ouro. Mesmo em tempos antigos, a inflação era promovida misturando-se ao ouro, durante a cunhagem das moedas, outro tipo de metal. Quer dizer: aumentava a quantidade de dinheiro, de moedas, mas a quantidade total de ouro era a mesma. O problema decorrente é que há um aumento do dinheiro em circulação sem um aumento do lastro em ouro, quer dizer, sem aumento da riqueza, o que faz com que o dinheiro que já estava no mercado perca o valor: agora mais notas ou moedas representam a mesma quantidade anterior, ou até mesmo quantidade nenhuma, de ouro.

— Mas, salvo engano — objetou o doutor —, hoje em dia já não há lastro em ouro e, mesmo assim, ainda ocorre inflação.

— Chegarei a esse ponto. Mas já posso adiantar o seguinte: mesmo hoje, a inflação continua sendo um aumento da oferta de dinheiro, e não me refiro apenas ao papel-moeda, pois agora há também o dinheiro bancário ou moeda escritural, isto é, um mero número digitado numa conta-corrente que nem sequer corresponde a dinheiro impresso, palpável — e John, excitado, voltou a observar a reação dos interlocutores. — Vocês sabiam, por exemplo, que, se pegarmos hoje todo o dinheiro em circulação nos Estados Unidos, apenas 55% dele é constituído de dinheiro físico? O restante é apenas o conjunto dos números registrados nos bancos de dados dos bancos! Nesse sistema, a quantidade total de dinheiro torna-se muito elástica. Com mais dinheiro em circulação, isto é, com maior oferta dessa "mercadoria" (sim, o dinheiro também é uma mercadoria), seu valor cai. É a lei do mercado, não há como evitá-la, nem sequer num regime comunista ou socialista, já que estes dão origem a um enorme mercado negro, no qual tudo isso se repete.

— Falta muito para chegar ao Bitcoin? — perguntou o doutor, enquanto colocava mais uma fatia de pizza no prato.

— Já eu quero saber como isso tudo pode ajudar meu filho.

O estrangeiro finalmente se lembrou de pegar os talheres:

— Você vai entender, Barros. Só espero não os estar entediando...

— Não, John, não! Claro que não! — replicou o doutor Pinto, enfático. — Só estou curioso para entender por que o Bitcoin é melhor do que o dinheiro emitido pelo governo e, principalmente, por que é melhor até mesmo do que o ouro.

— Bom, o fator principal é o seguinte: a César o que é de César e a Satoshi o que é de Satoshi.

— Hum! Como é? — resmungou o doutor, de boca cheia.

— Não há nenhum governo, não há nenhum César por trás do Bitcoin, não há nenhuma autoridade governamental que o assegure e o controle. Quando perguntaram a Jesus, de forma ardilosa, se os judeus deveriam pagar tributos a César, Jesus lhes pediu uma moeda e perguntou de quem era a efígie estampada nela: de César, responderam. Muitos judeus da época acreditavam que Jesus fosse um messias político, que ele levantaria os judeus contra os romanos, e, por isso, seus inimigos achavam que, se o fizessem confessar tal fato, ele seria preso por sedição. Ora, os judeus nacionalistas eram contra o pagamento de tributos aos romanos. Sim, aquela pergunta queria apenas indispor Jesus contra o Império ou, caso respondesse afirmativamente, contra os judeus. Mas ele replicou: "a César o que é de César, a Deus o que é de Deus". Ora, se o Bitcoin não é emitido por nenhum Estado, não há nenhuma obrigação de se pagar tributos: numa economia em bitcoins, os cidadãos só contribuirão voluntariamente, não haverá *imposição*, não haverá *impostos*. Um bitcoin equivale a 100 milhões de satoshis, que é a verdadeira unidade dessa criptomoeda. E Satoshi é apenas um inventor desconhecido, não é o futuro presidente do mundo!... — e baixando a voz: — Essa teoria da conspiração segundo a qual o Bitcoin teria sido criado pela CIA, pela NSA ou pelos promotores de um governo mundial... é uma bobagem! Bullshit! Senhores: o Bitcoin é a concretização do sonho de Hayek!

— Hayek?

— Friedrich Hayek, economista austríaco, autor do livro *A desestatização do dinheiro*. Para ele, o cartel formado por bancos privados e estatais, sob o poder de um banco central, é o principal meio de exploração utilizado pelos governos contra suas próprias populações. E o Bitcoin acaba com esse estado de coisas! Ora, essa moeda digital não é garantida por um poder central, mas, sim, pelo conjunto de todos os seus usuários, e isto sem que haja necessidade de você confiar na pessoa com quem faz negócios: porque o Bitcoin é assegurado também, e principalmente, por sua criptografia inviolável. Um traficante não aceitaria um cheque de um viciado: mas aceita bitcoins facilmente, porque, com essa moeda, não há trapaças. E, agora, só porque ela também é usada por essa gente, vamos condená-la? Bandidos também podem ser inteligentes em muitos aspectos. Se a utilizam, é porque funciona! Aliás, mesmo que os computadores quânticos cheguem um dia ao mercado, o protocolo do Bitcoin, tal como nossas contas de e-mails, será atualizado antecipadamente pelos programadores da comunidade e não poderá ser violado por hackers. Dentre os tipos de criptografia utilizados por essa moeda, um deles já não pode ser violado nem por computadores quânticos.

— Você explicará isso melhor, imagino...

— Claro — e John tornou a sorrir. — Vou terminar primeiro essa minha pequena história do dinheiro.

— Ok. Manda bala — disse Barros.

— Manda bala? — perguntou com seu cômico sotaque ianque.

— É, continue.

John fez uma careta engraçada, mas, depois de tomar mais um gole de cerveja, prosseguiu:

— Devido a diversos fatores (escassez ou abundância de matéria-prima, de mão de obra, variação das condições climáticas, alternância entre tempos de paz e de guerra etc.), podem ocorrer as flutuações econômicas: há momentos de prosperidade e outros de decadência, que são corrigidos pelas ações espontâneas dos participantes do mercado. Quando a riqueza se media pela quantidade de metais preciosos acumulados, essas flutuações atingiam um equilíbrio por si mesmas, eram vistas como algo natural. Mas, no início do século XX, com as bolsas de valores, a expansão bancária e a utilização cada vez mais difundida dos bancos centrais, um novo vilão surgiu: os ciclos econômicos. A princípio, esses ciclos pareciam confundir-se com as flutuações econômicas naturais. Mas não são a mesma coisa: na verdade, são causados pela manipulação da moeda por parte dos governos mediante seus bancos centrais. Estes, que antes surgiam episodicamente aqui ou ali ao longo da história, tornaram-se regra, e, com eles, o sistema bancário de reservas fracionárias, que também ocorria apenas esporadicamente no correr dos séculos, foi oficialmente admitido como necessário. O que temos hoje, em praticamente todos os países, é um banco central emissor de moeda de curso forçado (ou seja, de uso obrigatório no país), que comanda um cartel de bancos privados e estatais que nem sequer possuem todo o dinheiro que emprestam. Esses bancos têm a obrigação de depositar, como garantia, uma fração do dinheiro que possuem no banco central e podem agir como se tivessem uma quantia muito maior de dinheiro. Caso se tornem insolventes, são socorridos pelo banco central, seja com o dinheiro que os governos arrancam do povo mediante impostos, taxas e tributos, seja através da impressão de mais papel-moeda. Alterando o valor dos juros de poupança e de crédito, e a oferta de dinheiro, que não causa senão inflação, o governo passa a influenciar o comportamento do povo: se antes os indivíduos poupavam, agora apenas consomem, criando uma prosperidade aparente que não se traduz em aumento da riqueza; se antes investiam riqueza real, agora investem, a crédito, riqueza inexistente. Daí a alternância cíclica entre fases de *boom* e de recessão... Com isso, as crises passaram a ser mais recorrentes e profundas, em geral devido aos próprios gastos dos governos e às suas leis econômicas equivocadas. E Lord Keynes, incapaz de reconhecer a culpa estatal, passou, paradoxalmente, a defender uma interferência ainda maior dos governos na economia e, o que foi ainda pior, o fim do lastro em ouro, o que só se deu completamente nos anos 1970. Hoje, a maior parte do dinheiro em circulação, como já disse, é apenas um número digitado numa conta-corrente.

— Quer dizer que, se eu pego dinheiro emprestado no banco, esse dinheiro nem sequer existe?

— Exato! Por exemplo: um banco deposita 100 mil no banco central e faz uma alavancagem, isto é, passa então a emprestar uns... sei lá, uns 400 mil, digamos. Mas, na verdade, o que ele faz é apenas abrir uma conta-corrente para quem pede o empréstimo e digitar nela a quantia solicitada. Só que o dinheiro não existe fisicamente! Não está no cofre! É incorpóreo! É apenas moeda escritural, uma anotação no livro-caixa, uma abstração. O único dinheiro existente, na verdade, são aqueles 100 mil. Tudo isso só é possível porque, com o banco central, já não ocorrem tão frequentemente as velhas "corridas ao banco", quando os correntistas, desconfiados de que o banco andava mal das pernas, corriam para sacar seu dinheiro, levando o banco à falência. Hoje, caso falte dinheiro, o banco central cobre o rombo, o que resulta no sacrifício da população, verdadeira fonte de recursos do Estado. Ora, somos todos escravos do governo: no fundo, somos correntistas porque os bancos são nossas correntes!

— Tem certeza de que esse trem é assim mesmo? — perguntou Barros.

— Esse trem?

— É, essas coisas que você tá falando. Pelo que entendi, você mesmo não é um economista...

— Não sou, mas é um assunto que me interessa e que já estudei muito. Claro, estou simplificando ao máximo e, por isso, posso até dizer alguma bullshit... Mas, no geral, as coisas se passam tal como estou dizendo. Não se trata de um sistema completamente irracional: há regras. Todo final de dia, por exemplo, os bancos devem prestar contas ao banco central, pois não podem emprestar acima de um limite predeterminado. Caso o tenham feito, precisam pegar emprestado de outros bancos que estejam com dinheiro sobrando. Os juros do dia desse dinheiro emprestado de um banco por outro, aqui no Brasil, é a famigerada Selic. E os juros, na prática, não são outra coisa senão o preço do dinheiro.

O doutor, que acabara de tomar mais um gole de chope, exclamou:

— Caramba, acho que estou entendendo! O problema é que não estou gostando do que estou entendendo.

— E a pior parte — acrescentou John, enfático — é que esse sistema permite expansões de crédito irracionais, investimentos sem retorno, enormes gastos governamentais, mais burocracia, aumentando muito a gravidade dos ciclos econômicos e suas consequências nefastas. Como eles criam dinheiro do nada, acham que podem tudo. E daí vêm os mil desvios de recursos, a corrupção, as crises...

Tudo porque, no fundo, o fiador de todo esse processo é o povo, que acaba tendo de tapar os buracos criados por essa máfia mediante o pagamento de mais impostos, mais tributos, mais taxas e mais inflação, a qual não é senão um tipo sub-reptício de imposto. Toda vez que a inflação aumenta, isso significa que o governo arrancou, sem que ninguém desse por isso, mais riqueza da população. Se todos usassem o Bitcoin, isso não ocorreria, porque ele, em vez de sofrer inflação, sofre apenas deflação, o que, para uma moeda, é uma grande vantagem.

— Não sei o que é deflação — comentou Barros.

— Vou dar um exemplo prático: imagine um galeão espanhol que retorna da América do Sul para a Europa levando toneladas de ouro. O que ocorreria caso ele afundasse?

— Uai, dependendo do local do naufrágio, o ouro estaria perdido para sempre.

— Todo o ouro do mundo?

— Claro que não, só o do navio espanhol.

— E o que isso significaria para o restante do ouro em posse de outros Estados e indivíduos?

— Não sei.

— Simples: seu valor iria aumentar, porque agora a oferta do metal é menor do que antes — e John sorriu para a visível incredulidade dos seus interlocutores. — O mesmo ocorre com o Bitcoin sempre que alguém, por exemplo, perde sua chave privada (isto é, sua senha de acesso às suas moedas) e, por consequência, todos os seus bitcoins. Nesse caso, há uma redução do número de moedas em circulação, isto é, há mais escassez e, portanto, o valor das moedas ainda em ação no mercado ganha em poder de compra.

E o doutor, em silêncio, concentrado, em vez de tentar entender a sutileza daquele fato econômico, começou a meditar sobre quão benéfico pode ser para uma pessoa não conviver tanto tempo com a língua empobrecida das ruas ou com a língua falada na TV. Quatro anos de língua portuguesa? Se fosse verdade, aquele sujeito era um espanto.

— Você realmente fala muito bem nossa língua. Os pronomes todos nos lugares certos... Parece a fala de um bom advogado no tribunal do júri.

— Sou especialista em códigos — e John riu como um legítimo japonês, colocando em seguida seu primeiro pedaço de pizza na boca.

— Tá — atalhou Barros, impaciente. — Agora conta pra gente por que o Bitcoin pode ajudar meu filho.

— E eu até agora não entendi como ele funciona na prática — acrescentou o doutor. — Como, por exemplo, você costuma pagar o restaurante?

— É muito fácil — disse John, retirando o celular da mochila e iniciando um aplicativo.

— Hum — resmungou Barros, irritado por ver ignorada sua pergunta. — Também acesso meus bitcoins pelo celular, mas nunca paguei nada com ele.

— Veja — continuou John, ignorando-o. — Esta é uma das minhas carteiras virtuais — e mostrou a tela. — Eu a uso basicamente para controlar meus gastos em viagens. Quando eu pedir a conta para o garçom, ele irá me mostrar esta imagem, este quadrado pontilhado: é um código QR. QR é a sigla de Quick Response, ou, em português...

— Resposta rápida.

— Exato. Esse quadrado representa o endereço para o qual o valor em bitcoins será enviado. Então eu entrarei no modo de pagamentos da minha carteira. Está vendo?

— A câmera fotográfica.

— Não, é um escâner que utiliza a câmera do celular. Veja as linhas delimitando um quadrado... Funciona como os escâneres de aplicativos de banco que leem códigos de barras e realizam pagamentos.

— Nem isso eu sei usar direito — comentou o doutor, envergonhado. — Minha esposa é que entende dessas coisas.

John deu uma risada contida:

— É muito mais fácil do que assinar um cheque, João. Uma das maiores vantagens do Bitcoin sobre outras moedas é que, além de ser um meio de troca, ele também é um excelente sistema de pagamentos. Dá para pagar algo aqui, ou então enviar bitcoins para o outro lado do mundo, com taxas baixíssimas. Você pode enviar um milhão de dólares para a Índia pagando apenas uma taxa de, digamos, quarenta centavos de dólar. Entende?

— Sim. É incrível. Uma ordem de pagamento, em geral, é muito cara.

— Muito! Come uma boa fatia da remessa — e John tornou sua atenção ao celular. — Voltando ao aplicativo... Como vou pagar a conta do restaurante? Bom, o procedimento é muito simples: o garçom me mostrará o código QR do estabelecimento, eu o escanearei e o endereço aparecerá nesta linha. Ele me dirá quanto custou o serviço, eu preencherei esta outra linha com o valor e enviarei os bitcoins para ele. E pronto! Está pago.

— Então você precisa de internet, né? Tem de ter sinal de celular. Como vou comprar uma água de coco numa praia do fim do mundo?

— Basta usar um aplicativo de carteira que envia os bitcoins via bluetooth. São carteiras que guardam os bitcoins no próprio celular.

O doutor coçou a cabeça, pensativo:

— Tenho a impressão de que isso só pode dar certo em países ricos. Mas... e nos lugares onde as pessoas nem sabem o que é um celular?

— Está enganado. Por enquanto, alguns dos países que mais ajudaram a difundir o uso do Bitcoin, e consequentemente a valorizá-lo, são justamente aqueles que passam ou passaram por crises econômicas: Grécia, Venezuela, Índia... Hoje em dia, quando uma moeda oficial perde valor, as pessoas sempre correm para trocá-la pelo Bitcoin, pois ele é uma reserva de valor mais segura, já que não sofre inflação e é imune à manipulação corrupta dos governos locais. Muitos países africanos têm uma comunidade extremamente ativa de usuários. O Quênia, a Nigéria, a África do Sul... Neles, o Bitcoin está se expandindo rapidamente, já que é mais confiável do que seus governos. Ora, toda moeda fiduciária tem o mesmo grau de confiança que o ostentado por seu governo emissor, não é? Fiduciário é um adjetivo que significa justamente isto: confiável. Se o governo não vale nada, por que confiar na moeda que emite? A tecnologia, aliás, já não é um mistério para nenhum povo. Já vi celulares nas mãos até mesmo daqueles índios da selva equatoriana, os jívaros, os famosos encolhedores de cabeças. Ou seja: é tão fácil usar uma carteira de bitcoins quanto encolher uma cabeça! — e John, tal qual um personagem dos filmes de Akira Kurosawa, deu uma gostosa risada de samurai. As pessoas das mesas adjacentes chegaram a olhar para eles, tentando imaginar que assunto extremamente divertido seria aquele. Notando serem foco da atenção geral, o doutor pensou: "Se soubessem que esta conversa é tão divertida quanto ler *A montanha mágica*, o livro clássico mais chato da história da literatura..." Por fim, John retomou o raciocínio: — E no seu caso, João, que com certeza não pretende encolher a cabeça de ninguém, basta que eu repita: efetuar um pagamento com bitcoins é muito mais simples do que preencher e assinar um cheque.

— Certo, mas qual a...

— Desculpe, me lembrei de outra coisa — disse John, interrompendo o doutor. — Vocês viram aquelas notícias, ano passado, sobre pequenas cidades do interior da Bahia cujas agências bancárias, todas do Banco do Brasil, seriam fechadas porque já não podiam lidar com tantos assaltos?

— Verdade — disse Barros. — Os jornais falavam sobre a volta do cangaço.

— Não sei o que é... cangaço.

— Criminosos do sertão.

— Hum, ok — e John moveu silenciosamente os lábios, como se registrasse mentalmente a palavra. E prosseguiu: — Bom, o fato é que muitos comerciantes tiveram de fechar as portas, porque ninguém mais tinha dinheiro para gastar nas lojas. Havia gente com dinheiro no banco passando fome! O Bitcoin, caso fosse utilizado por essas populações, acabaria com esse problema. Ninguém, a não ser o próprio dono, tem poder sobre suas criptomoedas.

— Entendo. E, realmente, faz muito sentido. Mas o que eu ia perguntar é: se a moeda... escritural...

— A dos bancos?

— Isso. Se a moeda escritural é apenas um grupo de *dígitos* no banco de dados do banco, ou seja, dinheiro digital, digamos assim, por que o Bitcoin seria diferente dela?

— Bom, o dinheiro escritural não passa de... klapaucius! — disse John, um enorme e expectante sorriso, os olhinhos brilhando no fundo dos óculos grossos, aguardando que entendessem sua referência irônica. Ninguém riu nem sorriu.

— Klapaucius? — perguntou Barros, imitando a pronúncia do estrangeiro, com o olhar cheio de estranhamento. — Que diabos é isso?!

John coçou a cabeça, constrangido:

— Klapaucius era uma palavra... um código, que você digitava enquanto jogava The Sims e, de repente, já estava cheio de dinheiro para usar no jogo. Trata-se de um *cheat*, um modo de trapacear nesse videogame. No caso, o código multiplicava seu dinheiro sem você ter de fazer seu personagem trabalhar para ganhá-lo.

— Dinheiro de verdade?

— Não, dinheiro do The Sims, para comprar objetos virtuais no jogo... — e sorriu, como quem se esforça para não desanimar. — Mas o que importa é que os bancos fazem exatamente isso: klapaucius! E então emprestam ao povo esse dinheiro criado do nada.

O doutor arqueou as sobrancelhas:

— E o Bitcoin não tem klapaucius… imagino.

— Não, não tem. Vou explicar como ele funciona tecnicamente, o que ele realmente é, e você vai entender. — E dirigindo-se a Barros: — Você, pelo que entendi, já conhece esses detalhes, né?

— Não, da parte técnica não sei quase nada — respondeu Barros, mastigando. Fez um gesto para que o esperassem engolir e então prosseguiu: — Eu só aprendi com meu filho a comprar os bitcoins num site de câmbio e a transferi-los pra minha carteira, que também é um site. Tenho o aplicativo aqui, mas só uso pra acompanhar a cotação e me lembrar de quanto tenho. Quando parece ser o melhor momento, volto a trocar tudo novamente por reais e obtenho algum lucro. Como na bolsa de valores, compro na baixa e vendo na alta… Especulo! — e sorriu. — Mas, sim, eu já sabia desse código QR, sabia que existe uma chave privada e coisas do gênero… Só que nunca usei nada disso, nem sabia exatamente pra que serviam. Quanto ao resto, pra mim, o Bitcoin não passa de um grande mistério.

— Mas você mencionou Satoshi Nakamoto, o criador da moeda.

— Ah, guardei o nome dele simplesmente porque tenho boa memória.

— Boa memória! Você tinha falado *Satoro* Nakamoto — replicou o doutor, sorrindo. — Quanto a mim, me parece extraordinário que, em pleno século XXI, um inventor consiga permanecer anônimo. Como é possível? Com tantos celulares e redes sociais… Todo mundo parece um detetive hoje em dia. Como é que ninguém encontrou esse homem ainda?

Pensativo, John despejou o restante da cerveja em seu copo e manteve-se por alguns segundos em silêncio. Parecia meditar sobre a melhor forma de expor seus conhecimentos. Talvez estivesse um pouco decepcionado por não encontrar, naqueles dois brasileiros, ouvidos que pudessem entender as palavras necessárias. Ele parecia acostumado a dirigir-se a nerds e a geeks, não a sujeitos grisalhos avessos às últimas novidades tecnológicas.

Em torno, o restaurante continuava cheio, as conversas se misturando, os garçons indo e vindo. Lá fora, o sol tornava as árvores mais verdes e o calor mais pungente.

— Você não comeu quase nada — disse o doutor Pinto.

— Ah, quando falo dessas coisas eu me empolgo e perco a fome.

— Eu sei como é. Também tenho meus momentos — e o doutor lhe deu uma palmada amigável no ombro. — Mas meus discursos raramente coincidem com nossa Era Digital...

— Eu percebi, João. Nenhum de vocês dois é um *tech-savvy*...

— *Tech-savvy*?

— Sim, gente com um conhecimento tecnológico mais abrangente do que o de uma pessoa comum, mas, ao mesmo tempo, menos profundo do que o de um especialista.

— Pois é, somos apenas dois coroas enxutos — e o doutor deu uma piscadinha cúmplice para Barros.

Barros riu:

— *Téqui-savi*... Acho que ele se refere mesmo é a adolescentes, João.

— Fato!

Pela primeira vez, embora sem muito entusiasmo, os três riram simultaneamente.

— Bom, na verdade, estou aqui pensando em qual seria a melhor maneira de lhes descrever o funcionamento do Bitcoin sem matá-los de tédio. Creio que utilizar a mesma linguagem dos programadores não ajudará muito.

— Conte como foi seu primeiro contato com a... como você diz? Criptomoeda?

— Sim, criptomoeda. Por ser assegurada por criptografia.

— Pois então, conte como foi seu primeiro contato com ela — disse o doutor.

John sorriu estranhamente. Era como se houvesse um ponto de interrogação gigante e colorido flutuando sobre sua cabeça. O silêncio imperou por alguns segundos naquela mesa, tornando mais proeminente o alarido dos comensais em torno.

— Que cara é essa, John? — perguntou Barros, por fim. — A gente não é tão burro. A gente só é um tanto mais velho do que você.

— Fale por você, Barros — tornou o doutor, sorridente. — Comigo tem de falar como se eu tivesse sete anos de idade...

— Besteira. A gente vai entender. E chega logo na tal ajuda. Lembra do meu filho? É o que mais me interessa.

— Sim, sim, eu me lembro — começou John, aprumando-se na cadeira. — E não estou sugerindo que sejam incapazes de me compreender. Trata-se de outra coisa... — E, de repente, pareceu decidido: — Ok, vou lhes contar tudo.

— Ótimo.

John assumiu um tom muito sério:

— Vocês já ouviram falar do August Kekulé?

— Claro — respondeu Barros. — O químico que descobriu a estrutura do anel benzênico. Tive um professor na faculdade de odontologia que era vidrado na história desse caboclo.

— Sim, mas você se lembra de como ele a descobriu?

— Dizem que foi durante um sonho. Sonhou com uma cobra que engolia a própria cauda.

— O ouroboros — acrescentou o doutor, imitando o sotaque de John.

— Exato! Como já ouviram essa história, talvez não estranhem tanto a minha. Vou lhes contar um sonho que tive quinze anos atrás. É a primeira vez que comento isso com alguém... — e procurou primeiro o olhar do doutor e, em seguida, o de Barros. — Uma noite, depois de um longo dia de trabalho, fui me deitar muito tarde. Estava tão cansado que simplesmente apaguei! E então sonhei que estava num vale muito bonito cercado por uma cordilheira de montanhas muito altas, coroadas por neves eternas. Devia ser primavera, tudo parecia muito vivo, as folhas das árvores e da relva brilhavam como esmeraldas, alguns arbustos à minha volta pareciam mesmo dar-se conta da minha presença... — John olhava para baixo, esforçando-se para se lembrar dos detalhes. — Próximo a um bosquete, havia um pagode... Vocês sabem, como um templo xintoísta, talvez budista... Cresci nos Estados Unidos, não sou lá um bom japonês para diferenciá-los. Mas isso não importa... Eu me encaminhei até ele e entrei. Lá dentro, havia um homem sentado numa esteira e, diante dele, um pilão, aparentemente de cerâmica negra, um pouco maior do que um pilão de arroz. O sol poente, visível por uma das janelas laterais, iluminava com sua luz avermelhada todo o ambiente. Eu me lembro até mesmo do aroma de incenso e do som do vento lá fora, do farfalhar das copas das árvores... Eu então me aproximei desse homem e o fiquei observando: parecia meditar. Ele vestia um quimono de brocado adornado por uma infinidade de letras e números dourados. Quando notou minha presença, apenas sorriu e se levantou. Foi impressionante: aquele sujeito era altíssimo! Devia ter uns dois metros e meio de estatura. E, de pé, esticou o braço através da janela em direção ao sol, o qual tocou com a mão, arrancando-lhe um pedaço flamejante. Isso me assombrou e eu fiquei me perguntando que tipo de ilusionismo ele havia feito. Parecia um dos truques do David Copperfield ou do David Blaine...

— Os mágicos.

— Isso, os mágicos. O efeito, sobre mim, foi o mesmo! Eu me senti uma criança vendo um coelho a sair da cartola — e John sorriu, uma expressão um tanto comovida no rosto. — Em seguida, ele jogou dentro do pilão o que parecia ser um punhado de lava. E, com um socador, aparentemente de cobre, começou a pilar com força e num ritmo rápido, constante, enquanto fazia cálculos matemáticos em voz alta. Eu simplesmente não conseguia compreender a razão daquilo... Seu rosto resplandecia com as reverberações luminosas causadas por seu estranho trabalho. Passado algum tempo, não faço ideia de quanto, ele apoiou o socador a uma pilastra do pagode, abaixou-se e colheu o resultado do seu esforço. Depois olhou-me diretamente nos olhos e fez um gesto amistoso, solicitando minha aproximação. Uma vez ao seu lado, tomou-me a mão direita e depositou nela um punhado de moedas que pareciam feitas de ouro luminoso e translúcido. Então ele me disse: "Você irá me ajudar a criar o dinheiro do futuro." Eu ri: "Dinheiro de sol?", perguntei. "Quem sou eu para fazer uma coisa dessas..." E ele: "De fato, apesar dos seus talentos, você não é ninguém em especial. Há programadores melhores e muitos irão ajudá-lo. Mas, dentre eles, você é o único que, desde a infância, tem sonhos lúcidos. E eu, Satoshi, responsável por essa tarefa, tenho apenas esta interface para contatá-lo!", e, nesse momento, tocou-me a testa com a mão direita. Ouvi um forte rugido, como o de uma turbina de avião, meu corpo estremeceu, como se eu estivesse sofrendo um choque elétrico, um choque indolor mas muito forte, e então despertei em minha cama. Eu estava todo arrepiado, extremamente impressionado, o sonho ainda fresco em minha memória. Peguei então um caderno sobre a escrivaninha e o anotei em todos os detalhes. E esse foi apenas o primeiro sonho que tive com ele, pois tive muitos outros...

— Peraí, John! — interveio Barros, franzindo o cenho. — Você tá tentando dizer pra gente que você realmente é Satoshi Nakamoto?

— Não, de forma alguma. Eu sou John Nakamoto.

— Então esse homem é que era Satoshi Nakamoto? Um fantasma do seu sonho?

— Não, ele é Satoshi. Satoshi é um nome japonês que pode significar sabedoria, inteligência, lucidez...

Barros não estava gostando nada daquela confusão:

— Uai! Quem diabos é Satoshi Nakamoto então?

John voltou a sorrir com a maior modéstia do mundo:

— As pessoas estão ao mesmo tempo certas e erradas a respeito de Satoshi Nakamoto: de fato, não se trata de uma pessoa só, mas tampouco é o pseudônimo de um grupo ou de uma dupla de programadores. Trata-se apenas da assinatura conjunta de um mestre e de seu discípulo. Nós dois desenvolvemos o Bitcoin.

— Em sonhos?

— Claro que não: na vida real! Você mesmo já não tem bitcoins?

— Mas isso que você tá dizendo é um absurdo!

O doutor Pinto colocou uma das mãos no ombro do amigo:

— Barros, deixe-o terminar a explicação, sim? Eu ainda quero saber como a coisa funciona.

— Mas, João, você não tá percebendo que esse cara quer nos pregar uma peça? Isso é uma pegadinha! A gente vai acabar é aparecendo no programa do Sílvio Santos!

O doutor riu:

— Barros, se essa cena inteira aparecesse num programa de TV, nem eu mesmo iria entender a piada. Sacanear alguém a propósito do Bitcoin seria o mesmo que usar a física quântica como piada: não dá ibope!

— Mas esse Satoshi não...

— Barros — interrompeu-o novamente o doutor —, não interessa se o que ele está dizendo é ou não uma pegadinha. Basta que seja possível. Se é imaginável e coerente, é possível. E isso não quer dizer que seja provável ou efetivo. Muita coisa estranha já aconteceu neste mundo. Você sabia, por exemplo, que Sócrates tinha um *daemon*? Por que o John não poderia ter o dele?

— Um o quê?!

— Um espírito assistente.

— Ah, sei. Um "daemônio" então. Um "daeabo".

O doutor riu e, solicitando com um gesto que John o esperasse concluir, pois este ameaçara retomar seu discurso, prosseguiu:

— Sim, da mesma raiz grega que deu origem à palavra demônio, mas não me refiro a isso. Se Sócrates estivesse vivo hoje, algum psiquiatra o tacharia de esquizofrênico e lhe daria mil remédios tarja preta... O fato é que ele ouvia eventualmente a voz de um espírito auxiliar: "converse com fulano de tal; pergunte tal coisa para sicrano; não faça isso; faça aquilo" etc. Ele confessou essas coisas até mesmo durante seu julgamento em Atenas.

Barros estava indignado:

— Pelo amor de Deus, João! A gente nem sabe se Sócrates realmente existiu e você quer que eu acredite que o amigo imaginário dele tenha existido? Ah, por favor, agora você pulou o corguinho...

— Há muitos testemunhos de que Sócrates realmente existiu, e não me refiro apenas a Platão — replicou o doutor. — Historiadores e escritores da época escreveram sobre ele. Mas nada disso vem ao caso. Vamos ouvir o que John ainda tem a dizer, sim? Vocês me fizeram ouvir uma palestra sobre economia (o assunto mais pedregoso da face da Terra) e agora não vou saber o que é e de onde surgiu esse Bitcoin? Caramba...

Barros sacudia a cabeça:

— Tá bem! Tá bem! Mas só porque você tá me pedindo, João. Não gosto dessas conversas atravessadas. — E olhando para o estrangeiro: — Continua sua história, rapaz — disse, cruzando os braços, um tanto amuado e já esquecido do último pedaço de pizza em seu prato.

O doutor fez um gesto amigável com a cabeça para John como quem diz: não se preocupe, prossiga. E John retomou a palavra.

— Bem... — e, dominado por uma súbita timidez, sorriu. — A questão é que, cada vez que eu tinha um sonho enigmático desse tipo, logo em seguida acabava me deparando com informações que o esclareciam e lhe davam sentido. Eu já havia estudado um pouco de economia austríaca nessa época e, por isso, tinha certeza de que apenas o dinheiro lastreado em ouro podia ser confiável. Cheguei mesmo a guardar todas as minhas economias na forma de ouro... — e arqueou as sobrancelhas, sorrindo estranhamente, como se confessasse uma ingenuidade. — Verdade. No dia desse primeiro sonho, cheguei a acreditar que ele corroborava a adoração dos antigos tanto pelo ouro quanto pelo sol, como se ambos fossem formados pela mesma substância... Mas Satoshi parecia criar ouro a partir do sol mediante a repetição de fórmulas matemáticas, mágicas, uma alquimia que modificava a natureza do material. A cena me intrigava... — e John, olhando para a mesa, pensativo, tamborilava os dedos. — Então, dias depois, por puro acaso, assisti a uma palestra de um astrofísico na Universidade Stanford. Ele falou a coisa mais óbvia do mundo, tão óbvia que nunca pensamos nela: toda energia que utilizamos na Terra provém do sol!... Por exemplo: as usinas a carvão utilizam a energia do sol, pois os vegetais que deram origem àquele carvão realizaram fotossíntese no passado: absorveram energia solar! Da mesma forma todos os combustíveis fósseis... As hidrelétricas necessitam da força das águas, as quais só descem os rios porque o calor do sol, mediante evaporação, levou-as rio acima, processo esse que transmite às águas energia potencial. A energia eólica utiliza energia solar porque são as mudanças de temperatura ocasionadas pelo sol que dão origem aos ventos... Até mesmo a energia nuclear, já que, em última instância, todo o planeta teve origem no próprio sol, logo, nossos minérios também provêm dele.

— É, faz sentido — anuiu o doutor. — Mas também significa que, se tudo vem do sol, essas moedas poderiam ser feitas de qualquer coisa.

— Exato. Por isso me concentrei no essencial. Minhas conclusões foram: o dinheiro do futuro precisa ser criado a partir de energia elétrica, pouco importando sua origem; e o trabalho para criá-lo deve ser lógico-matemático. Mas, percebam, não estou dizendo que o Bitcoin tem valor porque foi empregada muita energia durante sua criação ou, como dizemos, *mineração*. A teoria do valor-trabalho, que atribui valor a algo em função da quantidade de trabalho utilizado em sua produção, não faz sentido. Do contrário, uma pequena gravura assinada por Picasso, ou o casaco utilizado por Lincoln, não valeriam nada! — e abriu os braços. — A única teoria de valor que realmente faz sentido é a do valor-subjetivo. O Bitcoin tem valor porque as pessoas, ao conhecê-lo, notam suas vantagens e se interessam por ele. É como o Facebook ou o Twitter: vocês podem segurá-los nas mãos? Não, mas eles existem e são valiosos, custam bilhões de dólares, apenas porque, devido à sua utilidade e a seu caráter inovador, atraem o interesse das pessoas. Por isso afirmo que, segundo meu insight, a moeda deveria ser criada a partir de energia e matemática, e não pela transformação direta de alguma mercadoria tangível. Ora, eu já era um programador havia muito tempo e, por isso, tinha certeza de que essa moeda só poderia ser digital! Ao pesquisar na internet, notei que, ao longo dos anos 1990, já haviam sido criados alguns tipos de moeda digital. Mas nunca foram muito longe, não vingaram. Passei a estudá-los e a tentar descobrir o porquê. No início, notei apenas um desses problemas: essas moedas digitais podiam ser inflacionadas, isto é, podiam ser criadas *ad infinitum*, sem qualquer limite, o que, para quem entende um pouco de economia austríaca, significa que, no decorrer do tempo, deixariam de ser escassas e perderiam valor. Foi em outro sonho com Satoshi que me veio a solução do problema: ele montava um quebra-cabeça com as moedas! E o quebra-cabeça tinha limites, era finito, não infinito. Ao mesmo tempo, cada uma das peças era também um miniquebra-cabeça formado por outras peças! Logo, de forma totalmente arbitrária, estipulei uma quantidade final de bitcoins: 21 milhões. E eles não podem ser falsificados, pois, como já disse, funcionam como um quebra-cabeça: o total de moedas já existente — digo isso porque ainda não foram produzidos todos os bitcoins — junta-se apenas àquelas novas moedas que se encaixem na configuração geral determinada pelo protocolo. Moedas falsas não são aceitas! E por que escolhi o número 21? Porque era o número mais visível nas costas do quimono de Satoshi! — e sorriu feito uma criança, encarando um a um seus interlocutores. — Em outro sonho, indaguei ao mestre o porquê daquele número receber tamanho destaque em sua vestimenta. Tinha algo a ver com o século atual? E ele, laconicamente, apenas me disse que se tratava de um dos símbolos da Trindade: "Um mais dois é três", disse, referindo-se em seguida a uma citação de Pitágoras da qual não me lembro.

— Hum.

— Mais tarde, fiz um estudo da riqueza total no mundo. Na época, minha estimativa chegou a cerca de 260 trilhões de dólares. E com um detalhe importante: nem toda essa riqueza correspondia a dinheiro impresso ou bancário: boa parte dela era constituída apenas de propriedades mobiliárias, imobiliárias e bens de capital. Esse número só chegaria ao quatrilhão de dólares caso incluíssemos os débitos dos governos do mundo inteiro e o mercado de derivativos, os quais, no fundo, não passam de, por assim dizer, dinheiro hipotético... — e John, vendo a careta do doutor, que não entendia dessas coisas, sorriu encabulado. — Hoje em dia — continuou —, todo o dinheiro físico do mundo corresponde aproximadamente a apenas 5 trilhões de dólares! Já o dinheiro bancário mundial chega a 80 trilhões. Entendem? O dinheiro físico equivale não apenas a uma parcela mínima da riqueza mundial, mas também a uma parcela mínima do dinheiro em circulação. Para que 21 milhões de moedas pudessem dar conta não apenas de toda essa riqueza, mas também de sua multiplicação futura, decidi, inspirado no *byte*, adicionar oito casas após a vírgula. Lembram? Cada peça do quebra-cabeça do mestre era formada por outras peças menores. Quando contei a Satoshi sobre minha decisão, ele sorriu e disse: "Escolheu bem. O oito simboliza o advento do novo, a ressurreição e, ao mesmo tempo, a matéria. E nós estamos desenvolvendo algo novo que necessita da consistência da matéria, da consistência do ouro." Um *byte*, por exemplo, é um octeto cujas casas podem assumir os valores de zero ou um. O "octeto" do Bitcoin é apenas uma analogia minha, pois os valores das casas vão de zero a nove. Logo, o valor total do Bitcoin pode chegar a 2 quatrilhões e 100 trilhões de satoshis. Um satoshi é igual a 0,00000001 bitcoin. Ou ainda: 100 milhões de satoshis equivalem a um único bitcoin. Assim, o total de bitcoins, uma vez criadas todas as moedas, corresponderá, em termos meramente numéricos, a 25 vezes a quantidade de dinheiro atualmente em circulação no mundo!

— Impressionante!

— Hoje, um bitcoin vale cerca de mil dólares, mas chegará o dia em que um satoshi poderá valer um dólar. Ou seja, num futuro distante, um bitcoin poderá até mesmo valer 100 milhões de dólares!

Barros fez um muxoxo:

— Isso se, como você diz, o mundo inteiro passar a se interessar por essa coisa...

— Sim. E as pessoas irão se interessar logo que perceberem que é o dinheiro perfeito. A teoria do valor-subjetivo corrobora isso: quanto mais gente se interessar por ele, maior valor terá. E, claro, a única ressalva é aquela que já fiz: o surgimento de outra criptomoeda que não apenas apresente mais vantagens, mas que também seja capaz de atrair o interesse dos consumidores e empresários. Por enquanto, nenhuma das moedas digitais concorrentes foi capaz de bater o Bitcoin. As próximas décadas nos trarão a resposta final.

— Peraí, rapaz! — exclamou Barros, arregalando os olhos. — Cê por acaso tá sugerindo que eu deva esperar vários anos, talvez alguns séculos, até que meus bitcoins valorizem e eu possa pagar minhas dívidas e o advogado do meu filho? É isso?!

Agora foi John quem arregalou os olhos, espantado:

— Não, não! Claro que não, Barros. Ainda vou chegar a essa questão. Você ficará satisfeito.

O doutor estava alheio, pensando no que John dissera antes:

— Mas, se chegarmos a isso, quero dizer, a um momento em que um satoshi valerá um dólar, como vamos comprar algo que valha menos de um dólar, ou, como você diz, menos de um satoshi?

— Não há nenhum problema — disse John, ainda impressionado com a carantonha de poucos amigos do Barros. — O Bitcoin pode não ser inflacionável, mas é fracionável. Nada impede que outras casas possam ser adicionadas após a vírgula. Ou seja, as peças daquele quebra-cabeça podem ser divididas em mais pedaços. Você não pode aumentar sua quantidade, mas pode dividir a quantidade já existente em pedaços menores.

— Ok, John. Estou entendendo — o doutor Pinto franzia o cenho, pensativo. Aquela complexa exposição, matutava ele, provavelmente assemelhava-se aos diálogos entre os criadores da internet e os céticos comuns de décadas passadas. Não era algo para se ignorar. E se John Nakamoto estivesse certo? Nerds podem ser criaturas fantasiosas, mas quantos dentre eles, a despeito da descrença inicial do público comum, já não revolucionaram o mundo? O doutor retirou os óculos e limpou as lentes com um lenço. Por fim, arqueando as sobrancelhas, perguntou: — E o que mais havia de errado com as outras moedas digitais, John?

— Alguns problemas já haviam sido corrigidos, como o do "gasto duplo".

— Gasto duplo?

— Sim, um problema que acabaria levando àquele outro problema que mencionei, o "klapaucius": a multiplicação indevida do dinheiro, tal qual os bancos fazem hoje em dia. Por exemplo, quando você envia por e-mail um documento em PDF para uma pessoa, você ainda mantém o arquivo original no computador. Ou seja, você envia apenas uma cópia! Isso não poderia ocorrer com uma moeda digital, do contrário ela não valeria nada, pois não seria escassa: ter uma única moeda equivaleria a ter infinitas moedas. Claro, sem falar que usar a mesma unidade da moeda para duas ou mais transações simultâneas (e isso é o gasto duplo) seria pura trapaça. Por isso, o protocolo do Bitcoin assegura que, uma vez enviado um valor em bitcoins, você já não tenha mais esse montante consigo. O valor em bitcoins é enviado em sua integridade. Desse modo, como num negócio feito com dinheiro físico, as transações são definitivas: se você pagou o supermercado com notas e moedas, não poderá mais tarde se sentar em casa e recuperá-las assim — e estalou os dedos — do nada, como num passe de mágica. Negócio fechado é negócio fechado. Não é como um cheque que pode ser sustado: uma vez que as transações são confirmadas pela rede do Bitcoin, o pagamento está feito.

— Rede Bitcoin? Como diz o Barros, você está pulando o corguinho...

— Pulando o corguinho?

— Sim, está se adiantando.

— Desculpe. Vou chegar lá. Tem a ver com o próximo problema que tive de resolver: a liberdade da moeda. Como eu não perdia de vista a teoria monetária da escola austríaca, sabia que o dinheiro perfeito não deveria ser controlado por qualquer governo. Como já disse, os governos, associados aos bancos, a grandes corporações e a dinastias bilionárias, acabam manipulando a economia de todo um país, em benefício de uns poucos, e prejudicando o restante da população. E não me refiro apenas à corrupção. Fazem isso ao promover a criação desenfreada de dinheiro, gerando inflação; controlando a taxa de juros, o que desestimula a formação de poupança, destruindo os investimentos e aumentando o consumo insustentável; e, por fim, taxando o movimento do dinheiro onde quer que haja um intermediário. Logo, o protocolo do Bitcoin não poderia cair nas mãos de qualquer Estado-nação ou mesmo nas mãos de um Estado Mundial. E as moedas digitais já existentes nos anos 1990 corriam esse risco, pois eram controladas e asseguradas cada qual por uma única empresa. Ora, com esse sistema, o governo de um país poderia simplesmente comprar ou encampar uma dessas empresas e passar a controlar o dinheiro digital criado por ela!

— Então não há nenhuma empresa por trás do Bitcoin?

— Não, nenhuma. O protocolo do Bitcoin foi desenvolvido em código aberto e é mantido e ajustado pela comunidade de usuários. Isto é: por qualquer um que entenda de programação e de criptografia e que esteja disposto a dedicar parte de seu tempo à tarefa. Portanto, toda mudança ou melhoria, antes de ser implementada, é discutida em fóruns abertos nos seus mínimos detalhes. O Bitcoin não existiria sem esses voluntários! A princípio, parece que apenas eu e Satoshi estamos por trás do Bitcoin, mas isso não é verdade, e me desculpem se foi esta a impressão que causei. A comunidade de voluntários é importantíssima. No início, por exemplo, Hal Finney, um excelente programador com quem troquei vários e-mails, ajudou-me a corrigir inúmeros erros e problemas encontrados no protocolo inicial. E essa colaboração continua ocorrendo entre os vários desenvolvedores.

— Entendi.

— Mas, voltando ao que eu dizia, o problema continuava sendo de difícil resolução — prosseguiu John. — Como manter a moeda livre? Havia um risco semelhante ao enfrentado pelo Napster. Vocês conheceram o Napster em seus primórdios?

— Acho que não.

— Era um programa de compartilhamento gratuito de músicas em formato MP3. Hoje, tornou-se um serviço pago, pois a indústria fonográfica processou seus criadores por pirataria. Como funcionava no início? Qualquer um que tivesse arquivos de música no seu próprio computador instalava o programa, o qual criava uma lista dessas músicas e a armazenava no servidor do Napster. Quando alguém procurava uma música específica, o programa verificava o banco de dados do servidor central, que por sua vez indicava quais usuários a possuíam, colocando então o cliente diretamente em contato com os proprietários comuns do arquivo, dos quais a copiava. Ora, bastou a indústria fonográfica acionar a Justiça para o governo dos EUA derrubar o servidor central do Napster: e os usuários ficaram a ver navios, pois já não havia como saber quem possuía a música desejada.

— Não entendi qual a relação com o Bitcoin... — murmurou Barros.

— Bom... Como eu já disse, cada fração do Bitcoin tem sua identidade única. O protocolo do Bitcoin deve ser encarado como um gigantesco quebra-cabeça no qual as peças têm necessariamente de se encaixar. Por isso, cada uma delas tem seu registro imutável, e seu proprietário é aquele que possui a chave privada relativa às moedas que possui, ou seja, a chave privada do endereço-bitcoin onde as moedas estão guardadas. Essas moedas, conforme sugeri, são criadas por *energia* e *inteligência*, isto é, pelo processador de um computador, que deve resolver um problema matemático apresentado pelo protocolo: cada vez que resolve o problema, um novo bitcoin é criado. Os computadores que criam bitcoins por esse processo são os *mineradores*. Agora... o problema é: tal como no Napster, é preciso que haja um arquivo com o registro de todas as moedas existentes, com os endereços de seus respectivos proprietários e com o registro de cada transação efetuada. É a verificação desse imenso livro-razão digital que irá confirmar não apenas se as moedas são verdadeiras, mas principalmente se as novas transações são legítimas. Isso evita o gasto duplo e garante a cada usuário a posse dos seus bitcoins. Esse livro-razão é a chamada *blockchain*, ou "cadeia de blocos". Os blocos são criados pelos mineradores com todas essas informações, incluindo os novos pagamentos feitos naquele minuto.

— Ainda não entendi a relação... — tornou o odontólogo.

— Uê, se a *blockchain* ficasse guardada num único servidor central, bastaria um ataque maciço de hackers para destruir o Bitcoin de uma vez por todas! Nem seria necessário um governo achacá-lo judicialmente mediante o bloqueio do servidor: hackers mercenários dariam conta do recado, humilhando, de uma vez por todas, essa nova tecnologia. E é óbvio que nenhum banco central do mundo deseja que o Bitcoin, uma moeda estranha ao controle estatal, se torne a moeda padrão.

— Como você resolveu o problema? — perguntou o doutor, bebendo em seguida o restante do chope.

John sorriu:

— Graças a outro sonho.

— Claro — grunhiu Barros, ainda de braços cruzados e ar carrancudo.

John atirou um olhar cúmplice para o doutor, que em respeito ao sofrimento do amigo não lhe correspondeu, e então prosseguiu:

— Uma noite, quando me dei conta, estava novamente diante do pagode de Satoshi. Digo noite porque era noite quando fui me deitar, mas lá havia o mesmo sol baixo, avermelhado, crepuscular. Desta vez não havia vento, mas cantos de pássaros distantes e cricrilar de grilos. Entrei no térreo do pagode e não vi meu mestre. A um canto, num quadrado aberto no piso de madeira e emoldurado com rochas negras, uma fogueira recém-extinta ainda exalava um perfume de sândalo. Subi por uma escada de madeira até o segundo pavimento, uma mescla de biblioteca e estúdio de trabalho, o mesmo local onde o havia encontrado tantas vezes: ele tampouco estava lá. Gritei por Satoshi, que me respondeu do pavimento superior, no qual eu nunca estivera antes. Subi a escada estreita e de ângulo quase reto, agarrando-me aos corrimões, e me vi num exíguo patamar diante de uma porta folheada a ouro. Hesitei por um momento, talvez fosse seu recinto privado... Mas então ouvi sua voz convidando-me a entrar. Abri a porta e lá estava ele, sentado numa esteira, na penumbra, iluminado por uma pequena chama, organizando suas moedas de ouro translúcido. Uma vez lhe perguntei se eram moedas de verdade e ele me respondeu: "Tudo na vida é símbolo. E o que faço diante de si também é símbolo; sim, porque, ao acordar, você verá que é muito mais fácil reter um símbolo na memória do que reter palavras." E era verdade: quase tudo o que me levou às inovações técnicas do Bitcoin devo mais ao que ele fazia do que ao que me dizia. Outra coisa interessante que ele me disse noutra ocasião: "Ninguém cria nada do nada! Você deve abrir os olhos para as técnicas já existentes e combiná-las: grandes invenções muitas vezes nascem do casamento de pequenas invenções."

O garçom se aproximou da mesa e perguntou se queriam mais alguma coisa. Apenas Barros, o dentista, pediu uma pizza de chocolate. Os demais solicitaram mais chope e cerveja. O sol de verão fazia as árvores de defronte projetarem na calçada e na rua sombras duras, negras. Não fosse a bebida gelada — os ventiladores do teto ainda pareciam inúteis —, todas aquelas pessoas já estariam derre tidas em poças de suor.

— Como eu dizia — tornou John, assim que o garçom se despachou —, o mestre estava organizando suas moedas: uma montanha delas! Ele as juntava em pequenas pilhas, mantendo-as unidas com fios de juta, e anexava a cada uma dessas pilhas uma etiqueta contendo um número de registro. Às vezes retirava uma moeda de uma das pilhas e a introduzia em outra, repetindo essas ações diversas vezes seguidas. Diante dele havia apenas um candeeiro, que emitia uma luz muito fraca. Mesmo assim, pude notar que as paredes, o teto e até mesmo o chão daquela saleta eram inteiramente revestidos de espelhos. Dava para notar que nossas imagens, embora indistintas, se replicavam ao infinito. Vocês sabem: um espelho diante de outro forma um túnel virtual a perder-se nos confins da imaginação! Em qualquer direção observada, havia um túnel a esse modo com a mesma luz do candeeiro de Satoshi a multiplicar-se indefinidamente. Então ele me disse: "Já resolveu o problema com a cadeia de blocos? Já sabe como será o livro-razão?" Embora eu nunca lhe dissesse quais eram os problemas em que vinha trabalhando, ele estava sempre inteirado do meu trabalho. "Ainda não", respondi, envergonhado. "Veja o conjunto de todas essas moedas", disse ele num tom neutro. "É ao mesmo tempo dinheiro e livro--razão." Concordei com sua observação, afinal era exatamente esse o conceito da nossa moeda digital. "Pegue aquela espada", disse ele, apontando para o fundo da sala. Caminhei até a espada, que estava ao chão, semioculta na penumbra, tomei-a nas mãos e lha entreguei. "Afaste-se", tornou Satoshi, enquanto se levantava. Aquele homem de dois metros e meio de altura ergueu então a espada no ar e, com movimentos rápidos e precisos, passou a golpear aquele monte de moedas, desfazendo seus arranjos, arrebentando os fios de juta, rasgando etiquetas e espalhando ouro por todos os lados! "O que está fazendo, mestre?!", perguntei, consternado, acreditando que ele estivesse insatisfeito com meu trabalho. "O que você vê?", perguntou por fim, jogando a espada novamente ao chão. "Está tudo desfeito", respondi, "não há mais bitcoins..." Ele sorriu, algo que raramente fazia. "Você não enxerga muito longe, Nakamoto. O que você viu foi o uso da força pura contra o Bitcoin. Existem muitos grupos que se utilizam da força para atingir seus objetivos, e os maiores desses grupos serão formados por políticos e banqueiros. Eles cairão com o poder de mil espadas sobre nossa moeda." Decepcionado, fiz uma careta: "Então não há solução, Satoshi?" Ele ainda sorria, dono de si: "Claro que há. Pegue esse castiçal aí atrás de você e acenda as velas dele. Use o candeeiro para acender os pavios." Fiz o que ele ordenou e acendi as sete velas do castiçal. "Agora erga-o sobre sua cabeça e olhe em torno." Eu lhe obedeci e, ao fazê-lo, tomei um susto: aqueles vultos, que antes supus serem nossas próprias imagens refletidas nos espelhos ao infinito, na verdade, não eram senão imagens de outras pessoas — infinitas pessoas! — que continuavam organizando suas moedas em pilhas, como se nada tivesse acontecido em nossa saleta! Eram diferentes indivíduos que nada tinham a ver conosco ou mesmo uns com os outros, mas todos se moviam em sincronia, cada um replicando o movimento dos demais: quando alguém retirava uma moeda de uma pilha e a colocava em outra, os demais executavam exatamente a mesma ação. Aquela visão me causou tão grande impacto que lágrimas escorreram pelo meu rosto. Satoshi notou minha comoção e se aproximou de mim: "Mesmo que haja milhares de espadas inimigas, nós seremos milhões, Nakamoto. Direi a Fad que você compreendeu a mensagem." E então tocou-me a testa com os dedos, causando-me os mesmos choques que eu tão bem conhecia. E despertei na cama, elétrico, eufórico. Mal me sentei, disse em voz alta: "A *blockchain* não pode ser centralizada! Tem de estar em rede distribuída!", e corri para minhas anotações.

— Traduza, John. Como se eu tivesse sete anos de idade.

John estava tão eufórico e comovido quanto certamente estava ao despertar no dia mencionado:

— Eu já sabia que o Bitcoin seria um sistema de pagamento ponto a ponto, quer dizer... sabia que não haveria intermediários nas transações. Tal como no Napster, pelo qual um usuário baixava um arquivo MP3 diretamente do computador de outro usuário, no Bitcoin qualquer um pode enviar dinheiro a uma segunda pessoa sem a necessidade de um "terceiro de confiança", isto é, sem o uso de bancos, cartões de crédito, Paypal e coisas do gênero. Eu já sabia disso. Mas não havia passado pela minha cabeça a ideia de que o livro-razão, a *blockchain*, tivesse de estar presente numa rede distribuída! E o que isso significa? Significa que o arquivo com o registro de todas as moedas existentes, com o registro de todos os endereços de bitcoin contendo moedas, com o registro de todas as transações, e assim por diante, está simultaneamente em milhares de computadores conectados em rede. A *blockchain* é como os reflexos da sala de espelhos de Satoshi, pois está em muitos lugares, é descentralizada e, por isso, indestrutível, já que há cópias dela nas mais diversas partes do mundo, isto é, nos nós da rede e nos mineradores. E essas cópias permanecem se atualizando, espelhando umas às outras, o tempo todo, isto é, a cada vez que alguém emite um pagamento ou a cada vez que um novo bitcoin é criado. Para destruir o Bitcoin, seria preciso ou explodir o mundo inteiro ou então proibir a internet em todos os países. Seria tão difícil combatê-lo quanto o Torrent, o herdeiro descentralizado do Napster e de outros programas de compartilhamento. O protocolo do Bitcoin está para a Hidra de Lerna assim como as cabeças da Hidra estão para a *blockchain*. Destruir um único servidor seria tão inútil quanto a destruição da montanha de moedas da sala de Satoshi: os demais servidores continuarão ativos.

O garçom retornou trazendo a pequena pizza de chocolate e as bebidas. Assim que ele serviu os copos, retirou-se. O horário de almoço alcançava seu auge, o número de pessoas que entrava e saía do restaurante agora era equivalente. O vozerio dos comensais já perdia em intensidade para a silenciosa satisfação do apetite mitigado. O doutor, aproveitando que John degustava sua cerveja e Barros, sua pizza, olhou em torno: toda aquela gente... saberia que já existe uma nova tecnologia tão revolucionária quanto a eletricidade ou a internet? Ele próprio já devia ter ouvido sua esposa mencionar algo a respeito — não tinha certeza —, mas, se ela conhecia o Bitcoin, não lhe dava maior importância, afinal não se tratava de uma revolução meramente técnica, especialidade dela. Os argumentos de John, fundamentados num conhecimento econômico exemplar, pareciam incontestáveis.

— Peraí, John! — disse finalmente Barros, num repentino sobressalto. — Eu posso ter essa *blockchain* na minha casa?

— Se você instalar a carteira do Bitcoin Core, sim, vai ter uma cópia dela. O programa é bem pequeno, mas, uma vez instalado, baixa toda a *blockchain*, que, atualmente, deve ter uns noventa gigabytes de dados. Todos os nós da rede Bitcoin possuem uma cópia dela.

— E eu poderia dizer que estou com todos os bitcoins do mundo no meu computador?

— Poderia. Mas, na verdade, é mais correto dizer que você teria todos os cofres de bitcoins do mundo no seu HD. Porque cada um dos endereços de bitcoin é um cofre. E, tal como eu, todo usuário pode ter tantos endereços quanto queira. O problema é que você não teria a chave ou senha necessária para acessá-los — com exceção, é claro, dos seus próprios bitcoins.

— Que loucura!

— A criptografia é praticamente inviolável. Você ficaria muito perto e, ao mesmo tempo, muito longe da riqueza alheia.

Aquela ideia de ter o dinheiro do mundo inteiro armazenado em seu próprio computador deixou o doutor Pinto encucado:

— Mas... John... Como é possível uma sequência de dígitos binários criptografados criados por um... é... é...

— Algoritmo?

— Sim, por um algoritmo... Como é possível que isso tenha valor monetário? Por acaso você criou os primeiros bitcoins e já foi logo utilizando-os para comprar alguma coisa? Isso é impossível! Ninguém seria louco o suficiente para aceitar um dinheiro digital do qual nunca ouviu falar!

John moveu a cabeça em concordância:

— Sim, ninguém seria mesmo. Mas não foi assim que ocorreu. Quando finalizei o programa do Bitcoin, eu o deixei disponível online num fórum de criptografia juntamente com um *paper*... quer dizer, juntamente com um ensaio que o descreve em todas as suas minúcias técnicas. Disse ali que as pessoas poderiam baixá-lo e testá-lo. Quem o fez, passou a produzir bitcoins rapidamente, porque os problemas propostos pelo protocolo, que devem ser resolvidos pelos mineradores para a criação da moeda, eram no início bastante simples. Na verdade, no começo, era 400 bilhões de vezes mais fácil de se produzir um bitcoin do que é atualmente... O caso é que, em pouco tempo, muita gente já possuía alguns milhares de bitcoins, que não tinham outra utilidade senão servirem de objeto de estudo para programadores e pesquisadores de criptografia. E isso estava muito bem, pois, segundo a teoria monetária da escola austríaca, toda mercadoria que se torna moeda deve necessariamente ter tido algum valor de uso antes. Nenhuma mercadoria que se torna moeda vem diretamente para a existência como meio de troca. No início, o ouro teve função ornamental... O sal era usado para conservação de alimentos e como tempero... Já o Bitcoin, em seus primórdios, era simplesmente um objeto de estudo para programadores e um fetiche para nerds.

— Então, segundo entendi, essa gente ainda não negociava com o Bitcoin.

— Havia quem comprasse alguns bitcoins, mas somente para estudá-los, não para utilizá-los como moeda. Os primeiros bitcoins eram apenas uma mercadoria.

— E por que começaram a ter valor? Não pode ter sido assim, do nada.

— E não foi. Um programador, Laszlo Hanyecz, que já possuía muitos bitcoins, postou num fórum uma oferta: trocava 10 mil bitcoins por duas pizzas. Imagino que, assim como outros entusiastas, devia estar cansado de esperar que a moeda finalmente decolasse como meio de troca e sistema de pagamento. E outro usuário do fórum, ao ver essa postagem, aceitou sua proposta. Fecharam o negócio, e, horas depois, Laszlo postou a foto das pizzas compradas com bitcoins. Graças a essa primeira negociação, veio a percepção geral de que o sistema funcionava e tinha potencial. E então as transações começaram a crescer exponencialmente. As pizzas custaram cerca de 25 dólares. Hoje, os 10 mil bitcoins que ele pagou valem mais de 10 milhões de dólares! — e John, levantando o garfo, finalmente meteu outro pedaço de pizza na boca, que mastigou com grande satisfação.

Barros arregalou os olhos:

— Meu Deus, que idiota! O cara gastou mais de 30 milhões de reais numa pizza?!

John sorriu, ainda de boca cheia:

— Não, claro que não. Os 10 mil bitcoins, antes dessa transação, não tinham nenhum valor de mercado verificável. Com a compra das pizzas, passaram a valer 25 dólares. Graças à lei da oferta e demanda, hoje valem 10 milhões de dólares. E jamais teriam chegado a esse valor se Laszlo não tivesse comprado antes as pizzas. Entende?

— Sim, acho que sim — respondeu Barros, ainda espantado. — Mas também acho que quem manteve seus bitcoins, sem dar o pontapé inicial, saiu-se melhor!

— É verdade — disse o doutor, rindo.

John também riu, mas nada disse. Barros então, cotovelos na mesa, apoiou o queixo nas mãos e o encarou, curioso, a testa franzida:

— Quantos bitcoins você tem afinal, John?

— Eu tenho perto de um milhão e meio de bitcoins em endereços distintos. No endereço que contém pouco mais de um milhão jamais mexo. É uma poupança para projetos futuros.

— Peraí... — tornou Barros, de olhos arregalados. — Isso quer dizer que você tem...

— Com a cotação atual, quase um bilhão e meio de dólares em bitcoins.

Enquanto Barros e o doutor se entreolhavam cheios de espanto, John se refestelou na cadeira e, com o ar mais modesto do mundo, passou a bebericar sua cerveja. O gesto também traduzia uma satisfação do gênero "missão cumprida". Certamente já não tinha mais nada a dizer sobre sua moeda digital — ao menos não diante de dois homens incapazes de compreender descrições técnicas mais específicas.

— John — começou o doutor —, por acaso você tem alguma esperança de que essa nova tecnologia melhore o mundo?

— Claro. Como já disse, será uma forma de nos livrar da manipulação da riqueza por parte dos governos.

— Mas você sabe que ainda haverá pessoas corruptas, não é?

— Sim, é óbvio. Mas já não será tão fácil arrancar o dinheiro das populações à força. Os governos terão de criar mecanismos pelos quais os cidadãos possam se tornar verdadeiros contribuintes voluntários, e não apenas vítimas dessa extorsão estatal vulgarmente conhecida como imposto. Os governos não conseguirão saber quanto cada cidadão realmente possui. Os cidadãos poderão, assim imagino, direcionar seus tributos para órgãos e serviços públicos que realmente vejam como essenciais. Nesse caso, seria uma boa ideia cada distrito de uma cidade abrir um site e pedir doações dos moradores para serviços específicos: coleta de lixo, construção de praças, limpeza urbana, policiamento, salários de juízes, promotores, funcionários, vereadores e assim por diante. Os governos estadual e federal também teriam de passar a sacolinha e depender da boa vontade do povo.

— E os bancos? Os bancos já foram importantes. Muita gente precisa de empréstimos para investir em algum novo empreendimento.

— O Bitcoin destrói o sistema bancário que temos, mas não impede que haja... não sei como traduzir isso... bom, não impede que ainda haja *banking*. Na verdade, já há bancos de bitcoins. A diferença é que eles não podem manipular a moeda, inflacioná-la. E só podem emprestar a quantia que realmente possuem em caixa. E, caso se tornem insolventes, irão quebrar. O banco volta a ser um empreendimento de risco cuja responsabilidade não será mais transferida para o povo mediante os aportes de um banco central.

Barros ainda mantinha sua dúvida inicial, a mesma que ia e vinha à cabeça do doutor:

— Tudo bem. Você entende do que tá falando. A história toda é uma beleza. Mas será que pode provar pra gente que é realmente quem diz ser?

John Nakamoto franziu os lábios e, olhando para baixo, meditou por alguns segundos. Por fim, arqueou as sobrancelhas e, fitando Barros, disse:

— Quanto custa o seu corpo?

— O meu corpo?! Como assim?!

— Sim, quanto custa o seu corpo?

— Uai, ele tem um valor incalculável! Nossos corpos são insubstituíveis. Não estou entendendo aonde você...

— E quanto meu corpo custa para você?

— Que papo brabo! Pra mim, não custa nada. Já tenho o meu.

Foi a vez de John apoiar os cotovelos na mesa e encarar Barros fixamente:

— De fato, seu corpo é valioso para você e não valeria nada para mim. Claro, eu me refiro apenas ao corpo, não à sua vida: todas as vidas são valiosas. Mas o meu corpo, para você, valeria mais de um bilhão de dólares.

— Uai! Não te entendo.

John então desabotoou a manga esquerda da camisa e a dobrou. E, estendendo o braço, a palma da mão voltada para cima, mostrou a tatuagem que possuía na face glabra do antebraço.

— O que isso quer dizer?

— É um código QR. Este é o endereço principal dos meus bitcoins; minha chave privada está tatuada na coxa direita. Qualquer um que consiga escanear essas duas tatuagens poderá movimentar meu dinheiro.

— Melhor então você não ser fotografado — comentou o doutor, bem-humorado.

— Não posso ser fotografado nu. Isso é verdade. Mas esta, no braço, é um endereço público. Já a da coxa, nem quando vou à praia ela fica à mostra. É a minha chave privada. Nunca uso Speedo.

— Sunga?

— Sim, sunga.

— Mas tatuagens sofrem mudanças com o envelhecimento da pele. Você não tem receio de perder o acesso às suas moedas?

— Estes códigos QR foram tatuados com "correção de erro". São maiores e têm pontos mais discerníveis do que o normal. Não há esse perigo. E também tenho uma carteira de papel, com os mesmos códigos, guardada no cofre de um banco suíço.

Barros continuava com uma expressão confusa:

— Meu Jesus! O que isso quer dizer? Eu só pedi uma prova da sua identidade! O que essas... "marcas da besta" têm a ver?

— É que eu poderia escaneá-las agora na minha carteira do celular e pagar nossa conta do restaurante. Mais tarde, bastaria vocês acompanharem notícias sobre Satoshi Nakamoto no Google News. Muita gente conhece o endereço público dos meus bitcoins e o está monitorando. Se eu fizesse uma transação agora, isso viraria notícia.

— Entendi! E você vai fazer isso?

— Não. Não tenho essa vaidade. Não me importa se vocês acreditam ou não em mim. Estou guardando esse dinheiro para, no futuro, criar bibliotecas, hospitais e orfanatos mundo afora. Se eu pagar por essas pizzas hoje, ocorrerá o mesmo que ocorreu com as pizzas do Laszlo: estarei gastando o que, no futuro, valerá milhões de dólares. Não posso me dar a esse luxo. Prometi a Satoshi que manteria esse dinheiro para a caridade e que esperaria sua permissão para começar a gastá-lo.

— Seus outros endereços não são monitorados?

— São, mas ninguém sabe que são meus. Sabem apenas que pertencem a alguém que participou dos primórdios do Bitcoin.

— Hum.

O doutor, com uma expressão zombeteira, não tirava os olhos do braço do estrangeiro:

— Essa sua ideia foi uma péssima ideia, John. Será que nunca ouviu falar de uma atividade, muito em voga hoje em dia, chamada sequestro?

— Bem, excetuando vocês dois, ninguém sabe que possuo estas tatuagens.

— Hum — tornou o doutor. — E, como prova, você não poderia simplesmente transferir seus bitcoins para um outro endereço vazio? Você continuaria com as moedas e nós teríamos nossa prova.

— Barros — disse John, num tom decidido, aparentemente alheio à sugestão do doutor. — Você disse que tem o aplicativo da sua carteira no seu celular, não é?

— Tenho.

— Abra-o.

Barros fez uma cara desconfiada, como se um trapaceiro de esquina estivesse lhe armando uma arapuca:

— Pra quê?

— Eu quero lhe ensinar a usar o aplicativo, e, de quebra, já pago minhas cervejas. Vou precisar sair daqui a pouco. Melhor pagar a você do que ao restaurante.

Barros fitou o doutor, que, dando de ombros, um ar despreocupado no rosto, deu-lhe a entender: acho que não há nenhum problema.

— Tá, mas vou ficar de olho em você.

— Não, você vai ficar de olho é no seu celular, para aprender. Nem vou colocar minha mão nele. Nunca deixe ninguém segurá-lo enquanto o aplicativo estiver aberto. Desta forma, ninguém poderá roubar seus bitcoins durante o processo.

— Tudo bem.

Nakamoto, pois, aguardou que Barros desbloqueasse o aparelho e abrisse o aplicativo.

— Clique na imagem do código QR aí no canto superior direito.

— O que vai acontecer?

— A mesma coisa que mostrei minutos atrás. Você vai me mostrar o endereço público para *receber* bitcoins. Não tem perigo nenhum. Olha: está escrito *Receive*.

— Certo — e Barros lhe obedeceu.

— Vou escanear o código com o meu. Eu só tenho de apertar neste ícone: *Send*. Estão vendo?

E John, usando o próprio celular, passou em seguida o aparelho por sobre a tela que Barros lhe apresentou.

— Vejam. O mesmo código de endereço apareceu no meu. É muito grande para confirmá-lo numa leitura rápida, mas note que começa com 1KW e termina com 7JB.

— Sim. Mas e daí?

— Agora posso enviar bitcoins para você. Claro, não do meu endereço principal, mas de outro. Não lerão sobre essa transação nos jornais…

— Mas, como já disse — repetiu o doutor —, você podia enviar para outro endere…

— Enfim — prosseguiu John, interrompendo novamente o doutor, que já começava a ficar desconfiado daquela atitude —, agora só tenho de preencher a quantia aqui e clicar neste ícone.

— Eu não quero seu dinheiro.

— Não se preocupe. É apenas minha parte do almoço.

E John, concentrado, digitou alguns números e, por fim, com ar satisfeito, clicou noutro ícone.

— Estão vendo? — e mostrou para os outros dois. — Os bitcoins já foram enviados. Em dois ou três minutos, a operação estará confirmada e você verá o montante aparecer na sua carteira.

— É só isso? — perguntou o doutor, referindo-se mais à atitude esquiva do estrangeiro do que ao processo de pagamento por meio daquele aplicativo.

— Sim. Só isso. Tão prático quanto um cartão de débito — respondeu o outro, sorrateiro. — E é ainda mais seguro: é você que digita o valor que está enviando.

Barros já ia abrindo a boca para dizer algo mais quando seu celular tocou. Verificou que se tratava de Sara, sua esposa. Pediu então licença e — contornando mesas, garçons, fregueses, muita falação alheia e distintos cheiros de pizza — se dirigiu para a calçada, onde poderia conversar mais à vontade. O doutor aproveitou essa oportunidade para explorar um pouco mais aquele estranho personagem.

— John, sinceramente, não sei o que pensar a seu respeito. Ainda não acredito que você seja quem diz ser. E, no fundo, tampouco desacredito. Acho *proseável*...

— Proseável?

— Sim, acho possível. Dá para conversar a respeito. Mas a verdade é que também acharia possível se você me confessasse ser um agente da CIA ou um extraterrestre.

John sorriu:

— Entendo.

— Observei você o tempo inteiro e confesso que seu comportamento me confunde. Às vezes parece dizer verdades absolutas e, noutras, parece estar mentindo descaradamente. Sempre que fala de si mesmo, de como aprendeu o português e outras coisas pessoais, eu o vejo atuar, interpretar um papel, ludibriar-nos... Até seu sotaque não me parece legítimo — e o doutor sorriu. — Aliás, não acredito que tenha aprendido esse nível de português em tão poucos anos de prática. Aqui, nem professores universitários falam assim. Pelo menos, não que eu saiba. Mas sempre pode haver uma primeira vez, não é?

— O que quer que eu diga? — agora era John quem parecia ressabiado.

— Não sei. Só estou fazendo algumas observações. O mais curioso é que você me pareceu mais verdadeiro justamente nos momentos em que, em vez de falar de si mesmo, falou dos sonhos, das suas teorias econômicas e das características e funcionamento do Bitcoin... Quer dizer, nesse último caso, essa ideia ingênua da tatuagem não me pareceu digna do criador de uma tecnologia tão genial... Sem falar da forma como se esquivou à minha sugestão de provar sua identidade enviando os bitcoins para outro endereço próprio... — e encarou o interlocutor com olhos penetrantes. — Enfim, tenho certeza de que, se não for o criador do Bitcoin, ainda assim você acredita que essa moeda realmente tenha sido inventada tal como descreveu: pela cabeça de um homem talentoso auxiliado sobrenaturalmente.

— E todo inventor não é assim?

— Pois é. Não sei. Nunca inventei nada. Mas... — e o doutor, cotovelo direito à mesa, apoiou a cabeça na mão — ...suponhamos que você tenha sido sincero. Nesse caso, quem seria Satoshi? Você o chama de mestre. Ok. Mas isso significa que você o vê como um espírito?

— Não sei. Não penso muito nisso. Sempre fui um cético. No início, fiquei muito intrigado. Mas depois passei a encará-lo como um mensageiro do meu Inconsciente, o que me deixou mais aberto à experiência. Talvez ele seja apenas um aspecto mais profundo de mim mesmo.

— Bom, ao contrário de um subconsciente, não acredito que haja um inconsciente individual — retrucou o doutor Pinto, cabalmente. — Mas isso não vem ao caso... O fato é que você mesmo disse que o Bitcoin não foi criado por uma única pessoa.

— Sim, é verdade. Como eu disse, não sei a resposta desse enigma. Os usuários do Bitcoin não sabem quem é Nakamoto, e eu não sei exatamente quem é Satoshi — e sorriu, divertido. — Mas não acho que se trata de um *daemon*, como você disse há pouco. Pelo que entendi, Sócrates ouvia a voz de um suposto espírito. Eu não ouço nada quando em vigília. Se ouvisse, como você mesmo disse referindo-se aos psiquiatras, também acreditaria estar esquizofrênico — e John riu timidamente. — Eu simplesmente sonho com Satoshi.

— Você usou uma fala de Jesus sobre as moedas romanas. Parece ter lido a Bíblia. Tem alguma religião?

— Não. Sou apenas um curioso. Talvez seja agnóstico.

— Bom... — tornou o doutor, pensativo. — De fato, especular se é um espírito, se é um anjo da guarda, um Monitor Misterioso personalizado ou qualquer coisa a esse modo não nos levaria a nada. Mas, seja como for, há, ou pelo menos você acredita que haja, um toque sobrenatural na coisa toda.

— Não o nego. Como disse, acho que é comum entre inventores.

— O que me chama a atenção, repito, é que, tal como a Constituição do seu país, o Bitcoin não irá melhorar a vida das pessoas a fundo a não ser que essas mesmas pessoas tenham senso moral e religiosidade. Os Pais da Pátria americana diziam isso sobre a sua Constituição. Claro, essa moeda digital, essa *sua* invenção, parece um avanço, tal como a internet, a TV, o rádio, a energia nuclear... Mas muita gente ruim também utiliza essas coisas.

— Difícil não concordar. Como eu já disse, trata-se de um instrumento, e todo instrumento sempre terá a finalidade que seu utilizador lhe atribuir. E não preciso ter fé alguma para saber disso. Eu prefiro acreditar em criptografia. E também em coincidências.

— Sincronicidades.

— Sim, exatamente — e John encarou o interlocutor com sincera simpatia.

— Há uma característica nessa *blockchain* que me chamou a atenção — comentou o doutor, aparentemente mudando de assunto. — Quero dizer... a tal rede distribuída, descentralizada.

— Qual característica?

— Me parece análoga à maneira como Deus age através dos homens! — e, ao mesmo tempo, o doutor deu um forte golpe na mesa, quase derrubando os copos, o que voltou a atrair as atenções circundantes.

— Como assim? — tornou o estrangeiro, quase gaguejando, intimidado com aquele estranho e inopinado gesto.

O doutor sorriu, divertido:

— Você deve saber que o estudo do cérebro não consegue explicar a consciência humana. Descreve alguns fenômenos, e, por isso, muita gente passa a acreditar que esses fenômenos são as causas não apenas de comportamentos perceptíveis, mas da própria autoconsciência, quando, na verdade, devem ser apenas reações físico-químicas a causas não materiais, isto é, à própria mente, a qual seria transcendente à matéria — e o doutor fez uma pausa, perscrutando a reação de Nakamoto.

— Sim, entendo o que quer dizer — respondeu, cruzando os braços.

— Li certa vez que o cérebro não é um produtor da mente, mas um receptor. E que a mente é uma dotação do Espírito Santo ou Infinito — e sorriu. — Vou fazer uma analogia esquisita, não precisa levá-la a sério. Mas, por favor, esqueça qualquer concepção prévia e tente me acompanhar.

— Ok.

O doutor se aprumou na cadeira, fitando profundamente o interlocutor:

— Pense no seguinte. O cérebro é um aglomerado de neurônios interligados por axônios. É como se ele fosse a raiz de uma planta comprimida num único bloco. O cérebro está em contato com certo tipo de "solo" tal qual as raízes estão em contato com o solo mineral: enquanto as plantas extraem dali água e nutrientes, nós extraímos a mente. A nossa consciência seria essa mente em plena atividade individualizada. O solo do qual o cérebro, segundo a capacidade de cada animal, extrai a mente é o Espírito Santo.

— Tem razão: sua analogia é esquisita — murmurou, perplexo.

— Bom, ficarei no seu âmbito de conhecimento, então. Imagine que o Espírito Santo, enquanto uma das personalidades de Deus, tenha, entre outros, o atributo de "internet cósmica". A analogia aqui, portanto, é entre mente e internet. O Espírito Santo seria então o centro dessa internet, o centro doador de mente.

— O servidor.

— Bom, deve ser, não sou bom com essa nomenclatura informática.

— Mas é isso mesmo... — tornou o estrangeiro. — O problema é que, se há um servidor, ao contrário da *blockchain*, não é uma rede distribuída. A própria internet é formada por uma infinidade de servidores, não possui um servidor central.

— Então... — e o doutor, um tanto embaraçado, inclinou a cabeça para o lado. — Quanto a isso, tem razão. A internet, nesse caso, se parece mais com um celenterado, não com o Espírito Infinito... — e deu uma sonora risada. — Você me pegou nessa... Porque apenas animais inferiores, como os celenterados e equinodermos, têm um sistema nervoso descentralizado. E isto faz mesmo mais sentido: a internet não tem uma personalidade central, uma Inteligência Artificial consciente que a controle por inteiro. Mas nós, humanos, somos melhores do que a internet e do que os equinodermos: somos autoconscientes. Por outro lado, é interessante pensar que, se o Espírito Santo é o doador da mente, ou o servidor, então ficaria explicado por que o pecado contra Ele seria imperdoável.

— Não entendo dessas coisas. Como disse, não sou um homem de fé.

— Dizem que "pecar contra o Espírito Santo não tem perdão" — prosseguiu o doutor, encarando-o com gravidade. — Para que alguém seja perdoado, precisa primeiro se arrepender e, antes mesmo de se arrepender, tem de tomar consciência dos seus pecados. Pecar contra o Espírito Santo, o centro da Mente Cósmica, seria então violar a própria memória e as Leis do Pensamento: o Princípio de Identidade, o da Não Contradição, o do Terceiro Excluído etc. Ao violar essas leis, você não conseguirá tomar consciência real dos seus pecados e, portanto, não poderá se arrepender e ser perdoado.

— Interessante — e Nakamoto franziu os lábios, pensativo. — Humm. Eu diria, seguindo sua terminologia, que é como "pecar" contra o protocolo do Bitcoin. Ele não aceita moedas falsas pois estas não respeitam a, digamos, *lei* da criação das moedas. Cada moeda tem seu registro único que deve harmonizar-se com as regras do protocolo.

O doutor riu:

— Que coisa. Também entendo o que quer dizer, embora não estivesse pensando nisso — e Nakamoto também riu. O doutor continuou: — Eu me referia mais à própria internet, que, embora não tenha um único centro, tem suas leis técnicas, que, imagino, devem ser respeitadas por todos para que funcione otimamente. E é através dessa, digamos, *internet cósmica* que tanto o Deus Pai, mediante a dotação de uma Centelha Divina, quanto o Deus Filho, mediante a dotação do Espírito da Verdade, se atualizam no homem. Quer dizer... assim como a *blockchain* só se atualiza mediante a internet...

— Isso está ficando muito estranho, não consigo acompanhá-lo.

— Só quero repetir o que muitos dizem: Deus está dentro de nós! Sua imagem está inteira dentro de cada um de nós, feito um microcosmos! É como a *blockchain*, que é uma só mas está se atualizando dentro de todos os nós da rede Bitcoin.

— Bom, interessante... Mas trata-se de especulação infrutífera e, creio, inadequada.

— Eu sei. Era apenas uma má analogia... — retrucou o doutor, tomando do chope. — E, ao contrário dos nós da rede Bitcoin, nem todos os homens assimilam com a mesma rapidez, se é que chegam a fazê-lo, a consciência da presença divina. Por isso violam muitas leis... Como aquela segundo a qual não devemos "dar falso testemunho"... — e o doutor voltou a sorrir, enigmático, fitando o interlocutor diretamente nos olhos.

— Não sei aonde você quer chegar...

— Estou apenas dizendo que a aceitação das leis da Trindade ajudaria mais o mundo do que aceitar o Bitcoin sozinho. Ora, você fala dessa moeda como se ela fosse salvar nossas almas! Isso é perigoso, John, embora, claro, graças às suas explicações, eu agora consiga ver as vantagens dela sobre o dinheiro comum. Contudo, de que vale usar o Bitcoin e, ao mesmo tempo, ser um mentiroso, um trapaceiro?

— De que afinal você está me acusando? — perguntou, finalmente indignado.

— Simples: acredito que seu nome não seja realmente John Nakamoto.

Nakamoto, em silêncio, fitou o doutor nos olhos por alguns intermináveis segundos. Por fim, desviando o olhar para baixo, disse:

— Como se diz em bom português brasileiro: você é foda, doutor Pinto... — e sorriu, vencido. — Tem razão, não é meu nome. Nakamoto era apenas o nome pelo qual Satoshi se dirigia a mim. Significa "inteligência central" ou "aquele que vive no centro", porque sou apenas o primeiro programador do Bitcoin em meio a outros tantos colaboradores... Agora, para minha própria segurança, não direi qual é meu nome verdadeiro. Não interessa a ninguém. O fato é que estou com a cabeça a prêmio há muitos anos. Por acaso você é capaz de imaginar como os governos e bancos do mundo encaram quem criou a maior de todas as ameaças ao seu poder? Jamais aparecerei em público, jamais me colocarei sob holofotes. Não enquanto o Bitcoin estiver no centro do palco! Esta, aliás, é a maior vulnerabilidade das outras criptomoedas: elas têm uma cabeça a ser decepada — e fez um gesto de degola. E continuou: — O mais curioso é que você mesmo disse que não acharia estranho se eu fosse um agente da CIA ou um extraterrestre. Por acaso, você me acha mais irreal do que um visitante de outro planeta? Por que não acredita que eu seja quem realmente sou?

— Bem, simplesmente porque você não age e fala como quem diz ser.

— Mas já lhe confessei! — retrucou, impaciente. — Sim, meu nome não é John Nakamoto. Só que a verdade é que não apenas minha biografia, mas também tudo o que lhe disse sobre economia e sobre o Bitcoin, são fatos reais, genuínos. Não entendo que importância minha verdadeira identidade pode ter a ver com essas coisas — resmungou mais para si mesmo do que para o doutor. E com certa irritação na voz: — Talvez eu tenha escolhido o ouvinte errado... Já pensei algumas vezes em voltar a me manifestar publicamente, isto é, nos fóruns on-line... Mas isso poderia colocar o Bitcoin em risco. Um risco muito maior do que essa aparente ameaça atualmente em curso: há uma tentativa, da parte de alguns de seus desenvolvedores, de criar uma bifurcação, ou seja, de criar uma nova moeda, a longo termo tecnicamente problemática, a partir não apenas do protocolo que criei, mas também da mesma *blockchain* ora em funcionamento. Há, enfim, uma possibilidade de cisma, o que atrasaria a hegemonia futura do Bitcoin. Se isso ocorrer, ele até poderá sofrer um revés, mas não será destruído, justamente porque não possui um líder, justamente porque não estou num palco feito um alvo à espera dos inimigos da nova moeda. Vou repetir: os bancos, os governos e as elites globalistas não poderão destruir o Bitcoin porque, ao contrário de outras criptomoedas, ele não é controlado por uma só cabeça ou por um grupo de cabeças que possam ser cortadas. O fato subjacente é que ele não é simplesmente uma obra de arte tecnológica, não depende simplesmente da confiança em seu protocolo, em seus inexistentes líderes ou em mim. O Bitcoin já não necessita de Satoshi Nakamoto, muito pelo contrário: minha presença seria prejudicial. É preciso que seus usuários saibam que ele não surgiu por acaso e que há um propósito por trás dele além da minha própria compreensão. Ainda não lhe disse isso, mas, segundo Satoshi, a verdade é que o Bitcoin surgiu com o intuito fundamental de...

De repente, o celular de Nakamoto começou a tocar um ruidoso alarme. Consultando o aparelho, ele, com uma expressão aliviada do tipo "salvo pelo gongo", se levantou de supetão.

— Desculpe, João. Preciso ir. Tenho um compromisso e o Uber que agendei já deve estar chegando.

— Não vai concluir seu raciocínio?

— Não, você já deu seu veredito. Deixe estar — e John sorriu estranhamente, estendendo a mão direita.

— Tudo bem, meu caro. Mas não duvide, foi um prazer conhecê-lo — e, ao apertarem as mãos, o doutor percebeu que a do seu interlocutor estava úmida e fria.

— Foi um prazer — tornou John. — Desculpe se o entediei falando demais. Cumprimente o Barros por mim.

— Claro! Vou cumprimentá-lo. — E o doutor, velhaco que só, acrescentou: — Você volta hoje mesmo a Campinas?

— É, no final da tarde — respondeu Nakamoto, naturalmente, sem lobrigar que não mencionara tal cidade em momento algum daquela longa conversa. E, em seguida, pegou sua mochila, jogando-a no ombro.

O doutor sentia-se triunfante:

— Ah, só mais uma coisa, John — disse, como se se lembrasse de algo importante. — Você notou que seu sotaque foi se reduzindo com o passar do tempo e, assim que comecei a falar de um tema que lhe é não apenas estranho, mas demasiado bizarro, você o perdeu completamente? Sua prosódia sofreu uma metamorfose plena assim que bati a mão na mesa. Daquele momento em diante, falou como um legítimo brasileiro... — e o doutor abriu um largo e irônico sorriso.

John Nakamoto pareceu empalidecer e, esforçando-se por transparecer tranquilidade, moveu a cabeça primeiro positivamente e, de súbito, numa fração de segundo, negativamente.

— Não sei qual a razão de você trazer isso à tona — respondeu ele. — No final do meu período no Brasil, quando adolescente, e ao contrário dos meus pais, eu já não tinha nenhum sotaque estrangeiro. É como um músculo que a gente aprimora na prática. É normal, quando se é jovem, adequar-se ao acento local. Se eu o havia perdido, foi por falta de uso. Agora, ao voltar a falar por tanto tempo uma língua que conheço tão bem, o fenômeno se repete. O que há de mais nisso? Enfim... preciso ir — e com um ar muito sério, voltando ao seu sotaque americano: — Goodbye, mister Biggus Dickus!

— Monty Python?

— Yeah.

O doutor tornou a abrir um largo sorriso:

— Goodbye, *John Nakamoto*. Mande lembranças ao Satoshi.

* * *

Dois minutos depois, e já tendo o doutor pedido outro chope e a conta, Márcio Barros voltou esbaforido.

— Uai! Cadê o japonês? — perguntou, sentando-se.

— Foi embora. Mandou um abraço para você.

Barros parecia tão agitado que nem deu muita atenção à informação:

— João, minha mulher já tá em Campinas. Visitou nosso filho e tal. Ela tava no escritório do doutor Pena.

— Do seu advogado?

— É. Não te falei o nome? Ah, enfim... Ele tá com esse papo de que o juiz que vai julgar nosso filho é membro daquela seita que toma chá de... ah, sei lá, aquele chá de cipó e de folha sei lá do quê. Lembra? Falei o nome antes.

— Ayahuasca?

— Isso. O juiz faz parte da seita.

— Da União do Vegetal?

— Não. A outra.

— Santo Daime?

— Essa!

— E...?

— Uai! Ele acha que isso pode ser positivo, que o juiz pode ser mais compreensivo com o caso do Tiago. O cogumelo também é usado em rituais de nativos do mundo inteiro, né? Um juiz assim não vai ter preconceito.

— Não deixa de ser uma possibilidade, Barros.

E o odontólogo, após olhar rapidamente para os lados, uma expressão de alcoviteira no rosto, inclinou-se na direção do doutor:

— João — sussurrou —, o Pena disse que esse juiz vende sentenças!

— Por favor, Barros, não me diga uma coisa dessas! Não se envolva com isso!

— É um plano B, rapaz! B de burrice. Claro que jamais ia me meter nisso. Você conhece minha honestidade. Sem falar no valor que o cara cobraria: 100 mil reais! Impossível!

O doutor assumiu um ar severo:

— Isso não é brincadeira, meu amigo! Você não deve encarar isso nem como plano Z. Já imaginou? Se viesse à tona, você acabaria preso também.

— Eu sei. Mas o pior, João, é que ainda tem os 32 mil que devo ao doutor Pena.

— Trinta e dois mil?! Você arranjou um advogado tropa de elite, hem.

— Tem o problema do sítio também, né, que foi embargado...

— Entendo. Mas isso não é desculpa! Tenha paciência! Lute honestamente e aceite os resultados. Se não concordar com eles, poderá recorrer da sentença.

Barros, o olhar perdido, fazia suas maquinações:

— Cento e trinta e dois mil reais... Que absurdo! Não, não, eu não poderia... É contra meus princípios.

Ao ouvi-lo, o doutor franziu o sobrecenho, absorto. Com os olhos movendo-se freneticamente de um lado para o outro, parecia ligar interiormente os pontos de algum enigma. Segundos depois, como quem tem um insight súbito, arregalou-os. E então, tocando o braço do amigo, disse em voz baixa:

— Barros... Quanto afinal o Nakamoto lhe deu em dinheiro? Quantos bitcoins?

— Ele disse que era o valor da cerveja. O cara mal tocou na pizza.

— Sei. Mas você conferiu?

— Não.

— Então olhe aí, homem!

— Por quê?

O doutor, impaciente, fez um muxoxo:

— Não enrole, Barros. Dê logo uma olhada, sim?

— Tá bom, tá bom — e Barros, tomando do celular, começou a deslizar o dedo pela tela. De repente, esbugalhou os olhos e estacou, a mão direita parada no ar, o dedo esticado e estático, a boca meio aberta.

— O que foi?

Barros virou o rosto lentamente para o doutor:

— Ele me enviou 41 bitcoins!...

— Bom, não tenho a menor ideia de quanto é isso. Quanto dá em reais?

O velho odontólogo, trêmulo, o rosto porejando, começou a fazer as contas. Consultou valores no Google, abriu a calculadora, digitou alguns números repetidas vezes, checou novamente o aplicativo de carteira de bitcoins, tornou a calcular. Por fim, convencido do resultado, exclamou:

— Ele me enviou 133 mil reais!

— Ora ora... — murmurou o doutor, sacudindo a cabeça, uma expressão cínica de Jack Nicholson. — Que ironia, não?

— Ironia?! É uma santa coincidência! Se aquele sujeito não fosse um bilionário, eu nem sequer cogitaria em aceitar esse dinheiro. Você me conhece: não aceitaria nem do diabo! Mas deixa só o Tiago ficar sabendo disso! A gente não apenas encontrou o criador do Bitcoin como ele ainda me deu justamente a quantia de dinheiro de que eu precisava! Deus é pai!

Doutor Pinto, espantado, sorria consigo mesmo:

— A quantia de que você precisava? Está brincando, né?

— É um sinal dos céus, rapaz! Esse tipo de coincidência não acontece com qualquer um.

— Sei, uma coincidência... — murmurou o doutor, e logo lembrou-se das crenças assumidas pelo tal Nakamoto. E então indagou: — Sabe quem mais deve acreditar em coincidências? Um certo professor da Unicamp pegador de maquiavélicas alunas novinhas...

Barros, os olhos fixos na tela do celular, não o ouvia, estava nas nuvens:

— Então era isso o que ele queria dizer quando me disse que o Bitcoin ia me ajudar... Esse cara é um anjo! E ele nem sabia dessa última notícia!

O doutor tinha outra interpretação, mas compreendeu que não valeria a pena retirar de um pai a esperança de ajudar mais uma vez seu filho pródigo. Pensou em perguntar se os filhos e a esposa do amigo sabiam que eles almoçariam juntos naquele restaurante, mas preferiu não se aprofundar na investigação. O garçom, pois, trouxe a conta e o doutor se ofereceu para pagá-la com o cartão de débito. Como Barros se recusasse a abrir mão da sua parte — "Não sou um come-dorme!" —, o doutor então lhe pediu uma nota de cinquenta reais, a qual pretendia oferecer ao orfanato. Esticando a cabeça, viu pela janela que o grupo de voluntários ainda estava com o toldo armado próximo ao seu carro. O doutor então reforçou seu pedido para que o amigo tentasse até o fim agir legalmente, acrescentou que ficaria à sua disposição para qualquer eventualidade, e, por fim, se despediram. Antes de deixar o restaurante, porém, o doutor, que buscava uma última evidência de que estava certo em suas suspeitas, indagou ao garçom que os servira:

— Vocês aceitam pagamento em bitcoins?

A resposta o surpreendeu:

— Sim, aceitamos.

Não era o que ele esperava.

* * *

Na semana seguinte, depois de meditar muito sobre a história que o marido lhe contara, e após horas e horas de muitas pesquisas e leituras, Luciana Grande, esposa do doutor, comprou seus primeiros dois bitcoins. Pensou em comprar mais, contudo ficou preocupada com a possível "bifurcação" da moeda, o tal cisma que poderia dar origem ao Bitcoin Unlimited, futuro rival da moeda original, o Bitcoin Core. Ao contrário do doutor, ela realmente acreditava que o marido havia se reunido com o verdadeiro Satoshi Nakamoto. E, durante uma das discussões a esse respeito, ela lhe disse: "Se o Tiago e a namorada já tinham o dinheiro em mãos, num endereço não interceptado pela polícia, por que recorreriam a esse estratagema maluco? Usar o professor tarado da Unicamp? Absurdo. Por que não enviariam a grana diretamente pro Barros? Acho que você está viajando..."

— Lu — respondeu ele —, você não imagina o poder que uma aparente coincidência tem sobre a consciência de um homem honesto mas desesperado. Ele se sente como que tocado pelos deuses, capaz até mesmo de violar, com o beneplácito dos Céus, seu próprio senso moral.

Ela não se convenceu. Ainda hoje discutem o assunto.

Este livro foi composto na tipologia Minion Pro
Regular, em corpo 11/16, e impresso em
papel off-white no Sistema Cameron da
Divisão Gráfica da Distribuidora Record.